장편 실화 소설

붉은 안개

이현준 대하소설 2

붉은 안개 2권

초판 1쇄 인쇄일 2015년 08월 17일
초판 1쇄 발행일 2015년 08월 21일

지은이 이현준
펴낸이 김양수
편집·디자인 곽세진
교 정 조준경

펴낸곳 도서출판 맑은샘
출판등록 제2012-000035
주소 경기도 고양시 일산서구 중앙로 1456 604호(주엽동 18-2)
대표전화 031.906.5006 **팩스** 031.906.5079
이메일 okbook1234@naver.com
홈페이지 www.booksam.co.kr

ISBN 979-11-5778-066-2 (04810)
ISBN 979-11-5778-064-8 (세트)

「이 도서의 국립중앙도서관 출판시도서목록(CIP)은 서지정보유통지원 시스템 홈페이지(http://seoji.nl.go.kr)와 국가자료공동목록시스템(http://www.nl.go.kr/kolisnet)에서 이용하실 수 있습니다.(CIP제어번호: CIP2015022439)」

목차

- 1 -
죽음의 그림자

창가에 서서 부대 쪽을 내려다보던 하루코가 고개를 들어 바라보는 초승달은 왠지 위태로워 보였다. 보름달이 뿌려 주는 보드라운 빛줄기에서 어머니의 숨결을 느껴 보던 때와는 너무도 달랐다. 예리하게 날을 세운 초승달은 시퍼런 광채를 뿜어내며 위기감을 느끼게 했다.

위안소의 방들은 대부분 창문이 없어서 한낮에도 어둑했지만 2층의 제일 끝에 있는 하루코의 방은 길 건너편으로 작은 창문이 하나 있었고 그 창문으로는 부대의 모습이 바라다보였다. 군인들이 들락거리는 부대 안의 건물들은 나지막했고 모두 갈댓잎을 뒤집어쓰고 엎드린 채 숨을 죽이고 있었다.

얼마 전 천황의 생일이라는 천장절에 부대에서 회식한다며 위안부들을 동원시켰을 때, 부대의 내부를 구경할 기회가 있었다. 정문으로 들어서면서 몇 걸음 오르막을 오르면 왼쪽으로 본부 건물이 있었는데, 헌병들이 보초를 서면서 위안부들은 근처에 얼씬도 못 하게 했다.

본부 건물의 바로 옆에 살림집으로 보이는 작은 관사가 2동 있었다. 1호 관사는 다나까 중좌가 살고 있고 2호 관사는 비워져 있는 것으로 보였다. 본부 건물에서 연병장을 건너 맞은편 끝에는 갈댓잎으로 지붕을 얹어 하늘만 가린 식당과 취사장이 있었고, 본부의 좌·우측으로는 길게 지어진 군인들의 내무반이 연병장을 마주한 채 자리 잡고 있었다. 오른쪽 내무반의 양쪽 옆에는 의무대와 차고, 그리고 보급품 창고가 있고 왼쪽 내무반의 양쪽 옆에는 마구간과 무기고가 있는 것 같았다.

마구간에는 검은색과 밤색 그리고 알록달록한 색깔의 털을 가진 말들이 대여섯 마리 있었다. 보급품 창고의 뒤쪽에 유치장이라는 게 있다는데, 가까이 가 보지는 못했지만, 그곳에는 불란서 사람들이 갇혀 있다고 했다.

회식하는 날은 연병장의 한쪽에 드럼통들을 세워 놓고 그 위에 널빤지를 깔아 무대를 만들어 놓았었는데, 그 무대는 요시에의 독차지가 되었다. 그야말로 천황의 생일이 아니라, 요시에의 생일날이었다.

잔치 분위기 속에서도 가끔씩 정문으로 드나드는 트럭들은 보급품과 군인들을 태우고 포천퉁 공항과 깜퐁솜 항구의 파견부대를 오고 가는 것 같았다.

며칠 전부터는 곧 대규모의 전투가 벌어질 것이라고 술렁거렸지만,

위안소의 분위기는 평온했다. 관리인 가베가 술에 취하는 날이 많은 것 이외에는.

취사장을 지나 후문으로 나가면 군인들이 사격연습을 하는 사격장이 있는데, 조금 전까지만 해도 야간사격훈련을 하는 총소리가 요란하더니 갑자기 잠잠해졌다. 정문과 후문 가까운 곳에 하나씩 서 있는 높은 망루 위에 설치된 서치라이트에서 강한 불빛이 쏟아져 나오며 부대의 담장을 대낮처럼 밝히고 있다.

갑자기 불어오는 세찬 바람에 정문 옆의 야자수들이 흥분하여 머리를 흔들어 대기 시작하고, 서쪽 하늘을 가득 메우며 쳐들어온 먹구름이 녹아내리며 굵은 빗줄기가 쏟아지기 시작했다. 스콜은 조선의 장마철에 쏟아지는 비와는 비교도 안 될 정도로 엄청났다. 부대가 물속으로 가라앉을 것처럼 보였고 서치라이트 불빛이 마치 바닷길을 알리는 등대처럼 보였다. 천둥 치는 소리는 위안소 건물도 흔들어 대기 시작했다.

꼬리에 꼬기를 무는 이런저런 생각과 천둥소리에 잠을 설쳤지만 하루코는 지난밤의 불길한 생각을 잊고 아침을 맞았다.

사흘 전부터 군인들의 절반이 작전을 나가 있어서 며칠간 한가로운 편이었다. 부대의 소식통인 요시에는 군인들이 적군이 상륙하는 것에 대비하여 바닷가와 깜퐁솜으로 가는 도로 주변에 지뢰를 파묻는 작전에 나간 것이라고 했다.

여인들은 그날의 아침도 다른 날처럼 아래층의 대기실에서 아침식사를 하고 있었다. 하루코는 자신의 맞은편에 앉은 베트남 여인 아홍이 밥을 먹는 둥 마는 둥 하는 모습을 심상치 않은 눈으로 바라보았다. 접시에 담긴 밥을 젓가락으로 헤집기만 할 뿐 좀처럼 입에 집어넣을 생각이 없어 보였다.

수척한 그녀의 두 눈이 그날따라 더 움푹 들어가 있었고, 한눈에도 건강이 많이 나빠 보였다. 그래도 그녀는 하루코와 눈이 마주치자 미소를 지어 보였고, 하루코도 걱정스러운 눈빛을 지우고 눈인사를 나누었다.

어깨가 축 늘어진 아홍이 식탁 옆을 지나치는 가베를 붙들고 하루만 더 쉬게 해 달라고 부탁을 했다. 아니, 부탁이 아니고 애원을 했지만 끝내 매정하게 거절을 당했다. 군인들이 지뢰매설작전을 마치고 돌아오는 날이었기 때문이었다.

계속 졸라 대는 아홍의 얼굴에 결국은 가베의 주먹이 날아들었고, 그녀는 두 손으로 얼굴을 가리고 비틀거리며 우물가로 나가 코피를 닦아내고 풀을 뜯어 콧구멍을 막은 채 들어와 울먹이며 2층의 자기 방으로 돌아갔다. 위안소의 분위기가 살벌해졌지만 요시에는 새로 산 화장품들을 만지작거리며 콧노래를 흥얼거렸다.

새벽녘에 작전을 끝내고 부대로 돌아온 군인들이 오후가 되면서 위안소에 들이닥치기 시작했다. 하루코의 방문 앞에서 순서를 기다리던 군인들은 매독에 걸린 양귀비의 방문에 붙은 '출입금지'라는 빨간 표찰을 한 번 힐끗거리며 맞은편에 있는 하루코의 방으로 들어섰다.

양귀비는 전혀 방문 밖으로 출입을 하지 않았다. 연화라고 불리는 중국 여자가 가끔씩 그 방을 드나드는 것으로 그녀가 아직 살아 있다는 것을 확인할 수 있을 뿐이었다. 여전히 죽음의 그림자는 그녀의 방문 앞을 서성대고 있었다. 하루코는 양귀비를 찾아온 저승사자가 방을 잘못 찾아 자신의 방으로 들어오지나 않을까 두려웠다.

양귀비가 매독에 걸린 이후 바뀐 것이 있었다. 싱가포르에서의 경우도 마찬가지였지만, 군인들은 한 명당 한 달에 2개의 샷쿠(콘돔)를 부대에서 보급받아 사용했었다. 프놈펜의 경우도 마찬가지였으나 양귀비가 매독에 걸린 이후에는 관리인인 가베가 여인들의 방마다 샷쿠가 담긴 자그마한 바구니를 방문에 매달아 놓고 사용하게 하였다.

언제나 샷쿠를 사용하는 군인도 있었지만, 부대에서 샷쿠를 보급받아도 그것을 사용하지 않으려는 군인들은 아예 위안소에 오면서 가지고 오지도 않았고, 위안소에 비치된 것도 사용하지 않으려 했다.

술에 취해 오는 군인의 경우에는 샷쿠를 사용할 것을 요구하는 여인들에게 주먹질이나 발길질이 예사였고, 심지어 주머니에 넣고 다니는 작은 칼을 들이대며 얼굴을 긋는 경우도 있었다.

양귀비의 친구인 연화도 왼쪽 볼에 보기에도 끔찍한 칼자국이 남았다.

그런데 하루코의 방에 들어서는 군인들은 양귀비의 방문에 붙어 있는 빨간 표찰을 보고 들어와서 그런지 샷쿠를 사용하라는 그녀의 요구에 순순히 응하거나 말을 하지 않아도 자발적으로 샷쿠를 사용했다. 하루코로서는 정말 다행스러운 일이었다.

싱가포르의 위안소에서 술에 잔뜩 취한 장교가 조선 여인을 꿇어앉혀 놓고 일본도를 뽑아 목을 친 일이 있었다. 자기에게 성병을 옮겨 주었다는 것이 그 이유였다. 너무나 충격적인 일이었지만, 어찌 된 일인지 그 장교는 어떤 처벌도 받지 않았다.

위안부들에게는 성병도 무서웠지만, 임신을 하는 경우에도 엄청난 어려움을 겪어야 했다. 임신을 하게 되면 관리인은 낙태를 시키기 위해 무슨 약인지 알 수도 없는 약을 먹이기도 하고, 임신을 방지하기 위해 수은이라는 것을 먹이기도 했다.

그래서 샷쿠를 사용하느냐 않느냐는 위안부들에게는 목숨이 달린 중요한 문제였고, 관리인인 가베의 입장에서도 위안부들은 그의 재산 목록이었기에 항상 신경을 썼지만, 목숨을 걸고 전쟁터에 나와 있는 군인들에게 위안부는 승리한 전투에서 획득한 전리품일 뿐이었다.

줄을 지어 자기의 차례를 기다리며 지껄여 대는 군인들의 웃음과 고함소리를 들어가며 온종일 시달림을 당해야 했다. 싱가포르에서의 3개월을 합치면 이미 5개월 이상의 위안부 생활을 경험하고 있는 하루코는 모든 것을 체념한 채 그들에게 몸을 맡기며 한 사람이 끝나고 나면 바께스의 물로 음부를 대충 씻고 기어들 듯 매트리스 위에 다시 누웠다.

순서를 기다리던 또 다른 군인이 들어와 군표를 바구니에 던져 넣고 나서 누운 그녀의 위에서 가쁜 숨소리를 내며 그 짓에 열중하다가 잠시 후 사내가 고개를 떨어뜨리면 하루코는 일어나 바구니에 담긴 군표를 챙겨야 했다. 아무리 힘이 들어도 군표를 챙기지 못하면 가베에게 어떤 수모를 당할지 몰랐다. 지쳐서 제대로 몸을 가누지도 못하는 위안부 몰래 군표를 훔쳐 가는 군인도 있었다. 그럴 때마다 의심을 품은 가베는 여인들을 다그치며 주먹질을 해대기도 했다.

그렇게 정신없이 낮 시간을 보내고 저녁을 먹고 나면 지친 몸을 추스를 틈도 없이 사냥감을 찾아 나선 굶주린 늑대들과 같은 군인들이 일과를 마치고 위안소로 찾아들며 또 하나의 밤이 찾아오곤 했다.

그날도 오후에 아홍은 아픈 몸으로 10여 명의 군인을 받아야 했고 저녁 식탁 앞에 앉은 그녀는 아무것도 먹지를 못했다. 눈은 초점을 잃은 채 때때로 허공을 주시하며 무언가를 애원하는 듯해 보였다. 여인들이 교대로 내려와 아래층에서 간단히 저녁을 먹었고, 어둑해지는 시간에 술에 잔뜩 취한 하사관 몇 명이 들어섰다.

그들 일행은 하사관의 제일 높은 계급인 조장 한 명과 군조 두 명, 오장 한 명이었다. 네 명은 마치 하늘을 빙빙 돌던 매가 땅으로 내리꽂으며 병아리를 낚아채듯이 여인들에게 덤벼들었다.

놀라 몸을 움츠리는 하루코의 양쪽 손목을 조장과 군조 한 명이 동시에 잡았다. 군조는 하루코의 또 다른 쪽 손목을 상관인 조장이 잡고 있는 것을 보고는 씨익 웃으며 하루코의 손목을 슬그머니 놓았다. 그리고 그는 옆에 있던 베트남 여인 아홍의 손목을 잡아채고는 서둘러 2층으로 그녀를 끌고 올라갔다.

하루코는 그 군조에게 잡혔던 손목에 남아 있는 서늘한 느낌을 떨쳐낼 수가 없었다. 그의 소름 끼치는 눈빛에 다리가 후들거렸다. 군조에게 끌려 올라간 베트남 여인 아홍에 대한 걱정과 커다란 위험이 자신을 피해 갔다는 생각이 들었고, 그날 저녁에 위안소에서 분명 무슨 일이 벌어지고야 말 것이라는 불길한 생각이 엄습했다. 하루코가 조장에게 이끌려 2층의 계단으로 올라서는데 벌써 군조에게 끌려 들어간 아홍의 방 쪽에서 비명소리가 들려왔다.

아홍이 심하게 매를 맞고 있다는 생각이 들었지만, 하루코는 물론 누구도 나설 수는 없는 일이었다. 흔히 있는 일이고 군인이 심하게 난동을 부리는 경우에는 가베상이 올라와 참견을 하는 경우는 있었지만, 오늘은 왠지 흔히 일어났던 그런 일이 아닐 것 같다는 예감에 하루코는 잔뜩 몸을 움츠리고 긴장했다.

하루코는 아홍의 방문 앞을 지나칠 때는 숨소리도 죽였다. 하루코의 방으로 들어서자 조장은 나무상자에 걸터앉으며 그녀에게 군화를 벗기라고 명령조로 말했다. 공손히 그의 앞에 무릎을 꿇고 앉아 각반과 군화의 끈을 풀고 있는데도 끄응 끄응 하는 아홍의 신음소리가 복도를 타고 들려왔다. 그 소리를 들으며 군화를 벗기는 하루코의 손이 심하게 떨리는 모습을 보며 조장이 빙그레 웃고 있었다. 그리고 아홍의 신음소리는 조금씩 잦아들고 있었다.

잠시 후에는 하루코의 위에서 성욕을 해소하며 즐기고 있는 조장의 거친 숨소리에 가려져서인지 아홍의 비명이나 신음소리가 들려오지 않는 것 같아서 다행이라는 생각을 했다. 그런데 누군가가 갑자기 방문을 급하게 두드렸다.

문을 두드리는 소리에 일어나 투덜거리며 문밖으로 나간 조장이 한참이 지나도 들어오지를 않았고, 복도에서는 무슨 일이 벌어졌는지 시끌벅적했다.

"이러다가 이년 죽는 거 아냐?"

하사관의 일행 중 누구의 목소리인지 알 수는 없었지만 하루코는 분명히 들었다.

이게 무슨 소리일까. 아홍에게 무슨 일이 벌어진 것이 틀림없다는 생각으로 옷을 주워들어 대충 앞을 가리고 반쯤 열린 방문으로 살짝 복도를 내다보았다. 그녀의 입에서 헉- 하는 소리가 터져 나왔고 눈이 휘둥그레졌다. 벌어진 입이 다물어지질 않았다. 온몸이 굳어지며 그 자리에서 꼼짝을 할 수가 없었다.

복도에는 아홍이 실오라기 하나 걸치지 않은 채 피범벅이 되어 옆으로 쓰러져 있었다. 아홍의 방에서 복도로 핏줄기가 이어져 있었고 복도에도 이미 붉은 피가 흥건했다. 복도로 끌려 나와 방문 앞에 쓰러져 있는 그녀의 깊게 찔린 듯한 가슴과 음부에서 마치 냇물처럼 피가 쏟아져 나오고 있었다. 움켜진 왼쪽의 젖가슴은 거의 떨어져 나갈 정도로 난자를 당한 상태였다.

그녀가 흘린 피가 흘러다니다가 복도의 나무 바닥 사이로 빠져나가고 있었다. 이미 정신을 잃은 그녀는 한쪽 팔과 다리를 가볍게 떨고 있을 뿐 별다른 움직임이 없었다.

아홍의 머리채를 움켜쥔 채 그녀를 내려다보는 군인의 다른 한 손에는 시퍼렇게 날이 세워진 피 묻은 총검이 아직도 그녀의 숨통을 노리고 있었다. 그 군조가 반쯤 열린 방문으로 내다보고 있는 하루코 쪽을 힐끗 쳐다보았다. 그의 눈 속에는 거미줄 같은 붉은 핏발이 서려 있었다.

얼굴에 가득한 짧고 짙은 수염, 희끗희끗한 세치머리에 불거진 광

대뼈, 치켜뜬 두 눈 속의 야수와 같은 눈동자만으로도 하루코는 정신을 잃어버릴 것 같이 아뜩했다.

시끄러운 소리에 이층의 여인들과 군인들이 모두 방문을 열고 내다보고 있었지만, 누구 하나 말리려 나설 수가 없는 분위기였다. 여인들은 숨소리조차도 죽이고 겁에 질린 채 사시나무처럼 떨고만 있을 뿐이었다. 조장도 다가가 한쪽 손을 허리에 얹고 아홍과 군조를 번갈아 보기만 할 뿐 별다른 대책이 없어 보였다.

옆방에서 건너와 손을 꼭 잡아 주는 마사코의 가슴에 얼굴을 파묻은 하루코는 더 이상 고개를 돌려 그 처참한 장면을 볼 수가 없었다. 곧이어 가베가 절룩거리며 올라오고 함께 온 군인들이 그를 말리며 아래층으로 데리고 내려가려 했다. 마지못해 그냥 내려가는 계단 앞에까지 갔던 그가 휙 돌아서는 순간, 쓰러져 있는 아홍의 앞으로 다가가더니 다시 그녀의 머리채를 잡아서 들어 올렸다. 순간 그가 들고 있던 총검으로 그녀의 목을 깊이 찔렀다.

누구 하나 말릴 엄두도 내지 못한 순간적인 일이었다.

아홍의 목에서는 마치 분수처럼 피가 솟구치고 있었다. 사람의 몸에서 그렇게 많은 피가 나올 수 있는지 믿기지가 않을 정도였다. 비릿한 피 냄새가 진동을 하고 있었고, 소리 내어 울지도 못하는 여인들의 작은 흐느낌만이 비극의 현장을 대변하고 있었다.

한참이 지나서야 헌병 서너 명이 올라오는 모습이 보였다.

"어차피 살기는 힘든 년이었어."

완전히 숨이 끊어진 아홍을 내려다보며 그 군조가 한마디를 뱉어

내고는 헌병들을 따라 내려갔다.

구석의 방으로 여인들은 밀려들어가야 했다. 그녀들은 믿을 수 없는 눈앞의 광경에 대한 공포와 분노에 치를 떨며 한없이 눈물만 흘릴 뿐 누구도 선뜻 이야기를 꺼내지 못했다.

"전능하시며 영원하신 하나님 아버지. 여기 죄인에게도 사죄의 은총을 내려 주시고, 주님 곁으로 가는 아홍의 모든 죄를 용서하시고, 주님의 품에서 편히 잠들게 하여 주시옵소서."

기도를 올리는 마사코의 모아진 두 손에 매달려 하루코는 다시는 뜨지 않을 것처럼 두 눈을 꼬옥 감았다.

잠시 전까지도 '하루만 쉬게 해 달라.'고 애걸하던 아홍의 모습을 떠올리며 동료의 끔찍하고도 비참한 죽음에 대하여 한마디 항의도 할 수 없는 자신들의 처지가 원망스러웠다. 그들은 나약한 조국으로부터도 외면을 당하고 부모·형제도 곁에 없는 먼 이국땅에서 황군의 노리개가 되어 버린 위안부일 뿐이었다.

하루코는 붕타우해변에서 멋쩍게 웃으며 인사를 하던 처음 만났을 때의 아홍의 모습과 총검으로 목을 찔리던 순간을 떠올리며 치를 떨었다. 아홍의 시신은 뒷마당에서 거적을 덮어쓴 채 차디찬 바닥에서 밤새 누워 있었다.

다음 날. 이른 아침마다 울어 대던 새들도 그날은 입을 굳게 다물었다. 군인 네 명과 관리인이 그녀의 시신을 강가로 운반하였고, 그녀는 석유를 한 바가지 덮어쓰고 그렇게 화장이 되었다. 아홍을 감싼 불길에서 피어오르는 검은 연기를 멀리서 바라보는 여인들은 눈물을 찍어 내며 힘없는 나라의 백성이 겪어야만 하는 서러움을 뼈저리게 느껴야 했다.

그렇게 죽지 못해 살아가던 아홍의 살은 연기가 되어 하늘로 날아오르고, 뼈는 한 줌의 재가 되어 톤레샵 강물에 뿌려졌다.

여인들은 아홍의 방과 복도를 몇 번이고 물걸레질로 청소했다. 청소가 끝나고 하루코는 물을 머금어 몇 번이나 입안을 헹구었지만 입안의 피비린내가 가시질 않았다. 생각하면 할수록 온몸의 피가 역류하는 것 같은 아홍의 죽음이었다. 하지만 슬퍼하기보다는 자신이 살아남기 위해서라도 여인들은 그 사건을 잊어야만 했다.

그렇게 잔인하게 살인을 저지른 일본군 군조는 버마의 31사단에서 근무하다가 현지의 민간인을 강간하고 살해하는 사고를 내고 1계급이 강등되어 베트남의 사단사령부를 거쳐 캄보디아로 전출된 것이었는데, 아홍은 독기가 뻗친 그 자의 또 다른 희생양이 되고 만 것이었다.

그는 부대 내의 영창에서 며칠간 수감되었다가 6개월의 봉급을 압류하는 것으로 사건이 마무리되고 곧바로 풀려났다. 전장에서는 한 명이라도 전투 병력이 아쉬웠기 때문이었다. 압류된 6개월의 봉급은 관리인에게 보상금으로 주어지는 것으로 부대 측과 가베는 합의점을 찾았다.

살인사건의 가해자는 일본 군인이었지만 피해자는 베트남 출신 위안부 아홍이 아닌 일본인 관리인 가베였다. 이해할 수 없는 논리였다. 하지만 사건은 그렇게 마무리가 되고 그녀의 억울한 죽음은 잊혀져 가야만 했다. 여인들은 어떻게든 살아남아야 한다고 다시 한 번 다짐을 했다. 위안소는 아홍의 비참했던 죽음에도 언제 그런 일이 있었냐는 듯이 평온을 되찾아 갔고 그들의 생활에는 변한 게 없었다.

지칠 대로 지쳐 자포자기의 상태로 누운 채 소금가루가 떨어지는 군복도 미처 벗지 않고 덤벼드는 군인들의 완력에 몸을 맡겼다. 그녀들은 저항할 기운도, 용기도 없었다. 하늘은 저주받을 인간들에게 한바탕 스콜을 쏟아 부었고 또다시 태양은 독기를 뿜어대고 있었다. 그즈음 독일이 연합군에게 항복했다는 소식을 아이리스에게서 들을 수 있었다.

일본군이 불란서 친독일 비씨정부의 총독부 관리들을 가택연금을 한 뒤로 별다른 전투는 없었다. 하지만 프놈펜에서 캄퐁솜 항구로 이어지는 4번 국도 등 보급로를 따라 수색작전을 벌이기도 하고, 연합군의 상륙에 대비한 지뢰 매설과 전술 공사 등으로 며칠간씩 부대를 비워 두고 작전을 펼치기도 했다. 그래서 부대가 텅 비워져 있는 날이 많았다.

작전에 나간 군인들은 더위 속에서 각종 풍토병에 시달리기도 했는데, 작전 중에 학질에 걸려 부대로 돌아와 의무대에서 치료를 받던 병사 두 명이 결국 목숨을 잃기도 했다.

모기에 물려서 걸린다는 학질은 말라리아라고 하기도 하는데, 어느 날부터 위안소에서는 중국 여인 연화가 심한 고열로 자리에서 일어나지도 못했다. 열이 심하게 날 때는 얼굴이 벌겋게 달아오르기도 했고 땀이 비 오듯 흐르기도 했다. 경기를 하기도 하고 열이 오를 때는 헛소리를 하기도 하면서 점점 그 증세가 심해지자, 그녀가 다른 사람에게 병을 옮길 수도 있다며 뒤뜰의 작은 창고로 옮겨 놓았다.

다른 사람에게 옮기는 병이라면 벌써 위안소 사람들 모두에게 그 병을 옮긴 것은 아닐까 하는 생각에 불안하기도 하고 모두가 그 병으로 다 죽게 되는 것은 아닌가 하는 두려움이 머릿속을 맴돌았다. 아무튼, 모기에는 물리지 말아야 한다는데, 하루에도 모기에 수없이 물리고 사는데 어찌해야 한단 말인가. 여인들 모두가 불안해하고 있는데 요시에가 불쑥 나섰다.

"느그들 학질에 어떤 약을 쓰는지 모르제?"

"……."

시선이 요시에에게로 쏠렸다.

"학질에는 '키니네'라는 약을 쓰는데 잘못하면 벙어리가 될 수도 있고 정신이 미쳐 버리는 경우도 있다 카더라. 느그들도 이제 알았제? 모기에 물리면 안 된다 말이다."

그나마 키니네도 돈을 싸들고 다녀도 구하기가 힘들다는 요시에의 이야기에 하루코는 어두컴컴한 창고 안에 홀로 누워 앓고 있는 연화의 모습을 다시 한 번 떠올렸다.

매독에 걸린 양귀비를 가끔씩 연화가 돌봐 주었었지만, 말라리아에 걸린 창고 안의 연화는 누구도 돌보는 사람이 없었다. 3일에 한 번씩 고열로 위기를 맞는다는 말라리아 앞에서 세 번째 고열에 시달리다가 짙고 빽빽한 구름 속으로 달이 숨어 버리던 날의 밤에 그녀는 그 고비를 넘기지 못하고 그만 마지막 숨을 거두고 말았다.

뒷마당의 야자수 그림자가 그녀의 시신을 덮고 밤새워 흐느껴 우는 밤이 지나갔다. 그리고 동료였던 아홍과 같이 타오르는 불길 속에서 한 줌의 재가 되어 버린 연화도 톤레샵 강물을 따라 고향으로 돌아갔다.

연화를 영원히 위안소에서 떠나보낸 날 저녁, 식탁에 둘러앉아 이야기하던 중에 요시에의 독설이 또 한바탕 퍼부어졌다.

"도둑년. 그년은 뒈져도 싸다 말이다."

요시에의 이야기에 하루코와 마사코가 무슨 영문인지를 몰라 어리둥절해했다.

요시에가 아끼던 속옷을 빨아 널었다가 2개를 잃어버렸는데, 연화가 훔쳐다가 매독이 걸린 양귀비의 방 안에 빨아 널어 가며 입은 것이 틀림없다는 이야기였다.

"확실히 연화가 훔쳐간 것인지도 모르지 않니. 그리고 아무리 그래도 죽은 사람한테 너무 심한 것 아니니?"

마사코의 이야기에 요시에는 눈을 부라리고는 고함을 지르듯 한마디를 던지고는 자기의 방으로 올라가 버렸다.

"그 년이 뒈질 때 내 빤쓰를 입고 뒈졌다 말이다. 에이, 재수 없어. 퉤-."

요시에의 가슴속에 들어 있는 악마를 쫓아내 달라는 마사코의 기도를 들으며 하루코는 복받치는 서러움에 목 놓아 울었다. 가베는 다리를 절룩거리며 얼른 옷 갈아입고 화장을 하라며 여인들을 재촉하고 있었다.

연화가 말라리아로 죽어 나가자 모기에 물리지 않기 위해 가베는 여인들에게 가불을 해 주어 모기장을 사도록 하였고, 요시에의 이야기에 따라 독한 풀을 구해다가 밤마다 위안소 앞마당에 모깃불을 피웠다.

요시에는 다른 나라의 사람들보다 조선 사람들이 말라리아에 잘 안 걸리는 이유가 있는데 그것은 바로 김치를 먹기 때문이라고 말하며, 어떻게 해서든지 김치를 담가 먹으려고 했다.

언제나 부지런한 조선 여인들은 위안소의 뒤뜰에 '스파이보꼬'라는 배추처럼 생긴 채소를 심어서 가꾸었고, 그것을 소금에 절여 '스파이찌루'라는 음식이 만들어지면 마늘과 고춧가루를 넣고 버무려서 김치를 만들어 먹기도 했다. 어머니가 만들어 주던 그 맛은 나질 않았지만, 조선 여인들은 밥을 먹을 때마다 김치 통을 들고 다니며 부지런히 먹었다. 수박껍질도 소금에 절여 양념을 하면 훌륭한 김치가 되기도 했다.

양귀비는 친구인 연화의 죽음을 아는지 모르는지 계속 2층의 구석방에서 매독균과 싸우고 있었다. 요시에가 가베로부터 듣고 온 바에 의하면, 양귀비도 가망이 없다는 것이었다. 돈이 없어서 더 이상은 치료도 못 하고 있는 상태라고 했다.

"요시에 언니, 양귀비가 돈을 그렇게 많이 벌었다는데 왜 돈이 없어서 치료를 못 하는 거야? 저금해 놓은 돈이 많을 텐데?"

하루코가 머리를 갸우뚱거렸다.

"내가 우찌 알겠노. 저금을 얼마나 했는지 내가 우찌 아느냐 말이다.”

요시에가 퉁명스럽게 대답하며 하루코에게 눈을 흘겼다.

하루코는 '아차'하는 생각이 들었다. 요시에에게 물어볼 말이 아니었다.

“606호는커녕 테라마이신 주사도 구할 수가 없다 카더라. 돈을 주고도 몬 구한다 카는데 우짜겠노. 이제 저승길로 들어선 것이나 다름없다 아이가.”

더 이상은 자기에게 양귀비에 대한 이야기를 하지 말라는 투였다.

잠시라도 시간이 생기면 가베의 잠자리에까지 몸을 던져 가며 벌었다던 그녀의 돈은 어디로 간 것인지 알 수가 없었다. 가베를 의심하는 소리가 나오면 요시에는 가베가 알아서 할 일이고 우리가 신경 쓸 일이 아니니 알려고도 하지 말라며 딱 잘라 말했다.

양귀비는 매독균이 그녀의 창자을 끊어 내고 등골까지 파먹는 고통을 겪으며 승산도 없는 싸움을 약도 없이 맨몸으로 하고 있었다.

하루코의 맞은편 방에서 혼자 생활을 하던 양귀비에게 하루 한두 차례씩 들락거리며 밥을 날라다 주던 중국 여인 연화가 말라리아로 세상을 떠나자 그녀의 방을 찾는 이는 아무도 없었다.

청소를 하는 캄보디아 여자를 시켜 하루 한 차례씩 가베가 밥을 날라다 주게 했지만, 며칠 전부터 가베가 술에 취해 생활을 하면서 그나마도 신경을 놓아 버린 채 며칠이 지나고 있었다.

그날도 또 한바탕 비를 쏟아 낸 프놈펜의 하늘엔 어김없이 태양이 그 모습을 드러내며 이글거리고 있었다. 오전에 한바탕 군인들이

휩쓸고 지나가고 더위에 숨이 턱턱 막히던 정오가 조금 지난 시각이
었다.

"아악!"

들려오는 비명소리에 맞은편 방의 하루코가 제일 먼저 복도로 뛰
어나갔다. 가베의 몸종처럼 그의 뒷바라지를 하는 캄보디아 여자가
양귀비의 방문 앞에서 벌어진 입을 다물지 못하고 한 손으로 입을 가
린 채 양귀비의 방 안을 손가락으로 가리켰다.

두어 발자국을 내디딘 하루코가 양귀비의 방 안으로 고개를 디밀
었다.

"억!"

차마 눈뜨고는 볼 수 없는 모습이었다. 새까만 얼굴로 천장에 목
을 매어 매달린 양귀비는 축 늘어져 있었다. 흉하게 혀를 내민 그녀
의 방에서 나는 지독한 냄새는 그녀의 배설물에서 나는 냄새만은 아
니었다. 며칠이 지났는지도 모를 밥그릇에 남겨진 밥도 파리 떼가 까
맣게 덮고 있었다.

여인들이 모두 모여들었고 아래층의 가베도 절룩거리며 급히 올라
왔다. 하루코와 마사코는 요시에로부터 들은 이야기가 있었기에 곁
눈질로 가베의 눈치를 살폈다.

가베는 자기와 양귀비와의 관계를 여인들이 알고 있을지도 모른다
는 생각을 했는지 서둘러 양귀비의 시신을 수습하려 했다.

역겨운 냄새가 나는 그녀의 시신을 가베와 요시에가 끌어안고 마
사코가 울며 양귀비의 목에 걸려 있던 줄을 끊어 바닥에 바로 눕혔

다. 콧구멍 안에서 몇 마리의 구더기가 떨어져 나오며 그녀가 죽은 것이 어제오늘의 일이 아니었음을 알리고 있었다.

그렇게도 뽀얗고 곱던 얼굴은 매독균에 의해 까맣게 타들어가 버렸고, 뼈에 가죽만 덧씌운 그녀의 모습 그 어디에서도 살아생전 양귀비의 모습은 찾아볼 수 없었다. 매독균과 싸우면서 누구라도 붙들고 실컷 울어 보지도 못한 그녀가 고통의 나날을 견디어 내지 못하고 스스로 저승사자의 아가리 속으로 자신을 던져 버리고 말았던 것이다.

한 맺힌 이승을 하직하면서 억울함에 눈을 감지 못한 양귀비가 영원한 안식처인 하늘나라에서 편안히 잠들게 해달라고 마사코가 무릎을 꿇고 기도하는 모습을 모두들 지켜보았다. 양귀비의 시신을 내려다보고 서 있는 요시에의 눈치를 하루코가 슬쩍 살폈다.

한 줌의 재가 되어 바람결에 실려 캄보디아를 떠난 양귀비는 그렇게 고향으로 돌아갔다.

필리핀 여인 아이리스는 영어를 잘해서 그런지 전황에 대한 소식통이었다. 보통은 한참이 지난 소식들이었지만, 영어로 방송되는 라디오를 통해서 최근의 소식까지 알고 있었다. 지난 1월에 필리핀의 카바나투안이라는 곳에 있는 포로수용소를 미군의 특수부대와 필리핀의 레지스탕스가 습격하여 미군 포로를 구출하고 일본군을 수백 명이나 죽이거나 포로로 잡았다는 이야기를 하기도 했다.

아이리스와 마사코가 마주 앉으면 전황에 대한 이야기를 나누곤 했는데, 마사코가 아이리스에게 들은 전쟁터의 소식은 하루코에게는 자세히 설명을 하면서도 요시에에게는 항상 머뭇거렸다. 전황은 나날이 일본에게 불리해지는 것이 틀림없는 것 같았다.

하루코는 싱가포르에 있을 때 두 번이나 고향의 가족에게 편지를 보냈었다. 물론 건강히 잘 지내고 있으니 염려하지 말라는 거짓말이었고, 한 차례 남동생이 보내온 답장을 받기도 했었다. 종이가 해어져서 너덜거리는 동생의 그 편지를 항상 보물처럼 여기며 보관하고 있었다.

그러나 프놈펜에 들어온 이후로는 몇 차례나 집에 편지를 보냈지만 한 번도 답장을 받아 보지 못했다. 일본의 해군이 미국의 해군에게 크게 패해서 캄보디아나 베트남의 근처로 수송선이 제대로 다니지를 못한다는 것이었다. 우편물도 오고 가지를 못하는 것 같았지만 혹시나 하는 생각에, 하루코는 오지 못할 편지를 매일같이 기다렸다.

마사코도 싱가포르에서 군사우체국을 통해 고향으로 세 번이나 송금을 했지만 단 한 번 돈을 받았다는 아버지의 답장을 받았을 뿐이었고, 그나마 캄보디아로 들어온 후에는 한 차례도 편지를 받아 본 적이 없었다.

전황이 일본에게 불리하게 돌아가고 있다며 필리핀의 여인 아이리스와 낸시는 위안소에서 도망을 칠 궁리를 하고 있었다. 가베에게 필요하다며 가불을 해달라고 하기도 하고 몰래 빼돌린 군표를 큰 시장에 나가서 미국 돈으로 바꾸어 가며 캄보디아를 벗어날 준비를 차곡차곡 해나가고 있다고 했다. 육로를 통해 베트남으로 건너가서 홍콩이나 마카오로 가는 배를 타기만 하면 그곳에서는 쉽게 마닐라로 가는 배를 탈 수 있을 것이라는 것이었다.

마사코도 필리핀 여인들과 여러 차례 대화를 나누다가 그녀들과 함께 도망을 칠 생각을 해 보게 되었다며 가만히 하루코에게 이야기를 꺼냈다.

"언니, 그런데 우린 돈이 없잖아. 걔들은 벌써 미국 돈을 많이 모아 놓았다며?"

하루코가 바싹 다가와 앉았다.

"응. 만약에 마음의 결정을 한다면 우리도 지금부터라도 부지런히 달러를 준비해야지."

"정말 우리가 군표를 쁘사뜨마이라는 그 큰 시장에 가지고 가면 미국 돈으로 바꿀 수 있을까?"

"필리핀 여자들 이야기로는 달러는 물론 프랑도 구할 수 있다더라."

"프랑은 불란서 돈이지?"

"응, 맞아."

"요시에 언니한테도 이런 이야기, 했었어?"

"쉿!"

마사코가 입술에 손가락을 갖다 댔다. 그리고 소리를 낮추었다.

"왠지 요시에한테는 이야기하기가 겁이 나서 하지 않았어. 어떻게 될지 모르지만, 당분간 요시에한테는 이야기하지 마라. 알았지?"

"응, 알았어. 그럼 지금부터라도 군표를 조금씩 몰래 모아 볼까? 가베상한테 가불해 달라고 졸라 대고?"

"요즈음은 군인들이 별로 오지 않아서 군표를 숨기기가 쉽지 않을 거야."

눈동자를 부지런히 굴리던 하루코가 마사코를 바라보았다.

"언니, 그럼 우리가 군사우체국에 저금한 돈은 어떻게 되는 거야?"

"모르겠어. 필리핀 애들은 그 돈은 포기한다더라. 우리도 그렇게 된다면 포기해야 하지 않을까? 가베는 우리가 그 돈 때문에 도망을 치지 않을 거라고 생각하지 않을까?"

하루코가 가만히 머리를 끄덕였다.

"그러고 보니 언니 말이 맞겠다. 그럼 어떻게 할까? 걔들은 언제 도망친대?"

"확실한 날짜는 아직 결정을 하지 않은 모양이더라. 걱정스러운 것은 만약에 걔들이 도망을 치고 나면 감시 때문에 우리는 도망을 칠 기회가 없어진다는 것이지."

"요시에 언니가 같이 간다면 준비하기가 훨씬 수월한 텐데……. 그치, 언니?"

"그렇기는 하지만 같이 갈 때는 가더라도 절대 요시에게 미리 말하면 안 돼."

"알았어, 언니. 아무튼 나는 언니가 하자는 대로 할 테야."

마사코의 방문 앞에서 들려오는 인기척에 두 사람은 동시에 손가락을 입에 갖다 대었다.

"야. 우리도 큰 시장에 바람이나 쏘이러 가자. 내가 가베상한테 가 불해 달라고 할게."

문을 열고 요시에가 몸을 반쯤 들이밀고 있었다.

"비가 또 올지도 모르는데……."

하루코가 머뭇거렸다.

"우산 가지고 가면 되지 뭐. 비율빈 애들도 간다카더라. 그년들도 쁘사뜨마이라는 큰 시장 다니는 데 재미가 붙은 모양이야. 요즈음에는 시간만 나면 거길 가서 돌아다닌다 카더라. 호호호……."

필리핀 여자들이 같이 간다는 이야기에 호기심이 일어 하루코가 눈치를 살피며 마사코를 바라보고 말했다.

"언니, 우리도 같이 가자."

"그래. 얼른 옷 갈아입어."

요시에가 앞서서 계단을 내려가는 소리가 요란했다.

시클로에 올라앉아 양산을 받쳐 든 그녀들이 태양이 머리 위에 있는 시간에 쁘사뜨마이에 도착했다. 하루코는 비율빈 여자들을 눈여겨보려고 했으나 시장에 도착하면서부터 그녀들은 어디론가 모습을 감추었다가 돌아올 때가 되어서야 그 모습을 드러냈다.

요시에는 필요한 것들을 이것저것 많이도 사서 보따리를 채웠지만, 하루코와 마사코는 필요한 것이 없다며 아무것도 사지 않았다. 돈을 아껴야 했기 때문이다.

언제부터인가 요시에는 시장에서 볼일을 마치면 '트라이루먼뻬'라는 걸 사곤 했다. 가물치를 야자수기름에 튀긴 것이었는데, 남자들에게 좋은 것이라며 사 들고 돌아온 그날도 요시에는 가베의 방에 가물치 튀김을 디밀었다.

문제는 돈이었다. 비율빈 여자들도 도망을 칠 자금이 아직 부족하다고 했었는데, 이번에 시장에 나가 보니 장사꾼들이 군표를 달러로 바꿔 주려고 하지 않더라는 것이었다.

"왜 바꿔 주지 않으려고 하는 거지?"

마사코 앞에 하루코가 주저앉으며 물었다.

"글쎄, 나도 대충 짐작만 할 뿐인데……."

하루코가 입술을 핥으며 바짝 다가앉았다.

"짐작?"

"응, 캄보디아 사람들은 일본이 캄보디아를 불란서로부터 해방시켜 줄 것이라고 믿었었는데 전세가 일본 쪽이 많이 불리해지는 걸 알고 일본의 돈이나 군표가 휴짓조각이 될지도 모른다는 생각을 하는 것 같아."

"그럼 우린 어떻게 해?"

"좌우지간 우리는 돈을 준비하는 데까지 준비를 해 보는 거야. 아마 비율빈 여자애들도 돈이 부족해서 도망치는 날짜를 연기해야 되겠지."

"언니. 우리 가베 방에 몰래 숨어들어 가서 돈을 훔치면 어떨까? 그 방에는 돈이나 군표가 많이 있을 거야. 어차피 도망칠 건데, 뭐."

"아니야, 그건 안 돼."

"도망치기 바로 전날 훔치면 되는 거 아닐까?"

"하루코, 만약에 우리가 그렇게 돈을 훔쳐서 달아난다고 치자. 우리가 마카오나 홍콩을 거쳐 만주 쪽으로 해서 조선 땅에 들어가기 전에 우리들의 집에서 가족들은 이미 일본 순사들에게 끌려가서 고초를 겪게 될 거야. 그런 생각을 하다 보니 도망간다는 것도 망설여져."

눈앞에 떠오르는 어머니의 모습에 하루코가 눈물을 글썽였다. 마사코는 하루코의 어깨를 한 번 다독거리고는 기침약을 꺼내어 입안에 털어 넣었다. 약값을 아껴 가며 마사코는 군표를 몰래 모았지만, 돈으로 바꿀 수가 없었고, 기침은 하루가 다르게 심해지고 있었다.

고향으로 돌아가는 길은 하루 빨리 전쟁이 끝나는 길밖에 없었다. 마사코의 기도는 언제나 전쟁이 빨리 끝나게 해달라는 것으로 시작해서 그것으로 끝나곤 했다.

그러던 중 마사코를 찾아오는 군인이 생겼다. 부대 내의 조선인 병사들 중에 류이치 상등병이라는 사람이 있었는데, 그의 조선 이름은 김용일이었다. 위안소 안에서는 그가 마사코의 스짱(애인)이라고 알 만한 사람은 모두가 알고 있을 정도로 금방 소문이 나돌았다. 류이치는 위안소에 오면 절대 다른 방에 들어가지 않았고, 문밖에서 기다렸다가 마사코와 한동안씩 이야기를 나누다가 돌아가곤 했다.

그는 몰락한 양반가의 자제였는데, 가세가 기울자 형제 중 한 사람이라도 징병을 가야 하는 처지가 되었고 자신이 동생들을 대신해서 입대를 했다고 했다. 그는 항상 밝은 표정이었고, 가베에게 사정을 하여 마사코를 데리고 시내의 병원에 나가서 X-Ray 촬영도 해 보게 하겠다며 마사코에게 지극히 헌신적이었다.

그가 전쟁이 끝나면 고향에 돌아가 결혼을 하자는 이야기까지 꺼냈지만, 마사코는 그 사람이 좋은 사람이기는 하지만 그쪽 집안에서 자신을 며느리로 삼겠느냐며 아쉬워했다. 그렇게 두 사람의 정이 깊어 갈 즈음 조선 출신 류이치 상등병이 위안소의 조센삐 마사코와 가깝게 지낸다는 소문이 부대에까지 퍼지자, 그를 깜퐁솜의 수비대로 전출시켜 버렸다.

마사코는 2주에 한 번씩 찾아오는 그를 은근히 기다리기도 했다. 자그마한 체구에 군복이 어울리지는 않았지만 선하게 보이는 눈빛은 자신의 동생 계석이의 눈빛을 닮았다고 마사코가 이야기하곤 했다. 하루코는 류이치 상등병을 바라보는 마사코의 눈동자 속에서 그녀의 동생이 보이는 것 같았다.

일본군이 여러 곳에서 계속 패하고 있다는 소문이 나돌았고, 도쿄에서도 미군의 공습으로 수십만 명이 죽었다는 소문과 함께 이제는 캄보디아에서도 곧 전투가 벌어질 것이라는 소문이 떠돌기 시작했다. 전투를 앞두게 되자, 위안소에 찾아오는 군인들은 더욱더 난폭해졌다. 소문이 헛소문만은 아닌지, 부대에는 병력이 계속해서 보충되고 있었다. 장교도 몇 명이나 새로 왔다고 했다.

조선 여인들은 혹시라도 전쟁과 관련된 새로운 소식을 하나라도 듣지 못하고 넘어갈까 봐 항상 두 귀를 곤두세웠다. 아래층의 대기실에서 줄담배를 피워 대던 요시에가 녹이 슨 통조림 깡통으로 만들어진 재떨이에 꽁초를 던져 넣으며 옆의 하루코를 바라보았다.

"하루코, 니 곤도 대위 아나?"

"아니, 모르겠는데…… . 곤도 대위가 누구야?"

"새로 온 장교인데 괴팍한 놈인 거 같으니 니도 조심해야 한다."

요시에의 이야기에 하루코의 가슴이 철렁 내려앉았다.

"그놈이 몇 번 아이리스를 자기 숙소로 데리고 갔었는데, 온몸에 문신을 파고 젖퉁이까지 담뱃불로 지져 놨다 카더라."

"어머! 짐승 같은 놈이네."

하루코는 며칠 전에 보았던 필리핀 여인 아이리스의 등과 어깨에 새겨진 문신을 떠올리며 '제발 곤도 대위와 만나지 말아야 할 텐데……' 하고 빌었다.

고향의 앞산과 들녘에 진달래와 철쭉이 한창일 계절의 어느 주말 저녁. 위안부들 사이에서 악명이 높은 곤도 대위가 위안소로 들어섰다.

"곤도 대위님 어서 오십시오."

가베가 허리를 깊이 숙이며 그를 맞았다.

식탁이 놓여 있는 거실에 앉아 있다가 벌떡 일어서며 인사를 하는 여인들을 한번 휙 둘러보고 난 그가 얼굴을 찌푸렸다.

"아이리스는 어디 있나?"

곤도 대위가 두리번거리며 아이리스를 찾았다.

"아이리스는 지금……."

가베가 아이리스가 손님과 같이 있음을 미안해하며 2층으로 오르는 계단을 바라보았다.

"으응, 그래? 그럼 오늘은 낸시를 데리고 가서 놀아 볼까? 하하하하……."

괴팍한 성격에 변태적인 그는 부대에 전입해 온 지 보름도 안 되었지만, 이미 여인들 사이에서 충분히 알려질 정도로 공포의 대상이었다.

그는 필리핀에서 근무하다가 이곳으로 전입을 왔으며, 고참 대위라그런지 일반 장교숙소에 머물지 않고 2호 관사에서 지낸다고 했다. 그는 필리핀의 코레히돌 전투에도 참가해서 미국 놈들을 쫓아냈다고 자랑스럽게 떠벌려 댔고, 그래서 그런지 특히나 필리핀 여인들을 미워했다.

여인의 질 속에 여러 가지 물건을 집어넣고는 낄낄거리며 웃는 등이상한 행동을 하는 사람이라고 소문이 자자해서 여인들은 그를 피하고 싶었지만, 안타깝게도 그녀들에게는 선택의 여지가 없었다.

곤도 대위의 웃음소리에 낸시의 얼굴이 파랗게 질리고 있었다. 하지만 거부할 수도 없는 그녀는 공포에 질린 눈으로 그를 따라가 2호 관사에서 밤을 보내야 했다.

동료 여인들은 위안소도 아니고 곤도 대위의 숙소까지 따라가게 된 낸시에게 별일이 없기를 바랐지만, 다음 날 저녁까지 그녀는 돌아오지 않았고, 늦은 밤에 곤도 대위가 가베에게 연락을 취하여 와서데리고 가라고 했다는 것이었다.

곤도 대위가 임시로 사용한다는 2호 관사로 가베와 함께 낸시를 데리러 간 요시에는 그녀의 처참한 모습에 한동안 아무 말도 할 수없었다. 낸시는 옷이 속옷까지 갈기갈기 찢기어 있어서 가베의 옷을 어깨에 걸친 채 부대를 빠져나왔다는 것이었다.

그녀의 젖가슴에는 일장기와 곤도의 이름을 문신으로 새기어 놓았을 뿐 아니라, 엉덩이와 사타구니에도 욕설이나 그림 등의 문신이 새겨진 채 붉은 진물이 흐르고 몸의 곳곳에 담뱃불로 지져진 상처가 셀 수 없이 많았으며, 코뼈가 부러진 채 알몸으로 침대의 한쪽 다리에 묶여 있었다.

낸시는 그날의 상처들에서 고름이 흐르는 등 치료가 잘되지 않아서 한동안 심하게 고생을 해야만 했고, 그녀의 코는 보기 흉하게 한쪽이 내려앉고 말았다.

고통스러운 생활 속에서도 시간은 흘러갔다. 우기로 접어들며 쏟아지는 스콜처럼 전장의 소식도 쏟아졌다. 조선 여인들이 듣게 되는 전쟁 소식은 대부분 필리핀 여인 아이리스가 전해 주는 것들이었다. 아이리스는 시장에서 구했다는 작은 라디오를 다른 사람들 모르게 가지고 있으면서 모두가 잠든 새벽 시간이나 외출해서 밖에 나갈 때마다 들고 나가서 방송을 듣곤 했다.

짙은 새벽안개가 하루 종일 걷히지 않고 지척을 분간하기 어려울 정도로 끼었던 날이었다. 뜬눈으로 밤을 지샌 하루코가 아직까지 곤도 대위에게 자신이 걸려들지 않았던 것이 천만다행이라며 가슴을 쓸어내렸지만, 낸시의 비참한 모습을 본 후로 엄습해 오는 불안감을 떨치지 못한 채 안절부절못했다.

프놈펜에 들어온 지 불과 4개월 남짓한 기간 동안 베트남 여인 아홍이 무자비한 군인의 칼질에 비참하고 억울한 죽음을 당했다. 그리고 중국 여인 양귀비가 매독에 걸려 한 많은 인생을 스스로 마감했고, 또 다른 중국 여인 연화는 학질에 걸려 세상을 떠났다. 그리고 곤도 대위라는 정신병자 같은 사람에게 필리핀 여인 아이리스와 낸시가 평생을 두고도 치유되지 않을 정신적·육체적 상처를 입었다.

'이번에는 누구일까?'

누군가가 또 비극적 운명 속에서 필연적인 사건으로 재물이 되어야 한다면 다음 차례는 조선 여인이 될 것 같다는 불안한 생각이 하루코의 머릿속에 떠오른 채 떠나지 않으며 그녀를 괴롭혔다. 어쩌면 그 조선 여인이 하루코 자신이 될지도 모른다는 생각이 될 때는 오금이 저려서 화장실만 들락거려야 했다.

요즈음 들어 마사코의 얼굴에도 불안감이 깊이 자리를 잡고 들어앉아 있었다. 그래서 그런지 마사코도 아침부터 하루코처럼 화장실만 들락거렸다. 먹은 것도 없이.

정오가 훨씬 지나면서 안개가 조금씩 걷히는 듯했다가 어두워지면서 위안소는 다시 짙어진 안개에 파묻혀 버렸다. 군인들이 뜸했던 그날은 일찍 잠자리에 들었다가 새벽녘에 눈을 뜬 하루코가 아래층의 변소에 앉아 있었다. 쪼그리고 앉아 문틈으로 바라보면, 위안소로 들어오는 출입문 바로 옆에 있는 가베의 방문이 반쯤 바라보였다.

하루코는 변소에서 가베의 방문 틈으로 새어 나오는 불빛을 바라보며 요시에가 해준 이야기를 떠올렸다. 죽은 양귀비와 가베의 관계를 이야기하면서 가베가 매독에 걸렸을지도 모른다고 했던 그 이야기였다.

불이 켜진 가베의 방에서 들려오는 소리는 없었지만, 왠지 그 방에는 가베가 혼자 있는 게 아니고 다른 사람이 같이 있을 것 같다는 느낌이 들었다.

볼일을 마치고 변소에서 나온 하루코가 위층으로 올라가는 계단 입구에서 가베의 방문 쪽을 뒤돌아 바라보았다. 계단에 서서 잠시 망설이던 그녀가 발뒤꿈치를 들고 가베의 방문 앞으로 살며시 다가갔다.

그녀의 느낌이 맞았다. 방문에 귀를 대고 들어 보니, 안에서 여자의 신음소리가 분명하게 들려왔다. 혹시나 하는 생각에 주변을 다시 한 번 살피고는 불빛이 새어 나오는 문틈으로 머리를 바짝 붙이고 들여다보았다.

깜짝 놀란 그녀가 뒤로 한걸음 물러섰다. 마치 심장이 박자를 잃고 요동치다가 곧 떨어져 나갈 것만 같았다. 그 자리를 얼른 벗어나야 하는데, 다리가 도무지 떨어지질 않았다.

'가베 그 노마가 다리가 빙신 아이가. 양귀비 그년이 가베 그 노마의 배때기에 올라타고 앉아가 아예 가베를 죽일 듯이 그 짓거리를 하더라카이.'라고 이야기하던 요시에의 모습이 떠올랐다.

바로 그 자리. 양귀비가 있었다던 바로 그 가베의 배위에 요시에가 앉아 있었다.

- 2 -
운명

갑자기 쏟아지는 빗줄기의 노래에 맞추어 길 건너편의 나무들이 춤을 추기 시작했다. 아침나절부터 술에 취한 관리인 가베가 부르는 군가가 좁은 계단을 타고 올라왔다.

비상이 해제되지 않은 채 며칠인가 지나가고 있었다. 관리인 가베는 밤낮없이 자기의 방에서 술에 취해 알 수 없는 소리를 중얼거리다가 오늘처럼 갑자기 고함을 지르듯이 군가를 불러 대곤 했다. 멀쩡할 때도 심하게 다리를 저는 그는 술에 취해 변소에 다녀오다가 넘어지기 일쑤였다. 혼자서는 일어서지를 못해서 버둥거리는 그를 여인들이 부축해서 그의 방으로 데려다 주곤 했다.

사흘 동안 군인들은 그림자조차 보이지 않았고, 그날도 오후 세시가 되도록 삐야를 찾는 군인은 없었다. 한가로운 시간이면 자연스럽게 창문으로 밖을 내다볼 수 있는 하루코의 방으로 조선의 여인들이 모이곤 했다. 신경질이 늘어 가는 요시에가 창문 앞에 기대어 서서 쏟아지는 빗줄기에 포위되어 있는 부대의 모습을 바라보고 있었다. 그녀는 하루도 빠짐없이 남자들이 필요했다. 예쁜 속옷을 사고 향이 근사한 화장품들을 사야 했기 때문이다.

잔뜩 부어터진 얼굴의 요시에가 빨간 동그라미가 그려진 담뱃갑에서 담배를 꺼내어 입에 물고는 지포라이터로 불을 붙였다. 누워 있다가 일어서서 그녀의 곁으로 다가선 하루코가 창문틀에 놓인 담뱃갑을 가리키며 물었다.

"어머, 요시에 언니. 이거 아까다마 아냐?"

"응. 럭키스트라이크라는 담배 맞다."

"미국 담배 맞지? 그거 어디서 났어? 샀어? 언제 또 큰 시장에 다녀왔나 보네?"

하루코가 철부지 어린아이처럼 숨 가쁘게 질문을 해댔다.

"어디서 나긴 어디서 나냐? 이 가시내야, 돈 주고 샀지."

요시에가 퉁명스럽게 내뱉었다.

"언니는 미국을 그렇게 미워하면서도 담배는 꼭 미국 담배를 피우네."

"야, 어디 담배뿐이냐? 술도 양놈들 게 최고지, 뭐. 위스키 말이야. 호호……."

요시에가 입맛을 한 번 다신 후에 이마를 찌푸리며 뿜어낸 담배 연기 사이로 창밖의 길 건너 부대 쪽으로 시선을 던졌다. 하루코가 슬그머니 그녀의 팔짱을 끼며 몸을 기대었다.

"언니, 배고프지 않아? 마사코 언니하고 우리 다 같이 뭐 사 먹으러 갈까?"

"이 빗속에 어딜 나가니? 다 떠내려가고 말겠다."

"조금 있으면 비가 그치지 않을까?"

"……."

요시에는 대꾸도 없이 담배만 깊이 빨았다. 멀쑥해진 하루코가 요시에의 눈치를 살피며 전쟁 이야기를 꺼냈다.

"참! 언니, 미국 놈들이 일본의 어떤 섬에 상륙했다던데?"

"누가 그카드노?"

"응. 비율빈 여자애들이 그랬어."

"미친년들. 지들이 봤다 카드나?"

요시에가 버럭 소리를 질러 대는 바람에 하루코가 움찔하며 몸을 뒤로 젖혔다. 아이리스가 옆에 있다면 머리채라도 잡아챌 듯이 요시에가 흥분을 감추지 못한다. 눈치를 살피며 하루코가 한마디를 더 꺼냈다.

"그리고 그 못된 미국 놈들의 비행기들이 일본에까지 가서 폭탄을 들이부어서 일본 사람들이 엄청나게 많이 죽었다고 그러던데."

"모르겠다. 내는……."

모르겠다는 말로 적당히 이야기를 피해 가는 요시에의 목소리에는 근심이 서려 있었다.

"콜록 콜록-."

기침을 하며 하루코의 방으로 들어서는 마사코에게 두 여인의 걱정스러운 눈빛이 모아졌다. 요시에가 뿜어내는 담배 연기에 이마를 찌푸리며 마사코가 다가서자, 하루코가 요시에 쪽으로 바짝 다가가며 담배 연기가 없는 쪽으로 마사코의 자리를 만들었다.

"니 요새도 기도 열심히 하나?"

요시에도 언제나 마사코의 기도에는 관심을 표했다.

"응, 우리가 꼭 살아서 돌아가게 해달라고 간절히 기도를 하고 있어. 우리 모두 무사히 돌아가게 될 거야."

하루코가 슬그머니 마사코의 손을 잡는 모습을 요시에가 곁눈질로 지켜보았다.

"니는 비율빈 애들한테 무슨 소식 들은 거 없나?"

"으응, 그냥 일본이 많이 불리해지고 있다는 이야기만 하더라."

"일본 본토를 미군이 계속 공격하고 있다고 안 하드나?"

요시에가 확인을 하여야겠다는 투로 물었다.

"응. 그렇다고 하더라."

대답을 하고 마사코가 부대 쪽으로 눈길을 돌리고 있다가 다시 이야기를 꺼냈다.

"그런데 말이야. 그렇게 되면 조선은 어떻게 되지?"

"조선이야 뭔 상관이 있겠노."

"무슨 소리야? 조선에 일본군이 주둔하고 있으니 미국 비행기가 당연히 조선에도 폭탄을 떨어뜨리지 않겠어?"

마사코의 이야기처럼 조선도 연합군이 폭격을 할지도 모른다는 생각에, 가만히 듣고만 있던 하루코가 끼어들었다.

"맞아, 언니. 여기에 일본군이 있으니까 폭격을 하는 것처럼 조선에도 일본군이 있기 때문에 폭격을 하고 있을지도 몰라."

불현듯 고향의 가족들이 위험에 처할 수도 있다는 생각에 불안감이 엄습했다.

"참! 너희들 말이야. 혹시 부대에 조선 출신 군인들이 더 들어왔다는 소식 들었니?"

"조선 출신 군인들이 더 들어왔다고?

마사코로부터 조선 출신 군인이 더 들어왔다는 이야기를 듣고 하루코가 성급히 되물었다.

"응. 버마라는 곳에서 전투가 크게 났었는데, 일본군이 몰살을 당하다시피 했다 카더라. 그래가 부대가 해체되기도 했는데 그 부대에 있던 군인들이 이쪽으로 오기도 했고, 그중에 만주 쪽의 관동군에서 온 조선 출신 군인들이 몇 있다 카던데."

걱정스러워하는 요시에의 이야기를 들으며 하루코가 그녀의 눈치를 슬쩍 살폈다.

"요시에 언니가 좀 더 자세히 알아봐."

하루코의 이야기에 요시에가 벌컥 화를 냈다.

"내가 왜?"

"아니, 조선에서도 전쟁이 벌어졌는지 그냥 궁금하기도 하고 해서……."

하루코는 말끝을 말아 넣으며 슬그머니 한걸음 물러났다.

"내는 싫다. 이런 꼴을 누구에게 보이고 싶지도 않고, 조선인들을 만나고 싶지도 않단 말이다. 그래서 내는 전쟁이 끝난다 케도 조선으로는 돌아가지 않을 끼다.”

“언니는 조선으로 돌아가지 않을 생각이야?”

하루코가 요시에의 얼굴을 빤히 바라보았다.

“으이구, 이 철부지야. 우리가 아무리 속아서 오거나 강제로 끌려오다시피 왔다 케도 조선에 돌아가면 우리를 어떤 눈으로 바라보겠나?”

노려보던 요시에가 하루코의 머리를 쥐어박고는 한마디를 더 했다.

“내는 차라리 일본에서 살 끼다.”

요시에가 선언을 하고 나섰다.

“비율빈 애들은 벌써부터 전쟁이 끝나면 고향에 돌아갈 생각을 하고, 선물을 준비하기도 하고 그러던데?”

하루코가 요시에에게 맞은 머리를 비비며 말했다.

“그년들이 제정신이가? 그 아이리스라는 년도 그렇고 낸시라는 년도 마찬가지지만, 젖퉁이부터 사타구니까지 군인들 이름을 문신으로 잔뜩 새기고서 고향에 돌아가면 참 꼴 보기 좋을 끼다. 쳇-.”

“……”

하루코와 마사코가 말없이 서로를 힐끗거렸다.

“거기다가 아이리스라는 년은 배때기도 불러오는 것 같던데 말이야.”

임신을 해서 배가 불러오기 시작하는 아이리스를 요시에는 무척이나 미워했다.

"느그들도 마찬가지 아이가?"

"……."

"그 몸뚱이로 고향에 가면…… 가면 말이다. 우찌하겠다는 기고? 어디 병신이라도 하나 만나서 시집이라도 갈라 카나? 느그들도 정신들 똑바로 차리그라 고마."

요시에가 뿜어내는 럭키스트라이크 담배 연기처럼 안갯속의 앞날이 그녀들의 머릿속을 혼란스럽게 하고 있었다.

"느그들 저기 취사장 옆으로 철조망을 새로 치고 그 안에 집 하나 짓고 있는 거 보이나?"

부대 쪽을 바라보던 요시에가 팔을 뻗어 손가락으로 부대 쪽을 가리켰다.

"응, 언니."

"아마 저기로 우리 위안소가 들어가게 되는 거 같더라."

"우리가? 왜 그리로 가게 되는 거야?"

하루코의 질문이 따라붙었다.

"왜는 왜고. 이제 이곳이 위험해질 수 있기 때문 아이가."

부대의 이야기에 별로 관심이 없어 하던 마사코가 요시에의 눈치를 살피며 물었다.

"누가 그러던? 그리로 가게 된다고."

"그래가 가베상이 저렇게 술을 마시는 거 아이가. 가베상은 장사 망친 꼴이 되니까 말이다."

듣고 있는 두 사람을 바라보며 요시에가 말을 이었다.

"가베상이 위안소 영업권을 따낼 때 와이루(뇌물)를 많이 썼나 보더라. 그나마 가베상이 상이군인이라 운 좋게 영업권을 따내기는 했지만서도 이제는 볼 장 다 본 거 아이가. 그리고 우리를 데려올 때도 싱가포르의 관리인한테 돈도 많이 줬다고 그카더라."

이런 판국에 가베의 걱정을 하는 요시에의 모습을 보며 하루코와 마사코의 눈이 마주쳤지만, 두 사람 모두 그녀에겐 아무런 기색도 보이지 않았다. 달러를 모아서 도망을 친다는 계획에 차질이 생길까 염려스러웠다.

"그럼 시장에 가는 것도 못 가게 하는 거 아닐까?"

"니는 시장 가는 게 문제냐?"

시장 가는 것을 걱정하는 하루코에게 눈을 흘기며 요시에가 쏘아붙였다.

"만약에 전쟁에서 졌을 때 우리가 어떤 꼴이 되는가를 생각해 봐야 안 되겠나."

요시에의 이야기에 모두 한동안 말이 없었다.

"모르겠어, 언니. 나는 그냥 그 곤도 대위라는 놈이 요즈음에 나타나지를 않아서 다행이라는 생각밖에 없어."

곤도 대위의 이야기를 꺼내는 하루코의 눈은 겁을 잔뜩 머금고 있었다.

"그 곤도 대위는 공항수비대로 파견되어 갔다 카더라."

하루코는 요시에가 곤도 대위에 대한 소식을 가베에게서 들었을 것이라는 생각이 들자, 며칠 전 새벽녘에 화장실에서 나오다가 들여다본 가베의 방 안 모습이 떠올랐다. 괜히 지은 죄도 없이 하루코는 요시에의 시선을 슬그머니 피했다.

"곤도 대위 그놈이 아무래도 자주는 몬 오겠지만서도 거리가 지척이니 언제라도 다시 나타날 수는 있을 끼다."

"너무 무서워."

하루코는 곤도 대위의 포악함도 무서웠지만, 가베와 요시에의 관계야말로 무서운 일이라는 생각이 들었다.

그날도 한가롭게 낮잠을 자며 하루를 보냈다. 초저녁에 군인 두어 명이 위안소에 다녀갔을 뿐이었다. 하루코는 낮잠을 잔 탓인지 밤을 하얗게 밝히고 있었다.

"콜록콜록. 콜록콜록-."

오늘도 새벽을 여는 마사코의 기침소리가 어둠을 밀어내느라 숨가빴다. 그녀의 기침이 심해지자 언젠가부터 군인들도 수군거리며 그녀를 피하기 시작했다. 새벽녘에 잠깐 졸다가 기침소리에 잠이 깬 하루코가 옆방 쪽의 벽을 콩콩콩 두드렸다.

"언니, 깼어?"

"콜록콜록."

기침소리가 대답을 대신할 뿐이었다.

"언니, 많이 아파?"

"아니야……. 괜찮아. 콜록!"

며칠 전부터 부쩍 기침이 심해진 마사코의 대답이 기침소리와 함께 들려왔다.

"언니, 기침이 너무 심해서 안 되겠다."

옆의 마사코 방으로 건너가기 위해 방을 나서자, 복도에 걱정스러운 표정으로 서 있는 요시에가 보였다. 두 사람은 말없이 마사코의 방으로 들어섰다.

마사코가 마치 숨이 넘어갈 듯 기침을 하는 모습을 보고 요시에가 걱정스러운 표정으로 그의 곁에 쪼그려 앉았다. 하루코도 곁에 앉으며 그녀의 손을 잡았다.

"마사코야, 니 혹시…… 폐병 아이가?"

"모르겠어. 한번 시작하면 기침이 멈추질 않아. 류이치 상등병이 내가 폐가 나쁘다는 이야기를 하긴 했었지만, 며칠 전부터는 기침을 할 때 피가 나오기도 하고……."

그날따라 유난히도 창백해 보이는 마사코의 얼굴을 하루코가 가만히 살펴본다.

"뭐라꼬? 피가 나온다꼬? 니 폐병 맞는 거 같은데?"

요시에가 놀란 표정을 지으며 물러나 앉았다.

"언니, 폐병이 뭐야?"

하루코가 누워 있는 마사코를 내려다보며 물었다.

"니는 가슴앓이 이야기도 몬 들었나?"

마사코 대신 요시에가 퉁명스럽게 대답했다.

"으응. 그거……."

하루코가 고향에서 가슴앓이로 죽은 친구의 엄마를 생각해 보며 머리를 끄덕였다.

"콜록콜록−."

두 사람은 멈추지 않는 마사코의 기침을 지켜보고만 있을 수밖에 없었다.

"가슴앓이는 말이다. 형제나 사촌이 굶어 죽거나 병들어 죽어 가지고 그 귀신이 구천에 맴돌게 되면 그 병에 걸린다 카더라."

지나가는 말처럼 요시에가 말했다.

"형제나 사촌?"

형제나 사촌이라는 이야기가 나오자, 마사코가 벌떡 몸을 일으켰다. 혹시 동생한테 무슨 변고가 생긴 건 아닌지 모르겠다는 생각이 그녀의 얼굴에 먹구름을 드리웠다. 그리고 고향을 떠나올 때 마지막 보았던 동생 계석이의 모습이 그녀의 눈앞에 되살아났다.

이계정. 그녀는 경성에 위치한 이화여전의 학생이었다. 가정 형편으로 보나 당시의 여러 여건상 경성에 유학을 가서 공부할 수 있는 것은 상상도 어려운 상태였지만, 어느 미국인 선교사가 그녀의 총명함을 알아보고 입학을 주선했고 기숙사에서 생활할 수 있도록 후원을 아끼지 않았다. 그녀는 훌륭한 영어 선생이 되기 위해 오직 공부에만 전념했다.

두고 온 고향에는 아버지와 남동생 계석이가 있었고, 어머니는 남동생이 막 세 돌이 지날 무렵에 가슴앓이라는 병으로 그만 세상을 뜨고 말았다.

아버지는 그 3대 독자 계석이를 위해 온갖 정성을 다 쏟았다. 하지만 태어날 때부터 약골이었던 계석은 자라면서도 이런저런 잔병치레를 많이 하였고, 결국 소학교 4학년이 되면서 늑막염에 걸려 더 이상 학교도 제대로 다니지 못할 정도가 되었다.

그렇게 몇 해가 더 지나면서 계정은 자신의 꿈을 접어야만 했다. 더 이상 학교에 미련을 둘 수 없다는 생각으로 고향 진주에 내려왔다. 그녀의 눈에 동생 계석이의 건강은 심상치 않아 보였다.

옆구리에서는 계속 피고름을 뽑아내야 했고, 갓난아기의 숨소리처럼 쌔근거리며 잠이 들어 있는 동생을 바라보며 그녀는 한없이 눈물을 쏟아 내기만 할 뿐 별다른 대책이 없었다.

대여섯 마지기가 겨우 되던 전답은 계석이의 치료를 위해 처분해야만 했고, 아버지는 이곳저곳 이 사람 저 사람을 붙들고 통사정을 해가며 빚만 늘려 가고 있었다. 하지만 아버지는 포기하지 않고 아들을 살려내기 위해 온갖 정성을 들였다.

늑막염이 치료가 불가능한 병은 아니었지만, 구들장이 꺼지도록 내쉬는 아버지의 한숨에는 또 다른 이유가 있었다. 하루가 멀다 하고 집으로 찾아오는 일본인 순사와 면서기 때문이었다.

"더러운 자식들. 옆구리에서 고름이 터져 나오고 하룻밤에도 몇 번씩 저승사자가 왔다 갔다 하는 판국에 징용을 끌고 가지 못해서 얼마나 지랄을 해대는지 울화통이 터지지만, 어찌할 방법도 없고……. 이거야 원, 사람이 환장할 노릇 아니겠니."

밤을 꼬박 새워 계석이를 지켜보며 아버지와 그녀가 머리를 맞대어 보지만 별다른 묘안이 있을 수 없었다.

"계석이가 좀 차도라도 있으면 데리고 멀리 만주 땅으로라도 도망치겠다는 생각을 해 보기도 했었다만, 지금의 이 꼴로 길을 떠난다는 것은 사람을 잡는 일이 될 것 같아서 이러지도 저러지도 못하겠으니……."

아버지의 깊은 한숨은 절망적이었다. 차가운 초겨울 비를 뿌려 대는 밤하늘엔 먹구름이 가득했다.

며칠째 뜬눈으로 밤을 지새우며 고민을 하던 그녀가 날이 밝자 면사무소를 찾았다.

"황국의 신민으로서 대동아공영권을 위해 성전을 치르고 있는 이 마당에 천황께 충성을 다하여야 하는 것은 당연한 도리이며, 개인의 사사로운 사정을 고려할 수는 없는 일이지요."

동생이 늑막염이 심하니 징용을 연기해 달라고 사정을 해 보았지만 면장실에서 마주 앉은 면서기의 이야기는 단호했다. 더 이상 붙들고 사정을 한다고 해 봐야 해결될 일이 아니라는 판단이 섰다. 그녀가 고개를 돌려 커다란 책상에 버티고 앉은 면장을 바라보았다. 면장이라는 작자는 눈만 껌벅거리며 딴전을 부렸다. 그녀가 지난밤 하나의 방법이 될 수도 있겠다며 준비해 둔 이야기를 꺼냈다.

"제가 동생 대신 여성근로보국대에 가는 조건으로 동생의 치료가 끝날 때까지 징용을 연기해 달라는 조건인데 도저히 불가능하겠습니까?"

"글쎄요. 방편을 찾아보겠지만 전례가 없는 일이라……."

면장이 뒷머리를 긁적거리며 대답을 피하고 자리를 비웠다.

그녀는 자신이 창원의 군수공장에 가서 일을 할 테니 동생의 병이 나아질 때까지 만이라도 징용을 연기해 달라고 사정을 하며 매달렸다. 하지만 그들은 덤덤하게 앉아 더 이상 대꾸도 없었다.

동생이 징용을 나가는 경우에는 틀림없이 살아서 돌아오지 못할 터이니 어떻게든 방법을 찾아야 했다. 그녀는 자기가 어떤 희생도 감수할 테니 동생의 징용을 연기할 수 있게 해달라며 끝까지 물러서지 않았다.

잠시 후 노크소리와 함께 30대 후반의 양복을 입은 일본인 한 명과 콧수염을 기른 순사부장이 면장실로 들어섰다. 불쑥 찾아온 그들은 조금 전에 면장이 화장실에라도 가는 것처럼 책상을 비우고 나갔을 때 전화로 연락을 취한 헌병대장과 지서주임이었다.

면장은 지금까지의 거만스럽기만 하던 태도를 바꾸어 공손히 그들에게 허리 굽혀 인사했다. 그 헌병대장은 면서기의 옆에 앉아 그녀를 훑어보기 시작했고, 계정은 옆으로 비스듬히 몸을 돌려 앉으며 따가운 시선을 피했다. 콧수염의 순사부장은 면장의 책상 옆에 면장과 나란히 서서 그들의 대화를 지켜보았다.

"이름은?"

"마사코입니다."

짧은 머리를 뒤로 빗어 넘기고 양복을 갖춰 입은 헌병대장이 사무적으로 물었다. 옆에 앉았던 면서기가 그를 헌병대장이라고 소개했고 이름은 미야모토라고 했다.

"나이는?"

"스무 살입니다."

"학생인가요?"

그녀의 앉은 자세를 슬쩍 살펴 가며 미야모토가 물었다.

"예. 이화여전 학생입니다"

"오호, 그랬었군요."

약간은 놀란 듯한 미야모토의 표정에서 왠지 모를 불안감을 느낀 그녀였지만, 동생을 살려 보겠다고 나선 길인지라 진지한 모습으로 대화에 응해야 했다.

"그러면 말입니다."

무슨 좋은 생각이 떠올랐다는 듯이 미야모토가 탁자를 손으로 탁 치고는 그녀를 바라보며 앞으로 바짝 다가앉았다.

"동생의 징용도 면제받을 수 있고 치료도 할 수 있는 길이 있는데……."

"예? 어떤 방법이……?"

그녀는 귀가 솔깃할 수밖에 없었다.

"창원에 있는 군수공장에 갈 것이 아니라 간호부로 가는 것이 어떻겠소?"

"네? 간호부라니요……?"

"여성근로보국대가 아니라 근로정신대라는 제도가 있지요."

마사코가 더 생각할 틈도 주지 않고 미야모토 헌병대장이 이야기를 이어 갔다.

"우리의 황군이 성전을 치르고 있는 전선에서는 부상당한 군인들의 치료를 도와줄 간호부가 부족한 형편이오. 만일 간호부로 자원하고 나선다면, 내가 책임을 지고 동생의 징용을 면제시켜 줄 용의가 있는데……."

"……."

예상치 못했던 이야기였다. 마사코가 자세를 고쳐 앉으며 관심을 보였다.

"어떻소, 면장. 가능한 일 아니겠소?"

젊은 미야모토가 책상 옆에 서 있는 늙은 면장을 바라보았다.

"아, 미야모토 헌병대장께서 그리 힘을 써 주신다면야 당연히 가능한 일이지요."

동생을 구할 방법이 있겠다는 생각에 그녀가 바짝 다가앉으며 물었다.

"간호부로 가게 된다면 어디에서 근무를 하게 되나요?"

"아, 그것을 정확히 이 자리에서 알 수는 없습니다. 관동군의 지역으로 갈 수도 있겠고, 아니면 남방군의 지역으로 가서 근무하게 될지도 모르는 일인지라……."

관동군이라는 말은 들어 봤지만 남방군이라는 말은 생소한 듯해서 그녀가 다시 물었다.

"남방군이라 하시면……?"

"비율빈의 14군도 있고, 버마 쪽의 15군이나 28군 쪽에서 근무하게 될 수도 있을 것이오."

비율빈은 어디에 있는지 알고 있었지만 버마는 어디쯤에 있는지 정확히 알 수 없었다. 하지만 그녀는 더 이상 망설일 수가 없었다. 동생을 살려낼 수 있는 일이었다. 미야모토의 얼굴을 똑바로 바라보았다.

"언제쯤 출발하게 되는지요?"

"그거야 빠를수록 좋지 않겠습니까? 당장 내일이라도 좋고……."

미야모토 헌병대장이 서둘렀다.

"예. 서둘러 떠날 준비를 하겠습니다."

대답을 마친 그녀는 입을 꾹 다물고 마음을 굳혔다.

"봉급도 아주 후하게 받게 될 것이니 가족 걱정을 하지 않아도 될 겁니다. 동생의 치료는 면장님이 특별한 관심을 갖도록 내가 당부를 해 놓도록 하겠습니다."

책상 옆에 서 있던 면장이 헌병대장에게 머리를 조아렸고, 그의 옆에 앉았던 면서기도 그에게 허리를 굽혔다.

그녀는 면장에게 자신이 근로정신대에 자원하는 것을 조건으로 동생을 징용대상자 명단에서 제외한다는 내용의 각서를 요구했고, 각서의 말미에는 면장과 미야모토 헌병대장의 도장을 같이 받았다.

집으로 돌아온 그녀는 며칠이 지나도록 아버지와 동생에게는 자신이 근로정신대에 자원한 사실을 차마 이야기하지 못했다. 그날부터 일본인 순사가 그녀의 집을 기웃거리기 시작했다.

초겨울의 혹독한 추위에 온 누리가 꽁꽁 얼어붙던 밤. 하얀 눈이 툇마루에 소복이 쌓이는 그 밤, 그녀는 아버지와 동생에게 남기는 마지막 편지를 써야 했다. 써 내려가는 편지지에는 그녀의 눈물방울이 떨어져 잉크가 번졌고, 문틈으로 새어 들어오는 칼바람이 그녀의 가슴에 날카롭게 파고들었다.

눈물로 쓴 그 편지를 동생의 징용을 면제시킨다는 면장의 각서와 함께 봉투에 담아 잠든 동생의 베개 밑에 찔러 넣었다. 베개 밑에는 아버지가 쌀 한 말값을 주고 샀다는 부적이 동생을 지키고 있었다. 그리고 그녀는 동이 트는 새벽녘에 집을 나섰다.

군용트럭에 올라 고향집을 떠나던 날의 칼바람에 그녀의 눈물이 씻기었다. 그녀는 멀어져 가는 눈보라 속의 고향 모습을 가슴에 담았다. 뒤늦게 알고 눈길을 달려온 아버지의 모습을 먼발치에서 바라보았을 뿐, 절도 올리지 못하고 그녀는 그렇게 고향을 떠났다.

그리고 그길로 싱가포르를 거쳐 캄보디아에 도착할 때까지 1년 반의 세월이 지나가고 있었다. 간호부가 아니라 일본군의 성적 노리개가 된 것이고, 그들에게 속았다는 것을 알게 된 때는 이미 늦어 버려 돌이킬 수도 없었다.

이제는 마사코라는 이름의 위안부가 되어 버린 그녀였지만, 그저 동생이 완쾌되기만을 기도하고 또 기도했다. 자신이 가슴앓이에 걸린 것 같지만, 자신을 위해 기도를 하지는 않았다.

그녀는 싱가포르에서 그 숱한 고비와 역경을 이겨 내는 동안 한 차례 동생의 편지를 받은 적이 있었다. 동생의 병은 그럭저럭 다스려져 가는 것 같아 다행스러웠다. 그런데 캄보디아로 들어온 이후로는 몇 차례 편지를 띄워도 답신을 받지 못하니 계속 불길한 생각이 그녀의 뇌리를 떠나지 않았던 것이다.

싱가포르에서 도망을 하려다 붙들려 온갖 고생을 다 하는 하루코에게 '어떻게든 살 궁리를 해야 한다.'며 삶은 옥수수를 하루코의 방에 밀어 넣어 주던 그녀였지만, 지금은 아무리 궁리를 해도 자신이 살아서 고향에 돌아갈 수 있을 것이라는 확신이 없었다.

그러던 차에 요시에의 '형제나 사촌이 굶어 죽거나 병들어 죽어서 그 귀신이 구천에 맴돌게 되면 가슴앓이에 걸린다더라.'라는 이야기를 듣는 순간, 혹시라도 동생이 잘못된 것은 아닐까 하는 생각이 들었던 것이다.

그동안 이를 악물며 참아 왔던 지난날의 일들이 떠오르며 쏟아지는 눈물을 가누지 못했고, 그녀는 며칠을 두고 먹고 마시는 것을 멀리했다. 그녀의 눈 밑에 드리워진 검은 그늘은 죽음이 그녀의 몸에 서서히 그 뿌리 내리고 있음을 보여 주고 있었다.

그날도 바람은 서쪽에서 불어오고 있었다. 저녁나절에 술이 잔뜩 취한 군인들 대여섯 명이 위안소에 들어섰다. 관리인의 지시대로 여인들이 각자의 방으로 들어가자, 복도를 타고 오는 시끌벅적한 소리와 함께 군인들이 방마다 찾아들었다.

하루코의 방으로는 나이가 꽤 들어 보이는 낯선 하사관이 들어왔다. 계급은 군조였다. 낯선 군인들은 항상 두려웠다. 술이 많이 취해 있는 모습과 그의 눈빛에서 왠지 무슨 짓을 저지를 것만 같다는 생각에 그녀는 본능적으로 몸을 잔뜩 움츠렸다.

군화를 벗기기 위해에 그 군조의 앞에 무릎을 꿇고 앉았다. 군화를 벗기기 위해서는 군화의 위를 덮고 있는 각반의 끈을 우선 풀어야 했다. 고개를 들었다가 그와 눈이 마주쳤다. 그의 차가운 웃음에서 하루코는 분명 무서운 살기 같은 것을 느꼈다.

끈이 풀리자 각반 속에서 예리하게 손질되어 있는 작은 칼이 바닥으로 떨어졌다. 전투 시에 사용하기 위한 비상용 칼이었다. 부대에서 지급되지 않는 그러한 칼을 만들어서 개인적으로 지니고 있는 군인들이 더러 있었다.

칼을 보는 순간 가슴이 철렁 내려앉았지만, 당황하거나 겁을 내는 모습을 보이면 안 된다는 생각이 들었다. 싱가포르에서의 야가미 얼굴이 빠르게 스치며 지나갔다.

그는 최전선에서 전투에 패하고 부대가 해체되면서 다나까 부대로 며칠 전에 전입해 온 군인이었다. 살기가 등등한 그의 눈은 마치 독이 오른 뱀의 눈과 흡사했으며, 그와 눈이 마주칠 때는 섬뜩한 느낌에 몸까지 움츠러들었다.

하루코는 불안한 마음을 진정시키려 애쓰며 가볍게 웃음을 보여 주고는 속옷 차림에 가지런한 자세로 매트리스 위에 누워 눈을 감았다.

'샷쿠를 하라'고 이야기를 해야 했지만 겁에 질린 그녀는 처분만을 바랄 뿐이었다.

"이년아. 일어나 앉아!"

한참을 노려보던 그가 눈을 감고 있었던 그녀에게 벼락같이 소리를 질렀다. 하루코는 언젠가 닥칠지도 모른다고 겁을 냈던 일이 지금 닥쳤다는 생각에 정신이 아찔했지만, 침착해야만 위험에서 벗어날 수 있다는 생각으로 애써 마음을 안정시켰다. 일어나 앉으며 벗어 놓았던 옷을 끌어당겨 앞을 가렸다.

"너, 조센삐지. 응?"

"예. 조선……."

일본 군인들이 '조센삐'라고 부르지만, 그녀도 같이 조센삐라 하지는 못하고 말끝을 흐렸다.

"그래? 하하하하……."

웃음소리에 또 한 번 놀란 그녀의 얼굴이 파랗게 변해 가고 있었다.

"조센삐 몸뚱이 구경 좀 해 볼까? 일어서!"

연신 눈썹을 씰룩거리는 그의 손에 들려진 시퍼런 칼날이 어느 틈에 그녀의 목을 겨누고 있었다. 갑작스러운 그의 행동에 하루코는 정신을 잃을 정도로 아찔함을 느꼈다. 눈빛으로 살려 달라며 애원을 했다. 왠지 그자의 손에서 오늘 밤 살아남지 못할 것 같은 생각이 들었다. 화들짝 놀라는 어머니의 얼굴이 눈앞에 아른거렸다.

"살려 주세요. 제발……."

그는 성행위를 할 수 없을 정도로 술에 취해 보였으나 하루코에게 속옷마저 벗기를 요구했다. 순순히 그의 요구대로 알몸이 되면서도 그녀는 그를 밀치고 방에서 뛰쳐나갈 기회를 노렸다. 그녀의 알몸을 훑어보는 그는 알 수 없는 말을 지껄이며 피식 웃기도 하고 갑자기 고함을 지르기도 했다. 그런 사람에게 왜 그러느냐고 물을 필요도 없었다.

그의 고함 소리는 소름이 끼칠 정도로 날카로웠다. 그 소리를 듣고 누군가가 달려와 도와주길 바라며 두 손을 모아 비벼 가며 그에게 '살려 달라'고 계속해서 애원했다.

칼을 왼쪽 손으로 바꿔 쥔 그가 오른쪽 군복 상의의 주머니에서 뭔가를 꺼내려 하는 순간, 하루코는 그를 밀치고 도망을 쳐야 했는데 주춤거리다가 기회를 놓치고 말았다.

그의 오른손에는 또 다른 작은 칼이 들려 있었다. 접고 펴는 '잭나이프'라는 칼이었다. 그는 양손에 쥔 두 개의 칼을 번갈아 바라보며 겁에 질려 파랗게 변해 가는 하루코의 모습을 즐기고 있었다.

벽에 기대어 선 그녀에게 그는 오른손에 든 칼로 목을 겨누었고, 왼손의 칼을 옆구리에 가져다 댔다. 하루코가 튀어나갈 문 쪽을 바라보다가 그와 눈이 마주치는 순간 그가 움직였다. 오른쪽 옆구리에 뭔가 '툭' 치며 지나가는 느낌이 들었다.

급히 옆구리에 가져다 댄 그녀의 손가락 사이로 선혈이 흘러내렸다. 그의 앞에서 눈동자도 움직이지 않았어야 했는데, 문 쪽을 바라본 것이 실수였다.

"흐흐흐흐……."

피를 보자 그의 눈은 마치 어둠 속에서 불빛을 만난 맹수의 눈처럼 변해 갔다. 전장에서 수없이 많은 죽음을 지켜보았던 사람의 눈빛은 보통 사람과 달랐다. 그의 눈동자를 바라보는 하루코는 머리카락까지 빳빳하게 솟아오르는 것 같았다. 어떻게든 도망을 쳐야 했다.

우선 방에서 벗어나 복도까지라도 뛰쳐나가야 살길이 있지 않겠는가. 그녀가 다시 문 쪽을 힐끗 바라보자, 군조가 재빠르게 문 쪽을 막아섰다.

금방이라도 달려들 것처럼 등을 잔뜩 구부린 갓 새끼를 낳은 고양이 같은 눈으로 하루코를 바라보는 그는 인간이 아니었다.

또 한 번 소름이 등줄기를 타고 훑어 내렸다. 바닥은 그녀가 흘린 흥건한 피로 미끄러웠다. 문을 등지고 서서히 다가서는 그의 앞에서 뒤로 물러서던 그녀는 그만 다리가 풀려 미끄러지며 매트리스 위로 쓰러졌다.

"일어서!"

부들부들 떨며 일어서는 그녀의 주먹엔 한주먹의 핏덩어리가 쥐어져 있었다. 아랫도리가 피투성이인 그녀가 조심스럽게 일어섰다. 내려다보지는 못했지만, 옆구리의 상처에서 흐르는 피가 발등을 타고 바닥으로 흐르고 있었다. 작은 두 손으로는 가릴 수 있는 곳이 없었다. 모든 걸 포기하고 두 손으로 얼굴을 가리려고 하는 순간, 그가 오른손에 쥐고 있던 칼을 크게 휘둘렀다.

그녀가 몸을 급히 옆으로 돌리며 피해 보려는 순간, 왼쪽 옆구리에 뭔가 뜨거운 것이 파고들었다. 순식간에 상처를 감싼 손가락 사이로 피가 뿜어져 나오며 왈칵- 바닥으로 쏟아졌다.

피를 흘리며 도망치는 뒷모습을 보이는 것이 그를 더 자극할 것이라는 생각에 멈칫거렸다. 순간적으로 그를 밀치고 뛰쳐나갈 생각도 해 보았으나 이미 몸이 말을 듣지 않았다. 그녀는 눈앞이 깜깜해지는 것을 느끼며 정신이 흐려져 가고 있었다. 머리가 무거워지는 것을 느꼈다.

"살려…… 주세요……."

한마디를 겨우 입 밖으로 밀어낼 뿐이었다.

그때 문이 열리며 가베가 절뚝거리며 들어서는 것이 보였고, 그 뒤를 마사코와 요시에가 뒤따르고 있었다.

미친 듯한 군인의 고함 소리와 이를 말리려 드는 가베의 목소리가 점점 멀어져 가고 있었다. 눈앞이 아득해졌고, 가늘 수 없을 정도로 머리가 무거웠다.

옆방에 혼자 있던 마사코가 하루코의 방에서 뭔가 심상치 않은 일이 벌어지고 있다는 생각이 들어 귀를 기울이고 있다가 사고를 직감하여 요시에의 방으로 뛰어 들어갔고, 옷도 제대로 걸치지 못한 요시에가 관리인 가베를 데리고 2층으로 올라왔던 것이다.

가베는 군인의 칼을 쥔 양쪽 손목을 붙잡고 죽을힘을 다해 버티며 그를 안정시키려 했다. 군인의 발길질에 걷어차이면서도 가베는 버텨주었다. 다리가 불구인 가베는 다행스럽게도 손의 힘이 강했지만, 한쪽 팔과 다른 한쪽 손에 칼로 베이는 상처를 입었다.

그러는 사이 쓰러져 있는 하루코를 들쳐업은 요시에가 급한 김에 부대의 의무대를 향해 뛰었다. 하루코의 몸에서 쏟아지는 피가 길바닥에 뿌려지고 요시에의 눈물은 바람에 날렸다. 요시에의 등에 업힌 하루코의 알몸을 마사코가 담요를 덮어씌우며 따라 달렸다. 그 순간엔 마사코의 기침도 멈추었다.

하루코를 들쳐업은 채 죽음의 그림자를 밟으며 달리던 요시에가 돌부리에 걸려 거꾸러지자, 이번에는 마사코가 벌거숭이 하루코를 다시 들쳐업고 죽을힘을 다해 달렸다. 군의관을 붙잡고 가베가 통사정을 한 끝에 하루코는 응급처치를 받았고, 출혈이 멈추었지만 쉬이

깨어나지를 못했다.

그녀가 거친 물살에 떠내려가며 저만치 보이는 작은 나무토막을 잡아 보려고 팔을 뻗어 안간힘을 써 보지만 점점 깊은 곳으로 떠내려가고 있었다. 아무리 발버둥을 쳐도 결국 폭포 쪽으로 밀려가던 그녀는 외마디 비명을 지르며 수십 길 낭떠러지로 떨어지고 말았다.

"아-악-!"

악몽이었다.

그녀가 깨어난 곳은 부대 안의 의무실이었다. 목숨을 건진 것은 천운이었다. 깨어난 그녀의 눈앞에는 양손과 팔뚝에 붕대를 감은 가베와 요시에가 눈물을 찍어 내며 서 있었다. 바로 옆에서 두 눈을 꼭 감은 채 작은 십자가를 손에 쥔 마사코의 울음 섞인 목소리가 들려왔다.

"주님, 감사합니다. 주님, 감사합니다."

15살의 그녀가 삶의 막다른 골목에서 만난 죽음의 덫에서 그렇게 빠져나온 것이다. 그녀는 복받치는 설움에 눈물을 삼키며 어떻게든 살아남아야 한다고 마음을 다져 먹었다.

운 좋게 살아남기는 하였으나 그 사건 이후로는 과일을 깎는 칼만 보아도 그녀는 가슴이 심하게 뛰고 숨이 가빠지는 등 노이로제에 시달려야 했다. 체중이 급속히 줄어 야위어 가면서 그녀의 얼굴에는 병색이 완연했다. 그 사건 이전에는 비교적 건강했던 그녀였지만, 사건 당시에 출혈이 많았던 탓으로 빈혈이 심해지면서 몇 차례 혼절을 하기도 했다.

하루코가 부대의 의무실에 온 지 일주일 후, 위안소는 부대 옆에 새로 지은 위안소로 이사를 했다. 외출이 힘들었지만 마사코는 어렵게 외출을 허락받아 시장에 나가서 여러 가지 약재를 구해 와서 하루코에게 먹이기도 하였고 '살아남아서 고향에 함께 돌아가야 한다.'며 자신의 건강보다도 하루코의 건강에 더 많이 신경 써 주었다.

위안소는 부대의 울타리 옆에 덧대어 철조망으로 울타리를 치고 작은 문을 달아 드나들게 만들어져 있었다. 위안소에서는 부대와 철조망을 사이에 두고 연병장에 있는 군인들의 움직임이 훤히 보였다. 전투를 앞두고 속속들이 도착한 보충 병력까지 가세하여 훈련에 여념이 없었다. 부대 주변은 모래주머니를 쌓아 만든 진지가 철조망을 따라 새로 만들어지고 있었다.

낮에는 부대 안에서 훈련을 하고 밤에는 수십 명씩 무리를 지은 군인들이 어디론가 나갔다가 새벽녘에 돌아오곤 했다. 창문을 통해 철조망 너머의 군인들이 훈련하는 것을 내다보며 해가 저물도록 쉴 수 있었지만, 밤에는 다시 위안부로서의 생활이 이어지고 있었다.

가끔씩 장교나 하사관이 자고 가는 일이 있었지만 사병들의 발걸음은 뜸했다. 군인들은 부대 밖으로의 출입도 엄격하게 통제되고 있었다. 프놈펜 시내에 있던 일본인 병원도 문을 닫았고, 마사코의 결핵약을 구하기도 힘들어졌다.

상처가 아직 아물지 않았고 빈혈이 심한 탓에 위안소로 돌아가지 못하고 의무대에서 누워만 지내는 하루코의 눈앞에는 고향의 모습이 떠나질 않았다. 오늘도 그녀는 남동생의 누런 코를 치맛자락으로 닦아 주었다.

- 3 -
길은 휘어져 있었다 (2)

　길은 휘어져 있었다. 프놈펜에서 깜퐁솜으로 이어지는 4번 국도를 따라 천천히 말을 몰던 두 군인이 길이 오른쪽으로 휘어지는 곳에서 말을 세웠다. 주렁주렁 매달린 열매를 노랗게 익혀 가는 망고나무 그늘 아래 도꾸미야 소좌가 자리를 잡고 앉았다.

　건너편에는 바나나밭이 펼쳐져 있었고, 그 끝자락의 자그마한 언덕 아래에 나란히 선 야자수 두 그루가 그들을 응시하고 있었다.

　날카로울 정도로 콧날이 서고 눈매가 매서운 그는 2주 전에 프놈펜의 다나까 부대에 전입을 해 온 도꾸미야 스토무 소좌였다.

　유카리 나무에 말고삐를 묶은 다음 허리에 차고 있던 수통을 꺼내 든 나까무라 군조가 앉아 있는 도꾸미야 소좌의 곁으로 다가왔다.

　"작전관님, 물 좀 드시겠습니까?"

　건네주는 수통을 말없이 받아 든 그는 나까무라 군조에게 앉으라는 시늉으로 그의 옆자리를 턱으로 가리켰다.

　부대의 작전참모인 그는 캄보디아 내에서 대 불란서 저항세력을 조직화하라는 육군성의 특별한 임무를 부여받고 있었다. 미군에 의해 뱃길이 완전히 봉쇄되는 바람에 일본에서 출발하여 육로로 조선과 중국 그리고 베트남을 거쳐 이곳 캄보디아까지 오는 길은 험난했다. 일본에 망명 중이었던 '쏜늑탄'이라는 캄보디아 사람과 함께였다.

　그의 옆에 앉아서 군복 상의의 단추 2개를 풀어 젖히고 벗은 모자로 부채질을 하던 나까무라 군조가 힐끗 바라보는 도꾸미야 소좌의 눈총을 알아차리고는 얼른 단추를 다시 채우고 모자를 눌러 썼다.

　"이제 여기서부터 깜퐁솜까지 거리는 얼마나 남았나?"

　"예. 10㎞ 정도 남았습니다."

　도꾸미야 소좌가 고개를 끄덕이고는 담배를 꺼내 물었다.

　"부대를 출발하며 연락을 취해 놓았으니 식사를 준비해 놓고 기다리고 있을 것입니다."

　"자네, 배고픈가?"

　"아…… 아닙니다."

　묻는 말에 대답이나 할 것을 괜히 한마디 덧붙였다가 무안한 꼴이 되어 버린 나까무라 군조가 건너편 바나나밭으로 시선을 던져버렸다.

　"깜퐁솜 수비대에 군수품 보급이 끊긴 지 얼마나 되었지?"

　그가 담배 연기를 길게 뿜어내며 군조에게 물었다.

　"확실치는 않지만, 소모품의 경우 거의 2개월 정도 된 것 같습니다. 군수과 선임하사관에게 들은 이야기입니다."

"그럼 식량 등은 어떻게 조달되나?"

소좌가 저 멀리 건너편의 야자수 쪽에 시선을 둔 채 물었다.

"인근의 민간인들로부터 구입하거나 자체적으로 해결하는 것으로 알고 있습니다."

"자체적으로?"

소좌의 시선이 나까무라 군조에게 돌아오면서 그것이 사실인가를 확인하고 있었다.

"예. 바닷가인지라 생선이 풍부합니다. 야채는 종자를 구해다 밭에 심기도 하고요."

"음……."

소좌가 머리를 끄덕였다.

"자네, 깜뽓에도 가 본 적이 있나?"

"아닙니다. 깜뽓에는 아직 가 보지를 못했습니다."

"깜뽓에 나가 있었던 우리 병력이 얼마나 되었었지?"

"소대 정도의 병력이 주둔을 했었지만 지금은 철수를 한 상태입니다."

"그렇구먼. 음……."

손목시계를 들여다보며 도꾸미야 소좌가 길게 숨을 내쉬었다.

"상황이 어려울수록 군기는 더 엄정히 지켜져야 한다. 알겠나?"

"예. 명심하겠습니다."

군조가 벌떡 일어서며 차렷 자세를 취하고는 대답했다. 그리고 슬그머니 고개를 숙여 자신의 복장 상태를 확인했다.

"자, 이제 다시 출발하세."

군조가 묶여 있던 말고삐를 풀어와 다시 출발을 한 그들은 태양이 오츠피알 해변의 수평선 너머로 자취를 감추는 시각에 깜퐁솜 수비대에 다다르고 있었다. 불덩어리 같은 태양을 집어삼킨 바다가 술렁거리며 고통을 이기지 못하고 파도를 일으키기 시작했다.

150여 명의 수비대 병력이 이른 저녁 식사를 마치고 80여 명이 해안가에 경계근무를 나가기 위해 군장을 챙겨 집합해 있었다. 경계근무에 투입되는 병사들에게 훈화를 마친 우시지마 대위가 구령대에서 내려오며, 이 모습을 지켜보고 있던 도꾸미야 소좌에게 깍듯이 경례를 붙였다.

"선배님이 이쪽으로 오시게 된다는 소식을 듣고 기다리고 있었습니다."

"그래, 이곳에서 자네를 만나게 되니 반갑기 그지없네."

두 사람은 굳게 잡은 손을 한동안 놓지 않았다.

"안으로 들어가시지요."

"그러세."

저녁 식사를 마치고 수비대장실의 창가에서 어둠이 내려앉는 연병장을 바라보고 서 있던 도꾸미야 소좌가 등나무로 만들어진 긴 의자에 앉으며 맞은편 자리에 수비대장 우시지마 대위를 불러 앉혔다.

"고생이 심하지?"

"아닙니다. 다만 전해져 오는 전황이 좋지 않은 것 같아서 걱정입니다."

그들의 긴 그림자가 벽에 드리워진 채 흔들리는 석유 등잔불을 따라 같이 흔들렸다. 그때 노크 소리와 함께 들어선 중위가 도꾸미야 소좌에게 경례를 붙이고 우시지마 대위에게 보고를 했다.

"이상 없이 경계근무에 투입했습니다."

"음, 그래. 오늘이 바로 적이 상륙을 하는 그날이라는 마음가짐으로 경계근무를 할 수 있도록 하라. 순찰도 소홀히 해서는 안 된다."

"예, 알겠습니다."

"이상이다. 돌아가도 좋다."

"예. 계속 근무하겠습니다."

중위가 군화의 뒤꿈치를 탁 소리가 나도록 붙이며 경례를 하고는 절도 있는 동작으로 돌아서서 방을 나섰다.

잠시의 흐르는 침묵을 깨며 우시지마 대위가 조심스럽게 입을 열었다.

"선배님, 오키나와에 미군이 상륙했다면서요?"

교토대학의 정치학부 선후배 관계인 두 사람은 각자 대학을 졸업하며 즉시 군에 입대를 하였고, 우시지마 대위는 학창시절 유도부 주장선수 출신답게 떡 벌어진 어깨의 다부진 체격을 가지고 있었다.

"글쎄, 나도 며칠 전에 그 소식을 들었네. 어떤 희생을 치르더라도 오키나와에서 미국 놈들을 몰아내야 할 텐데……."

우시지마 대위는 말끝을 흐리는 도꾸미야 소좌의 표정에서 오키나와의 불리한 전세를 가늠해 볼 수 있었고, 잠시 생각에 젖는 듯하던 도꾸미야 소좌가 다시 입을 열었다.

"이곳 캄보디아는 말이야."

캄보디아 이야기가 나오자, 우시지마 대위는 두 귀를 세우며 시선을 도꾸미야 소좌에게로 고정시켰다.

"우선은 우리의 해군이 미군과의 해전에서 패하면서 전세가 크게 불리하게 된 것일세. 보급선이 끊기게 되면서 육군도 전투력이 크게 약화될 수밖에 없는 이러한 상황이 되고 말았지."

"보급품 문제는 관동군보다는 아무래도 우리 남방군의 상황이 더 나쁘겠지요?"

"아무래도 그렇겠지."

도꾸미야 소좌가 고개를 끄덕이고 나서 이야기를 이었다.

"야마시다 장군이 말레이반도에서 영국군을 지휘하던 퍼시발의 군대를 단 며칠 만에 몰아내고 싱가포르까지 점령했던 그때의 그 기세가 임팔작전의 실패로 엄청난 손실을 보면서 꺾이어 버렸고, 현재는 비율빈의 14군을 지휘하는 야마시다 장군도 미군과의 전투에서 크게 밀리고 있는 상황일세."

"이곳에서는 언제쯤 전투가 벌어지게 될까요?"

비장한 각오가 엿보이는 눈빛으로 우시지마 대위가 물었다.

"글쎄. 우려되었던 일이지만 독일이 이미 항복을 했으니 그만큼 이곳에서 전투가 벌어질 날도 멀지는 않을 것일세."

도꾸미야 소좌가 바라보는 우시지마 대위의 눈빛에는 목숨을 건 일전을 다짐하는 각오가 서려 있었다.

"다행히 불란서가 과거의 식민지에까지 분산시킬 수 있는 전력이 없었기에 이곳이 소규모의 병력만으로도 한동안 지켜져 왔지만, 독일의 항복으로 이제는 상황이 달라진 것 아니겠나."

"어떠한 상황이 벌어진다 하여도 이곳 깜퐁솜 만큼은 제가 죽음으로써 지켜 낼 것입니다."

우시지마 대위는 어금니가 부서질 정도로 이를 악물었다.

"이곳 인도차이나 반도에서 하루 이틀 사이에 적이 상륙을 하는 등의 상황은 벌어지지 않겠지만, 내 생각으로는 그리 멀지 않은 날에 전투가 벌어지리라 판단되네."

"지난번 임팔작전에서 우리의 손실이 얼마나 컸었습니까?"

소문처럼 들려오는 임팔전투의 상황을 자세히 알고 싶어 하는 우시지마 대위의 질문이었다.

"나는 애초에 임팔작전은 무리한 도박이었다고 판단하고 있네."

이야기를 멈춘 도꾸미야 소좌가 잠시 허공을 주시하며 생각에 잠기는 듯하더니 다시 이야기를 이어 나갔다.

"임팔작전에 투입되었던 버마방면군의 제15군과 28군의 예하에 있는 6개 사단이 모두 큰 손실을 본 모양이고, 그중 15사단과 33사단은 전멸에 가까웠던 것으로 알고 있네."

"그렇게 손실이 큰 줄은 미처 몰랐습니다."

도꾸미야 소좌답지 않게 그의 한숨이 길어졌다.

"31사단장은 명령에 따르지 않고 임의로 병력을 철수시켜서 항명을 하기도 했었네."

"예? 항명이라니요? 어떻게……."

패퇴하는 일본군의 처절한 모습을 상상하던 우시지마 대위가 침을 꿀떡 삼키고는 도꾸미야 소좌의 앞으로 바짝 다가앉았다.

"그럼 이곳에서의 전투는 어떤 양상이 될까요?"

"글쎄……. 이렇게 판단을 하는 게 맞을는지?"

우시지마는 도꾸미야 소좌의 입에서 나올 이야기에 신경을 모았다.

"우선은 미국이 구라파의 전선에서 전투를 벌여 나가면서도 오키나와까지 병력을 상륙시켰던 것은 그만큼의 여력이 있었다는 이야기 아니겠나? 비율빈의 레이테 해전과 루손 섬의 미군 상륙은 미국의 입장에서는 전략적 가치도 있었겠지만, 비율빈이 미국의 식민지였으니 상징적 의미도 있어서 우선적으로 탈환하려고 했을 것일세. 물론 비율빈이 미군의 손에 떨어지는 경우에는 우리 제국과 남방 사이의 자원 공급이 어려워지는 상황이 될 터이니 우리의 육군과 해군은 전력을 총동원했지만, 상황이 많이 불리한 것이 사실일세. 비율빈에 주둔하고 있는 제14군도 커다란 타격을 받고 계속 밀리고 있네."

"말레이의 호랑이라 불리었던 야마시다 장군의 기습기동작전이 통하지를 않는 모양이군요."

"음……."

방 안을 채워 가는 두 사람의 긴 한숨 끝에 도꾸미야 소좌가 다시 입을 열었다.

"이제는 아마 미·영·불의 순서가 되지 않겠어? 불란서가 언제 인도차이나 반도에 전력을 분산시킬 수 있는 능력을 갖출 수 있느냐에 달려 있겠지. 지리적 여건으로 보아도 불란서군이 주력이 아닌 경우, 연합군이 인도차이나 반도로 상륙을 하거나 공격을 하는 것은 예측하기 어려운 상황 아닐까? 드골이 영국 망명 중에 키운 불란서군의 병력을 이끌고 노르망디에 상륙하여 전투를 치르고 불란서를 해방하면서 친 독일 비씨 정부까지 몰아냈지만, 자기들의 본토를 수복했다고 해서 식민지였던 이곳 베트남과 캄보디아까지 병력을 투입하려면 당분간은 시간이 필요하겠지. 드골이 태평양 지역의 전투에 불란서군이 참전하겠다고 선언하기는 했지만, 불란서 내의 안정을 찾는 순서가 우선일 테니……."

도구미야 소좌의 상황 분석에 우시지마 대위가 천천히 고개를 끄덕거렸다.

"다만, 불란서의 식민지였던 이곳 베트남과 캄보디아에 미군이 서둘러 상륙을 감행할 수는 있겠지. 그렇게 된다면 우리는 이곳에서 불란서가 아닌 미군과의 일전을 치르게 되겠지."

"지난 3월부터 몇 차례 미군의 공습이 있었습니다. 그리고 북부 베트남에서는 공산게릴라들이 우리 황군을 공격하기도 했습니다. 그동안 이곳에서는 별다른 어려움이 없었지만, 본국의 눈치를 살피던 불란서 군인과 관료들의 낌새가 이상하여 그들을 체포하였고 유치장에 감금해 놓은 상태입니다. 그리고 시아누크왕이 독립을 선포하게 한 것입니다."

우시지마 대위가 최근의 캄보디아내 동향을 보고하듯 이야기했다.

"문제는 불란서와 한때 캄보디아 국경지대에서 국지적인 전투를 벌이기도 했던 태국이 연합군을 돕겠다고 나서고 있으니 사면초가 아닌가."

"아니, 태국 놈들이……"

우시지마의 눈빛이 전의로 타올랐다.

"그래서 이번에 증원된 병력으로 바탐방에 주둔할 소규모 부대를 편성하려고 계획을 하고 있네."

"그렇다면 불란서보다 상대적으로 전력이 약한 네덜란드와 포르투갈의 식민지였던 인도네시아보다는 이곳 인도차이나 반도에서 먼저 전투가 벌어지겠군요?"

"나도 그렇게 예측하고 있네."

"전투 준비에 만전을 기하고 그날을 기다리겠습니다."

우시지마 대위가 두 주먹을 불끈 쥐었다.

"우시지마, 자네 이곳 캄보디아에서 얼마나 근무했지?"

"18개월째 근무하고 있습니다."

도꾸미야 소좌가 한 번 머리를 끄덕이고 이야기를 이었다.

"독일은 우리의 동맹국이었고 독일이 정복한 불란서에 친독일 정부가 들어섰던 때였기에 우리는 이곳에 거의 무혈입성을 했었지. 그러다가 노르망디 상륙작전으로 불란서의 친 독일 비씨정부가 무너지자 우리는 곧바로 캄보디아 내의 불란서 공무원들과 군인들을 체포하여 구금하고 있지만, 이번에 프놈펜에 들어와서 보니까 유치장 안에 갇혀 있는 그들이 유럽 전선에서의 전황을 알고 있는 눈치던데……."

우시지마 대위는 본부의 유치장에 수감되어 있는 불란서인들의 모습을 떠올려 보았다. 그리고는 다시 한 번 전투에 대한 결연한 의지를 표했다.

"저는 이곳에서 어떠한 상황이 벌어지든 황군의 지휘관으로서 임무를 다하다가 죽겠다는 각오로 부대를 지휘할 것입니다."

"그래. 우리 함께 목숨을 바쳐서라도 임무를 다하고, 다음 세상에서는 대일본제국의 영웅으로 다시 태어나세. 그리고 무다구치 장군이 실패한 임팔작전의 교훈을 잊지 말고 자체적으로 보급선을 잘 관리해서 장병들의 사기가 꺾이지 않도록 하게. 지휘관이 지혜로워야해. 알겠지?"

"예. 명심하겠습니다."

두 사내의 맞잡은 손에 힘이 느껴졌다.

"내 도움이 필요한 게 있으면 연락을 취하게."

"예. 알겠습니다."

"그리고 만약에 불란서군이 캄보디아에 다시 발을 들여 놓게 되었을 때 우리를 도와 불란서군과 싸워 줄 세력을 캄보디아 내에 결성하여야 하니, 깜퐁솜 지역에서도 반불란서 세력을 규합하고 훈련하는 일을 소홀히 하지 말아 주게."

"예, 알겠습니다. 이 한목숨을 초개와 같이 던져서라도 대동아 전쟁의 승리와 대동아 공영권의 실현에 바칠 것입니다."

"그래. 우리 일본 남자들의 야마토정신이 이 성전을 승리로 이끌어 줄 것이네."

석유 등잔불은 점점 어두워지고 심지가 타들어 가면서 생긴 까만 연기가 모락모락 피어올랐다.

"그리고 자네도 차차 알게 되겠지만, 우리 일본에 망명을 했던 쏜늑탄이라는 사람이 이번에 나하고 같이 캄보디아에 들어왔네. 그 사람이 지금 과거의 동지였던 민족주의자들과 다시 연락을 취하며 조직을 재결성하고 있는데, 본국의 대본영에서는 쏜늑탄을 수상으로 취임시키려는 계획을 세우고 있으니 그리 알고 그때까지는 보안을 유지해 주어야 하네. 그들은 만에 하나 우리 황군이 캄보디아에서 패하고 물러난다고 하더라도 불란서를 상대로 싸워 줄 동지들이지."

"명심하겠습니다."

"그리고 말이야. 이건 가능성이 부족한 경우이겠지만 염두에 두고 있어야 할 사항이네."

"어떤……?"

우시지마 대위가 귀를 기울였다.

"지난번에 버마에서 우리 황군이 영국과 인도군에게 패하면서 전황이 크게 나빠지니까 그동안은 우호적이었던 버마군이 무장을 하고 봉기를 일으켜서 우리 황군에게 타격을 입힌 사건이 있었지."

"아니, 그놈들이? 독립을 시켜 줬더니 은혜도 모르고……."

우시지마 대위가 눈에 불을 켜며 분개했다.

"일본을 믿고 있다가는 아무것도 안 되겠다는 판단을 하고는 그렇게 움직인 것이지."

"그런 일이 있었군요."

"음. 그래서 이곳 캄보디아에서도 그러한 사태가 일어나지 않도록 신경을 쓰고 있네."

"혹시 그때 봉기를 일으킨 버마의 군 지도자가 공산주의자였습니까? 그렇다면 베트남이나 캄보디아에서도 그런 상황이 벌어질 수도 있겠군요."

"그랬었지. 좌우지간에 이곳에서는 공산주의자나 민족주의자나 불란서에 대항하여 싸울 사람이면 최대한 지원을 할 계획이네. 그러니 이곳에서도 군기를 엄정히 지켜서 캄보디아에서 민간인에 대한 피해가 생기지 않도록 각별한 신경을 기울여야 하네. 이곳에서 민심을 잃으면 안 된다는 말일세."

"예. 잘 알겠습니다."

두 군인의 대화는 새벽녘까지 계속되었고, 대화 속에서 그들은 죽음을 불사하고 임무를 수행하자는 결의를 다졌다.

다음 날 아침. 깜퐁솜 수비대를 떠난 도쿠미야 소좌와 나까무라 군조는 4번 국도를 따라 프놈펜으로 돌아오는 길에 포천통 공항 쪽으로 방향을 잡았다.

어느덧 해가 기울었고, 두 사람이 탄 말들은 황혼을 밟으며 공항수비대의 정문을 들어서고 있었다.

복장도 제대로 갖추지 못한 채 허겁지겁 수비대장실에서 뛰어 나오는 곤도 대위의 경례를 받으며 복장을 훑어보던 도꾸미야 소좌가 활주로 건너편 쪽으로 시선을 돌려주자, 곤도 대위는 미처 채우지 못한 전투복 상의의 단추를 채웠다.

깜퐁솜의 수비대와 달리 포천통 공항수비대에서의 식탁은 푸짐했다. 부대정비 상태는 엉망인데 보급이 끊어진 부대의 식탁이라고 믿기지 않을 정도로 진수성찬이었다. 도꾸미야 소좌는 못마땅한 표정으로 젓가락만 몇 번 들었다 놓았다.

저녁 식사를 마치고 곤도 대위의 안내를 받으며 도꾸미야 소좌가 공항의 시설과 경계근무태세 등을 돌아보았다. 불란서가 만든 공항은 일본군이 사용하기 위하여 활주로를 확장하고 시설을 보수하였지만, 비행기의 프로펠러를 돌리는 엔진음으로 가득해야 할 활주로는 전황의 악화로 적막하기만 했다.

두 사람이 작은 탁자가 놓인 수비대장실에 자리를 잡고 마주 앉았다. 대공화기 등의 배치와 운용 등에 대한 이야기를 나누다가 도꾸미야 소좌가 자리에서 일어서서 뒷짐을 진 채 곤도 대위의 책상 주변을 서너 차례 왔다 갔다 하고 있었다.

"정문 쪽에서 들어오면서 보니까 말입니다."

"예? 아, 예."

곤도 대위가 벌떡 일어서며 대답을 했다.

"웬 여자 두 명이 포승줄에 묶이어 보급창고 쪽으로 끌려가던데…… 웬 여자들인가요?"

도꾸미야 소좌가 갑자기 던진 질문에 곤도 대위의 얼굴에 긴장감이 서렸고, 그 표정을 도꾸미야 소좌가 놓칠 리가 없었다.

"아. 뭐, 별일 아닙니다."

그 여자들을 도꾸미야 소좌가 보았구나 하는 생각에 잠시 당황하던 곤도 대위가 소좌의 눈길을 슬그머니 피했다.

"별일이 아니라니……? 캄보디아 여자들입니까?"

"아, 예. 그렇습니다."

"그런데 무슨 일인가요?"

도꾸미야 소좌가 정문에 들어서자 그의 도착을 알리는 정문 초병의 연락을 받고 급히 서둘러 두 여자를 보급창고로 옮겼다.

그런데 가슴이 드러날 정도로 옷이 찢기어지고 머리가 헝클어진 모습으로 병사 네 명에게 둘러싸여 창고로 끌려가는 여자들을 도꾸미야 소좌가 보았던 것이다.

"아, 그게, 저…… 부대 근처에서 스파이 행동을 하다가 검거된 여자들입니다."

곤도 대위가 더듬거리며 대답했다.

"간첩행위를 했단 말인가요?"

"예. 그년들이 공항의 시설이나 병력의 배치사항 등을 염탐하다가 붙들린 것입니다."

"두 여자가 그런 행동을 했다면 배후가 있었을 거 아닙니까?"

"글쎄 그년들이 얼마나 독종들인지, 자기들의 배후를 도통 불지를 않습니다."

곤도 대위는 능청스럽게 거짓말을 해댔다.

"곤도 대위가 직접 취조를 했습니까?"

"예. 중대한 사건이라 제가 직접 취조를 했습니다."

뒷짐을 진 채 창밖을 주시하던 소좌가 곤도 대위를 향해 돌아섰다.

"뭐요? 조금 전에는 별일이 아니라고 했다가 이제는 중대한 사건이라 직접 취조를 했다?"

도꾸미야 소좌가 곤도 대위를 뚫어져라 바라보았다.

상대가 자기의 거짓말에 넘어가고 있다고 판단했던 곤도 대위의 표정이 일순간에 얼어붙었다. 무어라 변명을 늘어놓아야 했지만 섣불리 입을 뗄 수가 없었다. 도꾸미야 소좌가 등을 돌리고 돌아서며 창밖으로 시선을 옮기면서 다시 물었다.

"그럼 통역은 누가 했나요?"

예상하지 못했던 도꾸미야 소좌의 질문 공세에 거짓말을 둘러대던 곤도 대위의 목소리가 더듬거리기 시작했다.

"아. 예…… 저…… 통역은 저…… 병사 중에 불…… 불어를 좀 하는 상등병이 있습니다."

"그 상등병이 지금 어디에 있습니까?"

곤도 대위의 표정이 일그러져 가고 있었다. 거짓말을 숨기기 위해 만들어 낸 또 다른 거짓말에 쫓겨 진땀을 빼고 있었다.

"지…… 지금은, 저,…… 활주로 끝의 대…… 대공초소에 나가 있을 것입니다."

창밖을 바라보고 있던 도구미야 소좌가 천천히 곤도 대위 쪽으로 고개를 돌렸다.

"곤도 대위!"

"예?"

"그 상등병을 당장 이리로 데리고 오시오."

"지…… 지금 말입니까?"

"그렇소. 지금 당장 데려오시오."

도구미야 소좌의 높아진 언성에 곤도 대위의 음성이 흔들리고 있었다.

"거…… 거리가 멀어서 불러오려면 시간이 좀 걸릴 텐데……. 무슨 이유로 그러시는지 제가 말씀을 드리면 안 되겠습니까?"

"그 여자들을 취조한 내용이라도 있소? 심문조서 같은 것이라도 있느냐 말이오."

"……."

"없을 게 뻔하지 않소."

도구미야 소좌의 격양된 목소리에 곤도 대위가 움찔했다.

"아니, 왜 그렇게 생각하시는지……."

"그럼 심문조서라도 있단 말이오?"

도구미야 소좌의 목소리가 다시 차분해지며 묻고 있었다.

"아니, 이런 전시상황에서 포로의 심문조서 같은 것은 뭐 그리 중요하지 않은 것 아닌가요?"

산전수전을 다 겪은 자신이 전투경험도 별로 없어 보이는 애송이 소좌한테 밀리고 있다는 생각에 자존심이 슬그머니 고개를 들었다.

"뭐요? 포로?"

도구미야 소좌의 날카로운 눈빛이 곤도 대위를 쏘아보고 있었다.

"아니, 그냥 뭐 말씀을 드리자면 그렇다는……."

"여보시오. 곤도 대위!"

도구미야 소좌의 분노에 찬 목소리가 곤도의 목덜미를 후려쳤다.

일순간 방 안의 공기가 얼어붙었다.

"예."

곤도 대위가 고개를 깊이 숙였다. 그리고 한 번 숙인 고개를 다시 들 수 없었다. 자기보다 세 살이나 적은 도꾸미야 소좌의 행동이 역겨웠지만, 지금은 그에게 어쩌면 목숨까지도 구걸해야 할지도 모르는 상황이었다.

뒷짐을 지고 창가에 서서 달빛이 녹아내리는 활주로를 바라보는 도꾸미야 소좌의 등 뒤에서 곤도 대위는 고개를 숙인 채 다음 이야기를 기다렸지만, 그는 말이 없었다.

'꿀꺽.'

곤도 대위의 침 삼키는 소리가 한 차례 있었을 뿐 침묵은 계속되었다.

"곤도 대위."

"예!"

곤도 대위가 차렷 자세를 취하고는 머리를 깊이 조아렸다.

"곤도 대위가 제국의 군인으로서 그리고 황군의 지휘관으로서 보여 준 공로나 그 용맹성을 익히 잘 알고 있소. 하지만 당신의 경력에는 불미스러운 일도 있다는 것을 당신 스스로 잘 알고 있을 것이오."

"예. 죄송합니다."

도꾸미야 소좌가 천천히 곤도 대위를 향해 돌아섰다.

"이곳 공항수비대의 150여 명 병사는 당신의 지휘능력에 따라 개죽음을 당할 수도 있고, 자랑스러운 황국의 군인으로서 그 소임을 다할 수도 있을 것이오.”

“…….”

곤도 대위는 말없이 고개를 한 번 더 깊이 숙였다.

“병사들을 지휘 통솔하려면 그들로부터 존경과 신뢰를 얻어야 하오. 당신이 오늘과 같은 그런 모습을 병사들에게 보인다면, 어찌 그들이 당신과 함께 목숨을 바쳐서라도 소임을 완수하겠다는 각오를 다질 수 있겠소.”

“죄송합니다.”

곤도 대위가 고개를 숙인 채 대답했다.

도꾸미야 소좌는 곤도 대위가 이곳 공항수비대장으로 전출되어 오기 전에 부대의 2호 관사에 머물며 위안부 여자들을 데리고 와서 못할 짓을 자주 하곤 했었다는 이야기를 떠올렸다. 청소를 했어도 지워지지 않은 관사 침실의 벽면에 얼룩진 핏자국이 그의 이맛살을 찌푸리게 했다. 이번의 일을 어떻게 처리하여야 하는가를 놓고 잠시 고민에 빠졌다.

“오늘의 일은 내가 못 본 것으로 하겠소. 다시는 그런 일이 없으리라는 것을 내게 약조할 수 있겠소?”

“예, 명심하겠습니다.”

다시 잠시 생각에 빠진 듯하던 소좌가 책상 위의 모자를 집어 들었다.

“그럼 수고하시오.”

도꾸미야 소좌가 문 쪽으로 발걸음을 옮겼다.

"아니, 이 시간에 본부로 돌아가시겠습니까?"

"또 만납시다."

황급히 도꾸미야 소좌의 뒤를 따르는 곤도 대위의 허리에 찬 일본 도가 그를 따라 함께 달렸다. 정문에서 어둠 속에 본부로 떠나는 도꾸미야 소좌를 배웅하고 돌아와 자신의 책상 위에 팔짱을 끼고 걸터 앉은 곤도 대위는 혼잣말로 중얼거렸다.

'좋다. 어디 두고 보자.'

한쪽으로 일그러지는 그의 입에서 차가운 미소가 삐져나왔다.

다음 날. 아침의 참모회의를 마치고 한쪽 머리를 칼로 도려내는 듯 한 편두통으로 한쪽 눈을 찡그리며 도꾸미야 소좌가 의무대로 들어 섰다.

고개를 숙이며 문턱을 넘어 들어서는 소좌를 발견한 오장이 입구 의 책상에서 벌떡 일어나며 경례를 붙였다. 경례를 받고 난 도꾸미야 소좌가 눈길이 닿는 주변을 돌아보며 물었다.

"혹시 진통제가 있는가?"

"예. 작전관님 잠시만 기다려 주십시오."

오장이 돌아서서 들어간 안쪽에서 군의관이 나와 경례를 하고는 그를 안쪽으로 안내했다.

안으로 들어서며 의무실 내부를 살피듯 돌아보며 안내에 따라 등 나무 탁자를 가운데 두고 군의관과 마주 앉았다.

"편두통이시군요."

약제병을 불러 약을 준비시킨 군의관에게 도꾸미야 소좌가 가볍게 미소를 지어 보였다.

"그런데 저기 안쪽 병상에는 웬 여자인가?"

"아, 예. 조센삐입니다."

"조센삐?"

"어이쿠, 죄송합니다."

"조선 출신의 위안부입니다."

"그렇군요."

그가 하루코가 누워 있는 입원실의 열린 문을 통해 그녀의 옆모습을 힐끗 쳐다보았고, 위생병이 흰 종이 위에 알약 두 알과 물을 가지고 와서 그의 앞에 내려놓았다.

"여기⋯⋯."

군의관이 약을 권했다.

도꾸미야 소좌가 앞에 놓인 알약과 물컵을 양손으로 집어 들었다.

"드시면 금방 좋아지실 겁니다."

알약을 입안에 던져 넣고는 물 한 컵을 남김없이 마신 그가 군의관을 향해 묻고 싶은 질문을 던졌다.

"위안부는 민간인인데 영내의 의무실에서 치료를 한다는 게 좀⋯⋯."

소좌가 규정을 따지고 나선다는 인상을 받은 군의관이 어색한 분위기를 감지하고 알맞은 답변을 찾아냈다.

"사건 당시 워낙 위급한 상태의 환자인지라 어쩔 수 없이 응급처치를 해 주다 보니 여기까지 오게 되었습니다. 곧 퇴실하게 될 것입니다.”

말없이 소좌가 고개를 몇 차례 *끄덕거린* 후 입을 열었다.

“저 현황판을 보니 입원을 한 병사가 여섯 명이나 되던데, 병명이 뭡니까?”

도꾸미야 소좌가 벽에 걸린 현황판을 바라보며 물었다.

“모두 미군의 공습과 전술공사 등에서 부상당한 외과 환자들입니다.”

“음……”

소좌가 몇 차례 고개를 끄덕거렸다.

“위안부 여자는?”

다시 위안부 여자에 대한 질문으로 돌아왔다.

“자상을 입은 환자입니다”

“아니, 칼에 찔렸다는 말인가요?”

소좌의 놀란 표정을 읽어 낸 군의관이 대답했다.

“예.”

“누구에게?”

“쿠사카라는 군조가 그랬습니다.”

“술에 취해서 일어난 일입니까?”

“글쎄요. 자세히는 모르겠습니다만 술에 취한 행동만은 아니었던 것 같습니다.”

“멀쩡한 정신에?”

“예. 술을 마시기는 했지만 버마 전선의 15사단에서 전입을 온 병사들 가운데 정신적 질환이 의심되는 환자들이 몇 있습니다. 아무래도 좀 힘들었다 보니……."

이해할 수 있다는 표정을 지으며 도꾸미야 군조가 고개를 끄덕거렸다.

"그렇겠군요. 그런 경우 치료는 가능한가요?"

"지금 현재로는 방법이 없습니다. 그리고 군에서 제대할 목적으로 일부러 사고를 치는 경우도 있으니까요."

치료방법이 마땅치 않다는 군의관의 이야기에 소좌가 실의에 찬 표정을 지었다.

"이젠 좀 괜찮아지는 거 같네요."

진통제가 약효를 입증이라도 하려는지 두통이 가벼워지는 것을 느끼며 도꾸미야 소좌가 자리에서 일어나 입원실로 들어서자 군의관이 뒤를 따랐다.

팔이나 다리에 부목을 대어 고정하거나 붕대를 동여맨 환자들에게 소속을 물으며 한 사람씩 손을 잡아 보고는 돌아서려다가, 하루코의 침대 앞으로 다가와 그녀의 상처에 대해 군의관에게 물었다.

"상처가 아주 깊지는 않았지만, 출혈이 심해서 처음에는 고비가 있었습니다."

"현재로는?"

"현재는 생명에 지장은 없으며 이틀 정도 후에는 퇴실을 시킬 생각입니다."

일어나 앉으려는 하루코를 소좌가 그냥 누워 있으라며 손짓을 해 보였다.

하루코는 까만 눈만 껌벅이며 바라보고 있을 뿐이었다. 하루코는 도꾸미야 소좌가 돌아서는 모습을 바라보며, 긴 칼을 찬 군복이 너무 잘 어울린다는 생각 끝에 어머니의 이야기를 떠올렸다.

'남자도 인물이 미끈하면 인물값을 하느라고 여자 속을 썩이는 법이란다. 네 아버지를 좀 봐라. 허구한 날 난봉질 아니냐.'

아버지는 호남형의 외모 때문이었는지 한때는 아랫마을에서 다른 여인과 살림을 하며 거의 한 달 정도를 집에 들어오지 않기도 했었다. 어머니가 시름의 시간을 보냈던 기억과 함께 고향의 가족들 생각에 젖어들자 그녀의 눈시울이 붉어지며 돌아누웠다.

부대의 연병장에서 훈련을 받고 있는 군인들의 구령 소리가 귀에 익숙해질 무렵, 하루코는 상처가 호전되어 의무대에서 퇴실을 하여 부대와 울타리를 맞대고 새롭게 자리 잡은 위안소로 돌아왔다.

사방으로 철조망이 둘러져 있는 위안소는 마치 감옥 같은 느낌이 들었다. 위안소가 불순한 자들에게 공격을 받을 수도 있다 하여 부대 담장 옆으로 옮겨 왔지만 이만저만 불편한 것이 아니었다. 시장에 나가기 위해 외출이라도 하려면 부대를 통과해야만 했고, 사전에 허락을 받아야 했다.

천막으로 지붕도 없이 대충 가려진 곳이 변소이자 씻는 곳이었다. 당분간이라고는 하지만 밥을 해먹거나 할 수 있는 장소도 없었다. 지붕도 낮은 위안소 건물은 칸을 막아 8칸의 방이 만들어져 있었다. 4칸은 부대 안쪽을 향해 창문이 나 있었고, 나머지 4칸의 방은 부대

밖의 울타리를 향해 문이 나 있었다. 하루코의 방은 가베의 방 바로 옆의 방으로, 창문을 통해 연병장이 훤히 내다보였다.

언젠가부터 위안소는 낮에는 군인들의 출입이 금지되었고, 일과 후에도 저녁 8시부터 자정까지만 군인의 출입이 허용되었다. 하지만 가끔은 장교가 자고 가는 날도 있었다고 했다. 조선의 여인들은 낮에는 하루코의 방에 모여 연병장에서 훈련하는 군인들을 내다보며 수다를 떨곤 했다.

"하나꼬야, 니 말이다. 저 장교 본 적 있나?"

요시에의 손가락 끝을 따라 창문으로 내다본 연병장의 한쪽에는 진한 갈색 털을 가진 말 위에 올라앉아 훈련을 지휘하는 도꾸미야 소좌의 모습이 보였다.

"저 장교가 부대에서 두 번째로 높은 사람이라 카던데 총각 같지 않나?"

그 장교는 분명 하루코가 의무대 입원실에서 보았던 그 사람이었다.

"계급이 소좌인가 봐?"

하루코의 반응에 요시에가 아는 척을 해대기 시작했다.

"이름이 도꾸미야 스토무라 카더라. 내는 요새 아침마다 점호 시간에 창가에 매달려서 저 사람을 보는 낙으로 산다 아이가."

요시에의 눈길은 도꾸미야 소좌에게서 떨어지지 않으며 마치 자기의 연인이라도 되는 것처럼 이야기하고 있었다.

"너희들, 무슨 이야기를 그렇게 재미있게 하고 있니?"

언제 들어왔는지 두 사람의 틈바구니에 마사코가 끼어들며 한마디를 밀어 넣었다.

"응. 언니, 저 사람 말이야. 말 타고 있는 저 사람."

하루코가 손가락으로 도꾸미야 소좌를 가리켰고, 요시에는 마사코가 들어온 것도 모르는지 넋을 잃고 도꾸미야 소좌만을 지켜보고 있었다.

"응, 그래. 소좌라고 하더라."

나오려는 기침을 참아 내는 마사코도 그 사람이 도꾸미야 소좌라는 것을 알고 있었다.

"나 의무대에 입원하고 있을 때 거기에서 본 적이 있는데, 정말 잘생겼지?"

그때서야 요시에가 도꾸미야에게서 눈길을 빼내어 하루코를 바라보았다.

"너 가까이서 본 적이 있구나?"

"응, 언니. 이야기는 안 해 봤는데 군의관한테 나에 대해서 물어보고 그러는 거 같더라."

요시에가 머리를 끄덕거렸다.

"언니, 나이도 안 들어 보이는데 어떻게 소좌가 되었지?"

"그러게 말이다. 버마라고 하던가? 거기에서 근무를 하다가 훈장도 타고 본국에 돌아가서 육군성에서 근무를 했었다 카더라."

요시에는 가베에게 들은 이야기라고 했다

"하루코, 너 좋았겠구나. 가까이서 만나 본 적도 있고……."

도꾸미야 소좌를 가까이서 보았었다는 하루코의 이야기에 요시에
가 다시 고개를 돌려 생긋 웃으며 하루코를 바라보았다.

"좋기는 뭐가 좋아? 내 남자도 아닌걸."

하루코가 그렇게 이야기를 하고는 쑥스럽게 웃었다.

"내도 며칠 전에 저 도꾸미야 소좌가 여기에 왔을 때 그냥 옆으로
슬쩍 지나쳐 가기만 했는데도 정신이 아찔하더라. 호호호……."

요시에는 이야기를 마치고 입을 가리며 웃었다. 하루코가 놀란 표
정으로 요시에를 바라보았다.

"여기에 왔었다고? 그럼 누구랑 자고 갔어?"

성미 급한 하루코의 질문이 쏟아지고, 마사코도 요시에의 대답을
기다렸다.

"여자랑 자고 간 게 아니고 가베상만 만나 보고 갔다 카는데 내가
왜 왔었는지는 물어봐도 이야기를 안 하더라. 가베 그놈아가 질투를
하는 거 같더라. 호호호호!"

"하하하…… 호호호호……."

세 사람은 도꾸미야 소좌에 대하여 들은 이야기들을 하느라고 한
나절을 보내고 있었다.

"하루코, 니 저 사람한테 마음 뺏기지 말거래이. 우리는 2등 국민
이고, 그중에서도 우리는 조센삐 아이가. 알았지?"

요시에가 넋을 잃고 창밖을 내다보는 하루코의 어깨를 툭 치며 말
하고는 방을 나섰다.

그랬다. 그들은 2등 국민이고, 조센삐였다.

- 4 -
전장의 사랑

오전에 한 차례씩 쏟아지곤 하던 소나기도 건너뛰던 날. 달구어질 대로 달구어진 태양이 뿜어내는 열기는 숨이 막히도록 목을 조르고 있었다. 나무판자를 잇대어 붙이고 지붕에 갈대를 엮어서 얹은 위안소 건물은 태양이 뿜어대는 열기를 그대로 받아들였다.

점심을 먹고 난 조선 여인들은 부채를 하나씩 들고 하루코의 방으로 모여들었다. 그리고 그녀들은 연병장이 내다보이는 창가에 나란히 섰다.

위안소가 부대 옆으로 이사를 온 다음부터는 부대 밖으로의 외출은 가베가 앞장서는 일이 아니면 어려웠기에 시장에 가는 것도 쉽지 않았다. 이 때문에 특히 요시에는 입을 삐죽거리며 불평을 더 해 댔다.

요시에가 꺼 두었던 담배꽁초에 지포라이터로 불을 붙이며 연기가 눈에 들어가자 한쪽의 얼굴을 찡그리며 하루코를 바라보았다.

"하루코, 니도 알고 있었나?"

"언니, 무슨 이야기야?"

"그 도꾸미야 소좌 말이다."

도꾸미야 소좌의 이야기가 나오자 하루코가 두 귀를 곤두세웠다.

"그 도꾸미야 소좌가 며칠 전에 말이다. 음, 그러니까 네가 의무대에서 퇴원하여 돌아오던 날에 가베상을 만나러 여기에 다녀갔다 카더라. 그래서 내가 오늘 아침에 또 가베상에게 물어봤다 아이가. 와서 무슨 이야기가 있었느냐고."

"그랬더니?"

하루코가 궁금증을 드러내며 요시에를 바라보았다.

"니 때문에 일부러 왔다 갔다 카더라."

"뭐? 나 때문에……?"

하루코의 눈이 휘둥그레졌다.

"니가 몸이 성치 않으니까 니 방에 당분간 군인들을 들여보내지 말라고 부탁을 했다 카더라."

"도꾸미야 소좌가 그랬다는 거야?"

'어쩐지. 그래서 퇴원을 한 이후로 내 방에 군인들이 들지 않았었구나.' 하는 생각 끝에 떠오른 도꾸미야 소좌의 모습은 하루코의 가슴에서 방망이질을 해대고 있었다. 애써 태연한 척하려 했지만 눈치 빠른 요시에가 하루코의 어깨를 툭 치며 한마디를 던졌다.

"니 혹시 도꾸미야 소좌한테 정신 빼앗긴 거 아니가?"

"아니야, 언니. 내가 무슨……."

화들짝 놀라며 하루코의 얼굴이 붉어졌다.

서 있는 게 힘들어 겨우 벽에 기대어 선 마사코가 가만히 하루코의 표정을 살피며 한마디 거들었다.

"하루코, 너 얼굴하고 귀밑까지 빨개지는 걸 보니까 요시에 말이 맞는 모양이구나?"

"아니야. 언니들, 왜 자꾸 그래."

하루코가 치켜들었던 고개를 슬그머니 떨구었다.

"좋아하고 사랑을 하는 건 말릴 수 없지만, 네가 마음의 상처를 입을까 봐 걱정이다, 얘."

마사코의 말에서 하루코를 걱정하는 마음이 묻어났다.

"에이– 참, 언니도. 그런 걱정일랑 붙들어 매둬요."

하지만 여전히 하루코의 얼굴은 붉어 보였다.

"아무튼 그 도꾸미야 소좌라는 사람, 자상한 면이 있구나."

마사코가 한마디 덧붙였다.

"이런 헛소리들 하고 있네. 사랑은 먼 사랑 타령이고? 쯧쯧쯧–."

듣고 있던 요시에가 찬물을 끼얹듯 한마디를 던졌다.

"……."

대꾸가 없는 두 사람을 못마땅해 하는 기색이 역력한 요시에가 한마디 더 뱉어냈다.

"우리 같은 인생들이 어디에 가서 사람대접을 받겠노. 느그들도 정신 바짝 차리고 돈이나 더 모을 궁리를 하그라."

마사코와 하루코는 서로 마주 보기만 할 뿐 요시에의 이야기에 아무런 대꾸도 하지 않았다.

하루코가 의무대에서 퇴실하여 위안소로 들어온 뒤로 가베는 하루코의 방에는 군인을 들이지 않았다. 하루 종일 누워 뒹굴다가 식사 시간이 되면 식당에 밥을 먹으러 가는 일이 일과의 전부였다. 그렇게 또 하루가 지나가고, 또 한 주가 지나가고 있었다.

하루코의 방문을 열고 요시에가 고개를 디밀었다.

"니는 저녁도 안 먹고 잠만 잘끼가?"

"응. 언니 나 더 잘게."

하루코가 벽 쪽으로 돌아누우며 대꾸를 했다.

낮에는 언니들과 이런저런 수다로 시간을 보냈지만, 군인들이 찾아드는 밤이면 그녀는 방구석에서 벽을 바라보고 누워 빈방을 지키고 있었다.

밤이 깊어지고 군인들이 돌아가는 소리가 들리고 나면 바로 옆에 있는 요시에의 방문이 열리는 소리가 들려왔고, 발소리를 죽이며 하루코의 방문 앞을 지나가는 발자국 소리가 들렸다. 이어서 가베상의 방문이 열리는 소리가 들렸고, 잠시 후 가베상의 방에서 요시에의 콧소리가 섞인 목소리가 들려올 때면 하루코의 머릿속에는 매독에 걸려 고생하다가 결국 죽음을 택한 양귀비의 모습이 떠올랐다.

예전 같지는 않지만, 위안소가 부대 옆으로 옮겨 온 후에도 요시에의 손님은 끊어지지 않았다. 자고 가는 장교는 요시에의 방에 우선 배정되었다. 하루코는 며칠째 옆방에서 들려오는 요시에의 노래를 들으며 잠을 청했다.

음력 보름날인 것 같았다. 둥근 달이 마치 대낮처럼 부대의 연병장을 비추고 있었고, 창가에 기대어 달을 바라보는 하루코의 눈동자에는 보름달이 동그랗게 박혀 있었다. 그리고 그 달 속에는 도꾸미야 소좌의 얼굴이 선명하게 박혀 있었다.

부대는 해가 떨어지면 일체 불을 밝히지 못하게 했고, 불을 켜야만 하는 곳도 창문을 가려 애써 불빛이 새어 나가지 못하게 했다. 미군의 야간공습이 무서웠기 때문이었다. 하지만 2호 관사의 창문 사이로 희미하게 불빛이 새어 나오고 있었다. 하루코는 새벽녘까지 그 창문을 바라보다 창가에 주저앉아 잠이 들곤 했다.

마치 무엇인가에 빨려가듯 하루코가 마음을 빼앗겨 버린 그 일본군 장교. 그는 이미 하루코의 가슴 깊은 곳에 자리를 잡고 들어앉아 있었다.

'아, 그분은 어떤 분일까?'

밤마다 달이 차고 기우는 모습을 지켜보며 도꾸미야 소좌에 대한 연민의 정은 깊어만 갔고, 하루 중 그를 생각하며 보내는 시간이 점점 늘어만 갔다. 태어나 처음 느껴 보는 그 감정의 정체가 무엇인지 알 수는 없었지만, 이제는 그 감정이 낯설지 않게 느껴지기 시작했다.

2호 관사의 불이 꺼지고 나서도 어둠 속에서 그의 창문을 바라보며 밤을 지새우곤 하는 날들이 이어졌다.

어느 날. 그날은 자정이 넘은 시간에도 불이 꺼지질 않았다.

여러 날 관사를 지켜보면서 관사에 당번병이 들락거리는 시간도 정확하게 알게 되었는데, 그날은 늦은 시간인데도 당번병이 불려 가는 것 같았다. 잠시 후에 2호 관사에서 나온 당번병이 연병장을 가로질러 걸어오는 모습이 보였다.

분명 위안소로 향하고 있는 것이 아닌가.

'이 밤중에 가베에게 전할 이야기라도 있는 걸까?'

그녀는 방문에 얼굴을 바짝 붙이고 복도에서 들려오는 소리에 온 신경을 모았다. 당번병과 가베가 이야기를 나누는 것 같은데, 잘 들리지 않았다. 그냥 주저앉으며 누우려는데,

"하루코!"

노크 소리와 함께 문밖에서 부르는 소리가 들렸다. 가베의 목소리였다. 마치 죄를 지은 사람처럼 가슴이 방망이질을 해대고 있었다.

가만히 문을 열었다.

가베가 한쪽 벽을 손으로 짚은 채 기우뚱하게 서 있었다.

"너 도꾸미야 소좌님이 찾으신다니까 얼른 가 봐라."

"지금요?"

"응. 당번병이 문밖에 기다리고 있어. 얼른 따라가 봐라."

가베가 마치 여동생을 대하는 눈빛으로 바라보며 말했다.

"예, 알았어요."

문을 닫고 돌아선 그녀가 옷을 걸쳤다.

'네마키 차림으로 그냥 가야 하나? 아니면 기모노로 바꿔 입어야 하나?'

"하루코, 뭐 하니? 빨리 나오지 않고."

"예. 지금 나갑니다."

엉겁결에 네마키 차림으로 따라나선 그녀가 양쪽 팔소매와 웃옷의 앞자락을 당겨 냄새를 맡아 보면서 당번병의 뒤를 따랐다. 당번병은 힐끗힐끗 뒤를 돌아보면서 빠른 걸음으로 연병장을 가로질러 걸었다.

마치 꿈속 같다는 생각을 하며 2호 관사의 현관문을 들어서며 다소곳이 고개를 숙였다. 그녀를 도꾸미야 소좌가 환하게 웃으며 반겼다.

"어서 와요. 이쪽으로……."

상기된 얼굴의 그녀에게 운동복 차림의 도꾸미야 소좌가 등나무로 만들어진 의자에 앉으며 맞은편의 의자를 가리켰다.

분위기를 살피던 당번병 노무라 일등병이 경례를 붙이고 돌아 갔다.

"건강은 어때요?"

그의 목소리였다. 발자국 소리만 들어도 원이 없을 것 같았던 도꾸미야 소좌의 목소리였다.

"예. 괜찮습니다."

"뭐 마실 것을 좀 드릴까요?"

가벼운 미소를 머금은 그의 입에서 울려 나오는 목소리는 듬직했다.

"아닙니다. 괜찮은데요."

고개를 들어 도꾸미야 소좌를 바라보다가 눈이 마주치자 전신을 타고 흐르는 전율에 그녀는 아찔함을 느꼈다. 마실 것을 가져오겠다 며 일어서서 돌아서는 그의 모습은 당당했다. 균형 잡힌 사내의 몸매였다. 살그머니 고개를 들어 집안을 둘러보았다.

두 개의 방이 있는 것 같았다. 침실인 듯한 방의 열린 방문으로 들여다보이는 벽에는 손질된 두 벌의 군복이 걸려 있었고, 한쪽에 놓인 책상 위에는 권총과 긴 칼이 매달린 허리띠가 걸쳐져 있었다.

노란색의 주스 두 잔을 탁자에 내려놓은 그가 깜빡 잊고 있었다는 듯이 일어나더니 열려 있던 방문을 닫고는 돌아와 맞은편 의자에 앉았다.

"고생이 심하죠?"

"……."

그녀는 말없이 고개만을 가볍게 끄덕였다.

"참, 식사는 어떻게 하고 있나요?"

"그냥, 부대 식당에서……."

위안소가 부대 옆으로 이사를 한 후로는 가베가 군표를 가지고 군수과에 가서 '보급증지'라는 것으로 바꿔 왔고, 그것을 한 장씩 들고 가서 군인식당에서 식사하였는데 여간 불편한 것이 아니었다.

위안부들은 병사들과 마주치지 않으려고 식사 시간이 끝나 갈 즈음에 식당에 가곤 했다. 늦은 식사를 하는 병사들이나 취사병들이 야유를 해대기도 했고 가슴을 만지거나 엉덩이를 두드리는 짓을 해대면서 키득거리기도 했다. 사납게 덤벼드는 요시에는 군인들과 대판 싸움을 벌이곤 했다. 군인들이 싫은 내색을 보이는 여인들에게 온갖 야유를 해대곤 하기 때문에 여인들은 식당에 가는 것이 고역이었다.

"내가 가베상에게 하루코 양이 몸이 불편할 테니 하루코 양의 방에 당분간 군인을 들여보내지 말라고 부탁을 했습니다."

"예……."

'신경을 써 주셔서 감사합니다.'라는 말을 미처 입 밖으로 밀어내지 못했고, 두 사람 사이엔 잠시 어색한 침묵이 흘렀다.

"아, 참. 그리고……."

깜박 잊고 있었다는 표정의 그가 일어서서 침실로 향했다. 하루코가 다시 옷의 앞자락을 끌어당겨 냄새를 맡아 보았다. 잠시 후에 돌아온 도꾸미야 소좌의 손에는 여러 장의 군표가 들려 있었다.

"그래서 식사를 하거나 하더라도 이것이 필요할 테니 사용하세요."

내민 군표를 하루코가 얼른 받지 못하고 어물거리자, 그는 슬그머니 탁자 위에 내려놓았다. 하루코의 시선이 그의 얼굴과 군표 사이를 바쁘게 옮겨 다녔다.

군표가 없다고 하루코가 굶지는 않겠지만, 필요할 것이라는 생각에 준비해 두었다는 것이었다.

도꾸미야 소좌가 군표를 주기 위해 자기를 불렀던 것이고, 이제 볼일을 마쳤으니 돌아가라고 하면 어쩌나. 조금만이라도 더 함께 있고 싶었다. 탁자에 놓여 있는 주스 잔을 들어 만지작거리다가 입술만 적시고 다시 내려놓았다. 다 마시고 나면 돌아가야만 할 것 같았기 때문이다.

"피곤하면 여기서 자고 가시겠습니까?"

도꾸미야 소좌는 자신의 침실 맞은편 방을 가리키며 하루코의 대답을 기다렸다.

"아닙니다. 소좌님께서도 피곤하실 테니 이만 돌아가겠습니다."

놀란 표정의 그녀가 급히 대답했다. 그녀의 얄팍한 자존심에서 나온 말일까. 결코 마음에 없는 소리였고, 감히 넘겨다보아서는 안 되는 사람이라는 생각이 들기도 했다.

잠시 후 다시 들어선 당번병의 뒤를 따라 연병장을 걷는 하루코는 뒤를 돌아보지 못했다.

'혹시라도 그분이 나를 단념해 버리지는 않을까,?'

후회가 밀려오면서 발걸음이 무거워졌다. 그녀의 얕은 눈물샘이 넘치고 있었다. 그분이 창가에 서서 돌아가는 자신의 모습을 창밖으로 바라보아 주기만을 바랄 뿐이었다.

위안소로 돌아온 하루코는 창가에 기대어 달빛을 깊이 들이마시며 어둠 속에서 등대처럼 불빛을 발하는 2호 관사의 창문을 지켜보며 서 있었다. 새벽달이 피곤한 눈을 비비며 서쪽으로 기울어 가는 시각에 그의 창에 불이 꺼졌다.

'건강하세요.'

반듯하게 누운 하루코의 가슴 위에 도꾸미야 소좌의 맑은 미소가 녹아내렸다.

다음 날 오후부터는 취사장에서 쌀과 부식 등을 타다가 위안소의 한쪽에서 여인들끼리 따로 준비를 하여 식사를 할 수 있었다. 위안소에서 따로 취사를 하게 해달라고 군수과 선임하사관에게 여러 차례 건의를 했지만 이루어지지 않다가, 아침 식사가 끝나고 군수과에 불려 갔다가 돌아온 가베가 위안부들이 모인 자리에서 작은 희소식을 전했다. '우리끼리 따로 밥을 해 먹을 수 있게 되었다'는 것이다. 이제 야유를 해대는 군인들과 함께 밥을 먹지 않아도 되게 된 것이었다. 물론 도꾸미야 소좌의 배려였다.

모여 앉아 점심을 먹으면서 가베의 시선이 여러 차례 하루코에게 돌아가는 것을 보고 눈치 빠른 요시에가 말했다.

"하루코야, 살다 보니 우리가 네 덕을 다 보게 되는구나. 호호호⋯⋯."

가베도 멋쩍게 웃었고, 워낙 식욕이 없어서 밥 먹기를 힘들어하는 마사코도 하루코를 바라보며 가볍게 웃었다. 그날 이후로 군수과 소속의 병사가 하루에 한 번씩 위안소로 부식을 날라다 주었다.

어쩌다가 들리는 개 짖는 소리에 창밖을 내다보지만, 그 임의 모습은 보이지 않았고, 바나나 나뭇잎을 스치는 한 줄기 바람이 오히려 더 적막하게만 느껴졌다. 그가 없는 부대는 텅 빈 것만 같았고, 하루코의 방은 무덤이나 다를 바 없었다.

밤하늘을 바라보며 대답 없는 그 임을 불러 보았지만, 그분은 지난밤에도 부대에 돌아오지 않았다.

'무슨 일일까?'

사흘째 도꾸미야 소좌의 방엔 불이 켜지지 않았다. 누굴 붙잡고 물어볼 수도 없는 일이었다. 2호 관사가 바라보이는 창가에서 망부석이 되어 버려야 했던 그녀가 기다림에 지쳐 스르르 주저앉아 있다가도 창가의 나무에서 새가 푸드덕거리는 날갯짓 소리만 들려도 벌떡 일어나 창가로 돌아왔다.

그를 만나지 못한다 해도 좋았다. 그냥 관사에 다녀갔다는 흔적만이라도 찾고 싶었다. 묵묵히 짙게 깔린 어둠만을 바라보던 그녀의 귀에 정문 쪽에서 군인들의 움직임이 느껴졌다.

어둠 속에서 그가 돌아온 것이었다. 그가 타고 온 말의 고삐를 잡은 병사가 마구간으로 들어갔고, 도꾸미야 소좌가 관사로 들어가는 모습이 보였다. 그런데 그는 분명히 현관 앞에 서서 하루코가 있는 위안소 쪽을 돌아보면서 안으로 들어가는 것이 아닌가.

하루코는 서둘러 석유 등잔에 불을 붙여 창가로 옮겼다. 그녀의 창문을 환하게 밝혔다. 아직 잠들지 않았음을 그에게 알려야 했다. 그녀는 가슴 깊은 곳에서 복받치는 고동 소리를 들으며 가슴에 손을 얹었다. 그리고 가만히 눈을 감았다. 그리고는 가만히 그분의 모습을 눈앞에 그려 보았다.

현관을 들어서며 군화의 끈을 풀고 한참을 그대로 앉아 있던 그분이 일어서서 안으로 들어섰다. 방으로 들어서서 허리띠를 풀어 책상에 걸쳐 놓았고 옷을 갈아입었다. 부엌의 옆쪽에 있는 작은 욕실의 바께쓰(양동이)에 담긴 물을 덜어 세수를 하였고, 수건을 목에 걸친 그분이 창가로 다가가 위안소 쪽을 바라보고 생각에 잠겼다.

'감사합니다. 안녕히 주무세요.'

창가에 서 있던 하루코가 가만히 주저앉았다.

한참이 지나고 다시 일어선 하루코의 눈에 병사들의 막사에서 나와 연병장을 가로지르는 당번병인 노무라 일등병의 모습이 보였다. 2호 관사를 향하는 것이 분명했다. 하루코가 뛰는 가슴을 안정시키려 크게 숨을 들이마셨다.

　잠시 후에 관사를 나선 노무라 일등병이 위안소를 향해 오는 모습이 보였다. 그녀가 눈을 씻고 다시 보았다. 그녀의 눈시울이 젖어들었다. 하루코는 서둘러 기모노로 갈아입었다. 가슴이 걷잡을 수 없이 마구 방망이질을 쳐댔다.

　그녀는 가베가 노크를 하기 전에 문을 열고 당번병을 따라나섰다. 고향을 떠나온 후 처음으로 아니, 태어나서 처음으로 누군가를 그토록 애타게 기다리는 것을 경험한 것이다.

　연병장으로 나서며 2호 관사의 창문 틈으로 새어나오는 불빛을 바라보았다. 자욱한 밤안개가 그녀의 발아래로 소복이 내려앉았다. 마치 구름 위를 걷는 것만 같았다.

　"별일 없었지요?"

　그의 목소리였다.

　"예. 출장을 다녀오셨나요?"

　그의 앞에 다소곳이 앉은 하루코가 두 손을 무릎 위에 가지런히 얹어 놓고 그를 바라보았다.

　"바탐방이라는 곳엘 다녀왔어요."

　도꾸미야 소좌의 소년 같이 맑은 미소가 그녀의 가슴을 녹여 내렸다. 그의 뜨거운 눈빛이 심장을 멈추게 할 것만 같았다.

　"요즈음 몸의 상태는 어때요? 식사는……?"

　"신경을 써 주셔서 감사합니다. 언니들이 고맙다고 꼭 전해 달라고 했어요."

지난번의 만남과는 달리 하루코가 고개를 들어 그를 바라보며 말했다.

"불편한 점이 있으면 이야기하세요. 가능하다면 도와 드리겠습니다."

검게 그을린 그의 얼굴과 달리 모자에 가려졌던 하얀 이마가 창문 가득히 쏟아져 들어오는 달빛에 더욱 뽀얗게 보였다. 그분의 건강한 모습이었다.

탁자 위에 켜 놓은 가녀린 등잔불이 가볍게 흔들리며 춤을 추었다. 그들의 대화는 일상의 것이었으나 두 사람의 감정만큼은 일상의 것이 아니었다.

"오늘 밤에는 같이 술을 한잔 할까요?"

"피곤하시지 않으세요?"

"예. 조금은……."

위스키병을 들고 온 그가 작고 예쁜 잔에 술을 따랐다.

가벼운 한 잔의 술이 두 사람의 체온에 온기를 더하고 보드라운 도꾸미야의 손길이 하루코를 침실로 이끌었다. 그의 손길이 기모노의 옷고름을 풀었다.

한바탕 스콜이 쏟아지고 있었다. 두 사람은 서로를 탐닉하며 충분히 젖어들고 있었다. 그들의 사랑의 행위가 계속되는 동안 하루코는 여자로 태어나서 한 남자에게 사랑을 받는다는 것이 이런 것이구나 하는 희열을 느꼈고, 잠들어 있던 욕망이 분출되면서 두 사람은 황홀경에 빠져들었다.

빗소리를 자장가 삼아 도꾸미야는 깊은 잠에 빠져들었고, 잠이 든 그의 모습을 하루코가 조용히 내려다보고 있었다. 그의 이마와 콧등, 귓밥을 가만히 쓰다듬어 보다가 그의 넓은 가슴을 파고들며 이 순간이 꿈이 아니길, 그리고 영원하길 간절히 빌었다.

사랑하는 사람의 품에 안기어 꿈같은 밤을 지낸 하루코가 밝은 햇살이 침실의 창문을 두드리는 것을 느끼며 눈을 떴다.

욕실에서 돌아온 도꾸미야가 가볍게 볼에 키스했다. 양치질을 하고 아직 가시지 않은 치분의 냄새가 상큼했다.

뒤뜰의 종려나무 가지에 앉은 작은 새들이 조잘조잘 아침 인사를 나누고 있었고, 잠에서 막 깨어난 풀잎들은 아직도 포옹하고 있었다.

도꾸미야가 하루코를 가만히 바라보며 침대의 옆자리에 앉았다.

"아침에 생각해 보았는데……."

하루코가 까만 눈으로 그를 바라보았다.

"오늘부터 하루코가 나와 같이 관사에서 생활하게 하려고 하는데, 어때요?"

"예……?"

예상 밖의 이야기였다. 하루코는 가볍게 고개를 숙이며 붉게 물든 얼굴을 한쪽으로 돌렸다.

"돌아가서 준비하도록 해요. 오후에 당번병을 보낼 테니까."

그의 말을 따르는 것이 옳은 것인지 판단을 해 볼 여유도 없었다. 그렇게 같이 생활하기로 결정을 내리고 도꾸미야 소좌가 출근을 하자, 하루코는 짐을 꾸리기 위해 위안소로 돌아왔다.

하루코의 이야기를 들으며 가베도 싫지 않은 눈치였고, 요시에도 부러운 눈빛으로 하루코를 바라보았다.

"하루코, 정말 잘 되었구나."

마사코가 눈물을 글썽였다.

"니 지대루 한 껀 잡은 기라. 이 지긋지긋한 위안소를 벗어나는 네가 부러워 죽겠다고마."

요시에도 진심으로 축하해 주었다.

대충 짐을 꾸리고 당번병을 기다리는 몇 시간이 한없이 길기만 했다. 그녀는 고향을 떠나오던 날부터의 시간들을 천천히 더듬어 가며 기억해 보았다. 싱가포르의 야가미가 다시 떠올랐지만, 이제 그만 그를 용서하기로 마음먹었다. 요시에 언니도 고마웠고, 마사코 언니가 건강해지길 빌었다.

야릇한 미소를 짓는 가베에게 고개 숙여 인사를 하고 기다리고 있는 당번병을 따라 언니들이 머무는 위안소를 뒤로하고 서둘러 2호 관사로 돌아왔다.

아침을 먹는 둥 마는 둥 했고 점심도 굶었지만 배고픈 걸 모르고 집안의 이곳저곳을 살피고 있는데, 중년의 캄보디아 가정부가 문밖에 서 있었다.

"곤니치와."

가정부는 두 손을 모아 삼피를 올리며 서투른 일본말로 인사를 했고, 하루코도 가벼운 미소로 인사를 나누었다. 가정부는 매일 오후 3시에 와서 청소와 저녁 식사를 준비해 놓고 돌아간다고 했다. 가정

부가 오는 시간에는 당번병 노무라 일등병이 따라와 지켜보곤 한다고
했다.

가정부와 함께 도꾸미야의 저녁 식사를 준비하고 같이 집안을 청
소했다. 침실만큼은 가정부의 손길이 닿게 하고 싶지 않아서 그녀가
직접 청소를 했다. 책상 위에 놓인 작은 액자 속의 그의 가족들 모습
을 눈에 익혔다. 입다가 벗어서 벽에 걸어 놓은 군복의 냄새도 맡아
보았다. 집안은 온통 그의 냄새로 가득했다.

퇴근하여 돌아온 그가 샤워하는 동안 하루코는 식탁에 다소곳이
앉아 기다렸다. 처음으로 저녁 식사를 같이 하는 날이었다.

후춧가루를 살짝 뿌려 구운 돼지고기와 일본식 된장국, 오이와 야
채로 만든 샐러드가 구미를 당기고 있었고, 풍성한 열대 과일이 식탁
을 장식했다.

"아니, 안 먹고 뭘 해?"

"소좌님 드시는 거 구경하려고요. 호호……."

도꾸미야 소좌가 식사하는 모습을 바라보던 그녀가 입을 가리며
웃었다.

"아니, 소좌님이 뭐야? 앞으로 둘이 있을 때는 소좌님이라고 부르
지 말아요."

"그럼 뭐라고 불러야 하죠?"

"그냥 '도꾸미야상'이라고 하면 되지, 뭐."

"하지만 어떻게……."

고개를 살짝 돌린 그녀의 얼굴이 붉어졌다.

"한 번 불러 봐요. '도꾸미야상'이라고."

"……."

"얼른 한 번 불러 봐요. '도꾸미야상'이라고, 얼른."

"예, 알겠습니다. 도꾸미야상."

하루코가 붉어진 얼굴을 감추려 고개를 깊이 숙였다.

"하하하하……."

저녁 식사가 끝나고 가정부가 돌아간 후에 두 사람은 소파에 나란히 앉았다. 도꾸미야의 어깨에 가볍게 기댄 채 하루코는 꿈을 꾸고 있었다. 도꾸미야와 함께 가정을 꾸리고 그를 닮은 멋진 사내아이를 낳아 기르는 행복한 꿈을.

"하루코, 날 처음에 보았을 때 어땠어요?"

그렇게 물으며 그가 이야기를 시작했다.

"……."

하루코는 말없이 그의 눈동자만을 바라볼 뿐이었다.

"나는 의무대에서 하루코를 처음 보았을 때 깜짝 놀랐어요."

"네? 왜요?"

하루코가 숙였던 고개를 들어 도꾸미야를 바라보았다.

"하루코를 보는 순간 여동생이라고 착각할 정도였지요."

"제가 도꾸미야상의 여동생분과 그렇게 많이 닮았나요?"

하루코가 그에게서 눈을 떼지 않으며 말했다.

"그래요. 이마와 눈이 너무도 비슷해요."

"동생분은 올해 몇 살인가요?"

"지금 살아 있다면 올해 20살이 되네요."

"네? 그럼……."

어둠이 내려앉는 창밖을 말없이 바라보던 도꾸미야 소좌가 긴 한숨을 내쉬고는 동생 미나미의 이야기를 꺼냈다.

"벌써 1년이 넘은 일이네요. 미나미가 밤늦게까지 학교에서 공부를 하다가 돌아오는 길에 집 앞의 골목에서 두 명의 탈영병에게 납치를 당했지요. 뒤늦게 알게 되어 쫓아 나가 보니, 탈영병들이 동생을 인질로 헌병들과 대치하고 있더군요. 그들 중 한 명이 권총을 소지하고 있었기 때문에 쉽게 체포를 할 수가 없었고, 자수할 것을 권유하고 있던 중에 한 명이 다른 한 명을 쏘아 죽이고 자신도 머리를 쏘아 자살해 버렸지요. 그렇게 상황은 종료되었지만 미나미는 이미 가슴과 배 등을 여러 차례 칼에 찔려 정신을 잃은 상태였고, 급히 병원으로 후송을 했지만 과다출혈로 인해 그만 새벽녘에……."

하루코가 시선을 둘 곳을 찾지 못하여 고개를 숙였다. 의무대에서 그를 처음 만났을 때 보았던, 그의 얼굴에 드리워졌던 어두운 그림자를 떠올렸다.

"전쟁 중이라 정신이 불안정한 군인들이 더러 있어요. 특히 치열했던 격전지에서 돌아온 병사들 중에……."

그때를 회상하는 듯 그가 고개를 깊이 숙였다. 하루코는 침실의 책상 위에 놓인 액자 속의 사진을 머릿속으로 떠올렸다. 사진 속에는 장교복을 입은 두 아들 사이에 교복 차림의 딸이 앞에 부모님을 앉히고 오빠들 사이에 서 있었다.

하루코는 그의 가슴에 맺힌 슬픔을 함께 나눌 수 없는 것이 안타까웠다.

위안소를 벗어나 관사에서 생활하면서 하루코의 건강은 나날이 좋아졌다. 관사의 뒤에는 작은 꽃밭도 만들어 가꾸었고, 당번병이 만들어 준 닭장에 병아리도 몇 마리 키웠다. 그리고 당번병을 시키거나 도꾸미야가 직접 가져다주는 부식으로 그와 함께할 저녁 식사를 정성껏 준비했다. 모든 것이 꿈만 같았다. 꽃도 꿈속에서 보는 것 같았고, 병아리들도, 햇살도, 이 순간도 모두가 꿈만 같았다.

처음으로 느껴 보는 행복한 나날의 연속이었지만, 부끄러움 없이는 뒤돌아볼 수 없는 위안부로서의 과거를 지워 버릴 수 없었기에 항상 하루코의 얼굴에 그림자를 드리웠다.

침실에서 창문으로 바라보면 부대의 연병장 건너편에 위안소가 바라보였고 창가에 기대어 있는 마사코 언나나 울타리 주변에 나와 서성이는 요시에 언니의 모습을 볼 수도 있었지만, 위안소에 자주 가는 것은 어쩐지 마음이 내키지 않았다. 고생하는 요시에와 마사코 언니에게 왠지 미안하기도 했지만, 연병장을 가로질러 갈 때 그녀를 바라보는 군인들의 눈길이 따갑게 느껴졌기 때문이었다.

관사의 생활이 두 달이 다 되어 가고 있을 때였다. 며칠을 벼르다가 찾아가는 위안소의 울타리 안에서 요시에가 울타리 밖의 군인 대여섯 명을 상대로 서로 욕설을 하며 다투고 있었다.

"야, 이놈들아. 너희들만 천황폐하께 충성을 하냐? 나도 충성하고 있단 말이야. 너희들은 총을 들고 싸워서 충성을 하고 나는 아랫도리를 흔들어서 충성을 한단 말이다. 이런 멍청한 놈들 같으니라고.”

삿대질을 해대다가 양손을 허리에 걸친 요시에가 하는 이야기에 취사병으로 보이는 그 군인들이 '와아-' 하며 웃음을 터트렸고, 키가 작고 다부진 체격의 병사 하나가 나섰다.

“야, 이년아! 아랫도리도 아랫도리 나름이지. 조센삐 아랫도리로 충성이 되겠느냐?”

또 한바탕 군인들이 깔깔대며 웃었다. 화가 치민 요시에가 목청을 높였다.

“야, 너는 키가 그게 뭐냐? 니 에미가 널 낳다가 깔고 앉은 모양이구나? 네놈의 그 물건은 괜찮으냐? 어디 한번 꺼내 봐라.”

요시에가 키가 자그마한 군인을 손가락으로 가리키며 잔뜩 약을 올렸다.

그렇게 요시에가 악다구니를 쓸 때마다 군인들은 또 한바탕 웃고 난리였다. 독이 오른 키가 작은 군인이 들고 있던 빈 바께쓰를 철조망에 힘껏 던졌다. 주춤하고 철조망가에서 물러났던 요시에가 다시 앞으로 나섰고, 군인들은 아랫도리를 튕기는 보습을 보이며 야유를 계속했다. 어느 쪽도 물러설 기미가 보이지 않았다.

죽어도 지기 싫어하는 요시에가 키가 큰 군인을 손가락질로 가리키며 한마디를 덧붙였다.

“야, 너는 니 에미가 널 낳을 때 서서 뽑았냐? 왜 그렇게 멀쑥하게 키만 크냐? 물건도 길기만 하지, 힘이 없지?”

군인들 쪽에서 웃음이 터져 나오고 키가 큰 군인이 얼굴이 빨개지더니 두리번거리다가 돌덩이를 집어 들었다. 그때 옆에 있던 군인이 급히 말렸다. 다가오는 하루코를 본 것이었다. 군인들은 눈짓으로 하루코가 위안소에 다가오는 것을 서로에게 알렸고, 군인들은 땅바닥에 내려놓았던 바께쓰를 집어 들고 급히 취사장 쪽으로 돌아섰다.

"야, 이놈들아! 어딜 가냐? 왜 도망을 가는 거야?"

피식피식 웃으며 돌아가는 군인들의 뒤통수에 요시에가 소리를 질러 대다가 저만치에 서 있는 하루코를 발견했다. 요시에의 그런 모습을 보고 하루코는 얼굴이 화끈하게 달아올랐다. 하지만 요시에가 자신을 보았으니 되돌아갈 수는 없었다.

"얼른 와라. 니 많이 예뻐졌구나."

위안소의 입구로 서둘러 나온 요시에가 하루코의 손을 잡았다.

"언니도 별일 없이 잘 지냈지?"

"응. 나야, 매일 그렇지 뭐. 그런데 저놈아들이 니를 보드만 꽁지가 빠지게 도망을 가는구나. 호호호……."

"나를 보더니 도망을 친다고?"

하루코가 의아해 하는 표정으로 요시에를 바라보았다.

"당연하지 않나. 니가 보는 앞에서 허튼소리 하다가는 경을 치고 말 테니까 말이다. 호호호!"

"언니, 그게 무슨 말이야?"

얼른 알아듣지 못한 하루코가 걸음을 옮기지 못하고 서서 요시에를 바라보았다.

"니가 누구고. 니가 도꾸미야 소좌의 여자라는 것을 모르는 사람이 없는데……."

하루코의 블라우스에 달린 레이스를 만지작거리며 의기양양해 하는 요시에를 걱정스러운 표정으로 하루코가 바라보자, 요시에가 걱정하지 말라는 표정을 지어 보였다.

"야, 하루코야. 일본 사람들은 바보같이 싸울 때 욕도 제대로 몬한다 말이다."

"……."

"욕이라고 해 봐야 겨우 바보, 병신, 멍청이 이런 게 전부 아이가."

"응, 그런 거 같아."

하루코가 가만히 고개를 끄덕이는 모습을 보며 요시에가 신이 나서 이야기를 이어 갔다.

"일본 말에는 욕이 별로 없어서 내가 일본 말로 욕을 만들어서 욕을 하면, 저놈아들이 약이 올라 어쩔 줄 몰라 하지만서도 지들이 우짜겠노. 호호호……."

요시에가 턱으로 취사장 쪽을 가리키며 어깨를 으쓱해 보였다.

"마사코 언니는?"

"아마 낮잠 자고 있을 끼다. 얼른 들어가자."

오랜만에 들어서는 위안소는 낯설기까지 했다. 대낮에도 어둑한 위안소의 복도를 지나치며 가베상의 방문을 슬쩍 바라보았다.

'요즈음도 요시에 언니는 저 방을 들락거릴까?'

모처럼 세 사람이 마사코의 방에 모여 앉았다. 하루코가 힘들게 일어나 앉는 마사코의 안색을 살피는 사이에 요시에가 하루코가 들고 온 종이봉투를 들여다보더니 반색을 했다.

"이게 웬 사탕가루냐?"

"이거 언니들 먹으라고 가져온 거야. 언니들한테 간다고 하니까 도꾸미야상이 가져가라고 했어."

"뭐라꼬? 도꾸미야상? 니 그 사람을 그래 부르나?"

"응. 둘이 있을 때는 그렇게 부르라고 했어."

대답하고 얼굴이 붉어지는 하루코가 핏기없는 마사코의 얼굴에서 시선을 떼지 못하며 말했다.

"잠자리는 어때? 호호호호……."

설탕을 보고 군침을 흘리며 묻는 요시에게 하루코가 눈을 흘겼다.

힘없이 앉아서 물끄러미 두 사람의 대화를 듣고 있는 마사코는 입술이 바싹 말라 있었다.

"사탕가루 잔뜩 넣어가 미숫가루 한 잔씩 타 먹곤 하던 시절이 언제였노."

위안소가 부대 옆으로 이사를 하기 전 시장에 다니던 때의 이야기를 한참 신이 나서 이야기하는 요시에를 바라보며, 하루코는 마사코의 손을 꼭 잡은 채 놓지를 못했다.

"언니, 요즈음 건강은 어때?"

그녀가 마사코의 얼굴을 가만히 더듬었다.

"응, 그냥 그래. 그러나저러나 얼른 전쟁이 끝나야 할 텐데……."

한숨 섞인 한마디를 겨우 뱉어 내는 마사코의 얼굴을 바라보며 하루코가 눈물을 글썽였다.

마사코는 다른 군인들에게 전염될 우려가 있다는 이유로 사실상 그녀의 방에 갇혀 있다시피 한 상태였다. 시내의 병원에서 폐결핵의 진단서를 발급받아 인사과에 제출하였고 귀국증명서가 나오기를 기다렸지만, 어쩐 일인지 한 달이 넘어도 귀국증명서가 발급되지 않았다.

"그러나저러나 왜 언니 귀국증명서가 아직도 안 나오지?"

마사코를 바라보는 하루코의 얼굴에 걱정이 가득했다.

"글쎄 말이야. 죽더라도 고향에 가서 죽고 싶어, 난……."

마사코가 울먹이며 끝내 말을 잇지 못했다.

"언니, 그렇게 약한 소리 하지 마."

하루코가 그녀의 손을 쥔 채 힘을 주며 흔들었다.

"난 먼발치에서라도 동생과 아버지를 바라보고 난 후에 죽어도 죽겠다는 생각을 하고 있는데, 아무래도 그렇게는 안 되려나 봐. 요즈음에는 자꾸 무서운 꿈을 꾸곤 해."

"언니……."

하루코가 흘러내리는 눈물을 얼른 손등으로 훔쳐냈다.

"야. 내가 그 증명서 기다리지 말라고 안 했나."

요시에가 나서며 신경질적으로 말했다.

"무슨 소리야, 요시에 언니?"

"부산이나 시모노세키로 돌아갈라 카믄 베트남의 사이공에서 배를 타야 하는데 베트남의 해안이 모두 봉쇄를 당해서 배가 뜨지를 못한다 안 카나."

"그럼 어쩌지?"

마사코에게 붙어 있던 하루코의 시선이 요시에에게 옮겨 갔다.

"우짜긴 뭘 우짜노. 우리 해군이 미국 놈들을 몰아내고 뱃길을 트가 상선과 수송선이 뜰 수 있을 때까지 기다려야 안 되겠나."

"글쎄 그렇다는구나."

마사코의 체념한 듯한 목소리였다.

"그래야만 마사코의 귀국증명서도 발급해 주지 안 하겠나."

요시에가 설탕봉지를 들고 벌떡 일어서며 말했다.

"야! 떡 본 김에 제사 지낸다꼬 우리 사탕가루 물이나 한 잔씩 찐하게 타 먹자 고마."

요시에가 자리에서 일어서자 하루코가 마사코를 끌어안았다. 힘없이 안기는 마사코의 움푹 파인 볼이 하루코의 가슴을 후벼 팠다.

"언니. 혹시 류이치 상등병한테서 연락은 와?"

한때 마사코와 가깝게 지내던 조선인 상등병의 소식을 물었다.

"깜퐁솜 수비대에서 공용 업무로 다니러 오는 군인들 편에 가끔 편지를 전해 오기는 하지만, 거기도 비상 상태인 거 같더라. 외출이나 외박이 전혀 안 된대."

마사코가 가만히 고개를 흔들었다.

"나 매일 언니가 보고 싶어서 창가에 매달려 이쪽을 바라보곤 해."

"나도 네가 어떻게 사는지 궁금했었어."

마사코가 하루코의 얼굴을 찬찬히 살폈다.

"언니, 내 걱정은 안 해도 돼."

"도꾸미야 소좌가 너에게 잘 대해 주니?"

"응, 너무 멋있는 사람이기는 한데……."

그녀가 말끝을 흐리자 마사코가 놀라는 표정으로 바라보았다.

"왜? 무슨 문제라도 있니?"

"빨리 전쟁이 끝나고 아무도 모르는 곳에 가서 살고 싶어."

터져 나오려는 울음을 참으며 하루코가 고개를 한편으로 돌렸다.

"그러게 말이다. 이놈의 전쟁이 끝나면 얼마나 좋겠니."

"도꾸미야 상이 출근을 하고 나면 나는 또 감옥살이가 시작되는
거지, 뭐."

하루코의 입에서 자신도 모르게 툭 튀어나온 한마디였다.

"그게 무슨 소리니?"

"그냥 그래."

"이야기를 좀 해 봐라."

마사코가 궁금해 못 살겠다는 듯이 하루코의 잡은 손을 흔들어
댔다.

"사실은 매일 언니를 만나러 오고 싶은 데 관사 밖으로 나오지를
못하겠어."

"왜? 도꾸미야 소좌가 관사 밖으로 나가지 말라고 하니?"

"아니야. 그런 건 아닌데, 이쪽으로 오려면 연병장을 가로질러 오
게 되잖아."

"응, 그렇지."

"그렇게 오다가 보면 중간에 군인들을 만나게 되는데, 그 군인들이

날 바라보는 눈빛이 너무 싫어서 말이야."

"……."

마사코가 조용히 눈을 감으며 생각에 잠겼다.

"위안소에 있을 때 나를 찾아오던 군인들을 연병장 한가운데에서 만나게 되기도 하더라고. 나는 그런 군인들을 피하고 싶지만, 군인들은 똑같은 군복을 입어서 가까이에서 보아야 그게 누구라는 것을 알게 되지만, 그들의 눈에는 내가 딱 한눈에 드러나잖아."

"그래. 그렇기도 하겠구나."

하루코는 기어코 이 이야기를 하고야 말겠다는 듯이 이야기를 이어 나갔다.

"그리고 나는 기억을 다 하지 못해도 내 알몸을 본 군인들이 많이 있을 것이라는 생각이 들기도 해."

"그렇지."

마사코가 짧게 그녀의 말을 받으며 고개를 끄덕였다.

"그럴 때마다 내가 위안부 출신이 아니라면 얼마나 좋을까 하고 생각이 들곤 하는 거야."

"그래, 이해가 간다. 네가 많이 힘들겠구나."

마사코가 연신 고개를 끄덕이며 하루코를 바라보았다.

"그런데 도꾸미야 상의 입장에서 가만히 생각해 보니, 그분도 아주 힘들 거라는 생각이 드는 거야. 위안부 출신 여자를 데리고 산다고 시시덕거리는 사람들도 있을 텐데 말이야."

"그래. 그러고 보니 도꾸미야 그 사람은 정말 좋은 사람이다, 얘."

"그래서 그이를 위해서라도 내가 관사 밖으로 나다니지 말아야 한다는 생각을 했었어."

눈물이 그렁그렁한 하루코가 눈물을 감추려고 벽 쪽으로 얼굴을 돌렸다.

"너, 생각이 많이 깊어졌구나. 휴……."

마사코가 이야기 끝에 긴 한숨을 토해 냈다.

"언니, 그러니까 내가 여기에 자주 오지 못하더라도 언니가 이해해 줘. 응?"

"그럼 이해를 하고 말고. 너는 여기에 자주 올 생각하지 말고 건강하고 행복하게 살아라. 어떻게든 너라도 도꾸미야 소좌한테 사랑받으며 살았으면 좋겠다."

"고마워, 언니."

아직도 눈물샘이 마르지 않았는지 두 여인의 눈물이 소리도 없이 흘러내렸다.

"걱정하지 마. 너의 행복을 꼭 지켜 달라고 내가 야소님께 열심히 기도할게."

흐느끼는 하루코의 어깨를 가만히 두드리는 마사코가 훔쳐내도 멈추지 않는 눈물을 떨구지 않으려고 고개를 치켜들었다.

"언니, 정말로 위안부로서의 삶을 살았던 과거를 잊어버리고 싶어."

"그래. 과거는 훌훌 털어 버리고 새롭게 출발해. 하루코야, 기운 내."

"언니……."

마사코를 와락 끌어안는 그녀의 목소리는 통곡에 가까웠다.

"왜 또 눈물 바람이냐?"

쟁반 위의 나무그릇에 담긴 설탕물 세 그릇을 받쳐 들고 들어온 요시에가 두 사람의 얼굴을 살피며 앉았다.

"그만 청승 떨고 사탕가루물이나 한 잔씩 마시자 고마."

두 사람은 설탕물 그릇을 내려다보기만 할 뿐이었다.

"야. 피로 회복에는 이 사탕가루물이 최고 아이가."

요시에가 입맛을 당기며 서둘러 마시라는 시늉을 하고는 단숨에 마셔 버렸다.

하루코가 작은 손가방에서 하얀 거즈 손수건을 꺼내어 마사코의 눈물을 닦아 주고는 자신의 눈물도 닦았다.

"참. 그런데 언니들 혹시 꿈해몽할 줄 알아?"

"무슨 꿈인데?"

꿈이라는 소리에 마사코가 먼저 말을 받았다.

"응. 지난밤에 창문 밖의 감나무 줄기에 매달린 빨갛게 익은 감이 보였어. 꿈속에서도 어찌 이렇게 예쁠까 하는 생각에 가지를 잡아당겨서 입을 맞추기도 하고 얼굴에 대고 비벼대기도 했어."

"그래? 너 그거 태몽 아니니?"

손을 꼭 쥐고 있던 마사코가 그녀의 얼굴을 가만히 살폈다.

"태몽?"

"그래. 니 혹시 임신한 거 아이가? 니 달거리 언제 했노?"

요시에가 급한 성격을 드러내며 물었다.

"글쎄……. 지난달에 달거리가 없었어."

하루코는 달거리를 해야 할 날짜가 훨씬 넘었다는 생각을 하며 대답했다.

"틀림없구나. 너 임신한 것 같다, 얘."

창백한 마사코의 얼굴에도 잠시 혈색이 돌아오는 것 같았다.

임신 이야기가 나오자 요시에가 하루코의 배를 만져 보겠다고 해서 모두 한바탕 웃었다.

하루코는 어머니의 모습을 떠올렸다.

'어머니가 아시면 얼마나 좋아하실까?'

하루코가 옆에 두었던 손가방을 집어 들었다.

"언니, 나 이제 일어서야 해. 저녁 준비를 해야 하거든."

"그래, 얼른 일어나라."

잡고 있던 마사코의 손을 놓으며 아쉬운 표정으로 하루코가 일어섰다.

"여기 자주 올 생각하지 말고 도꾸미야 소좌한테 잘해라. 지난 과거는 모두 잊어버리고. 알았지?"

하루코의 원피스 자락에 붙은 먼지를 털어 내며 마사코가 그녀를 올려다보았다.

"마사코 얘는 그게 무신 소리고? 하루코야, 자주 놀러 오거라. 개구리가 올챙이 적 생각을 몬한다꼬 니 우리들 괄시하면 안 된다. 알았지?"

"그래, 알았어. 요시에 언니, 시간 날 때 또 올게."

그녀가 빠른 걸음으로 연병장을 가로질러 관사로 돌아와 식탁 앞에 앉았다. 넘치는 행복감에 가만히 앉아 있을 수가 없어서 다시 일어섰다. 그녀의 치맛자락 밑으로 삐죽 내민 발등에는 깊게 파인 흉터가 보였지만 두발이 가볍게 춤을 추며 온 집안을 누비고 다녔다. 그리곤 다시 돌아와 식탁에 앉았다. 어머니도 따라와 앞에 앉아 계셨다.

'엄니. 저 시집가게 되었어요. 신랑 될 사람은 도꾸미야라는 계급도 높은 장교예요. 엄니도 보시면 좋아하실 거예요. 그리고 저 뱃 속에 아기 가졌어요. 사내아이였으면 좋겠어요. 엄니, 내가 학교에 다닐 때는 동생보다 공부도 못했지만, 지금은 공부도 열심히 해서 일본 말을 얼마나 잘하는지 몰라요. 아마 내가 일본말 잘하는 걸 보시면 깜짝 놀라실 거예요. 이제는 조선말보다도 일본말을 더 잘한다니까요. 전쟁만 끝나면 고향에 돌아가서 동네 사람들한테 자랑도 실컷 할 수 있을 거예요. 나도 아버지 원망하지 않을 테니 엄니도 아버지와 다투지 마세요. 엄니, 전쟁이 끝날 때까지 꼭 몸성히 계세요.'

그녀는 고인 눈물을 떨어뜨리지 않으려고 고개를 들었다.

고향집 앞의 냇가에 선 미루나무에 붙은 매미가 목을 놓아 울었고, 개울가에서 송사리 떼를 쫓는 사내아이들의 웃음소리가 귓가에 들려왔다. 양지바른 돌담가에서 고무줄놀이를 하던 계집애들의 노랫소리가 잠잠해지고 초가지붕 너머로 저녁 짓는 연기가 모락모락 피어올랐다.

자정까지로 되어 있는 군인들의 위안소 출입시간이 지나고 언제 그 랬냐는 듯이 술렁거리던 위안소는 어둠의 적막 속에 잠겼다.

"가베상, 잠들었어요?"

잠을 이루지 못하고 뒤척이던 가베의 숨소리가 고르게 들리자 옆에 누워 있던 요시에가 그를 살며시 불러 보았다.

"아니. 아직⋯⋯."

그녀가 망설이던 이야기를 꺼냈다.

"만약에 말이야. 만약에⋯⋯."

말끝을 흐리는 요시에를 가베가 고개를 돌려 어둠 속에서 바라보았다.

"응. 뭐가?"

"이대로 전쟁이 끝나게 되면 우리는 어떻게 되는 거예요?"

"우리?"

"응. 위안부들 말이에요."

"뭐, 다들 자기네들 나라로 돌아가게 되겠지."

가베가 일어나 앉으며 석유 등잔불에 다시 불을 켜고는 재떨이의 꽁초를 찾아 입에 물었다.

"전쟁이 승리로 끝나느냐 패배로 끝나느냐에 따라 조선인들은 다르겠지. 조선은 대동아 전쟁이 시작되기 전부터 우리 일본의 속국이 었으니까 어떻게 될지 모르겠어."

"조선으로 돌아가고 싶지 않은 사람은 일본에서 살 수 있겠죠?"

요시에가 근심이 가득한 얼굴로 물었다.

"그야 물론이지."

요시에가 일본에서 살 수 있을 것이라는 이야기에 안심하며 가베가 뿜어내는 담배 연기를 손으로 밀어냈다.

"그러나저러나 이대로 전쟁이 끝나겠어? 어느 한쪽이 다 죽어야 끝나지."

가베가 눈을 가늘게 뜨며 말했다.

"만약에 일본이 지면 어떻게 되는 거죠?"

"야, 우리 일본이 지긴 왜 지니?"

"미군이 오키나와라는 섬을 이미 점령했다면서요?"

"오키나와는 원래 우리 일본 땅도 아니었어. 그래서 작전상 내 준 거지, 뭐."

"그렇지만 본토에도 미군의 폭격이 심하다는데 군수 공장들이 돌아가지 못하면 어떻게 이 전쟁에서 이길 수 있겠어요?"

요시에가 가베의 말에 반박을 하는 것 같지만, 가베는 그녀가 진심으로 걱정하고 있다는 것을 알고 있었다.

"그래도 미국 놈들은 우리 본토에 발을 들여 놓지는 못해."

'왜 미군이 일본에 발을 못 들여 놓는다는 거예요?' 하고 묻고 싶었지만, 요시에는 차마 입 밖으로 내놓지 못하고 꿀떡 삼켰다.

"미국 놈들이 얼마나 겁이 많은 줄 알아? 일본 땅에 발을 들여 놓으면 한 놈도 살아남지 못하고 다 죽게 된다는 걸 뻔히 아는데 그놈들이 우리 본토에 상륙을 하겠어? 그놈들은 절대로 우리 본토에 상륙할 수 없을 거야."

"그래, 맞아요."

요시에는 그렇게 이야기하는 가베를 믿음직스러워하며 맞장구를 쳤다.

"문제는 구라파 쪽에서 독일이 항복하는 바람에 그쪽에 있던 미국과 영국 그리고 불란서 놈들이 이쪽으로 모조리 달려들 테니, 그게 걱정이다."

"베트남이나 이곳 캄보디아에 그놈들이 쳐들어올까요?"

"틀림없이 오겠지. 머지않아……."

꽁초를 비벼 *끄고*는 가베가 다시 자리에 누웠다.

"난 얼른 전쟁이 끝나고 일본에 가서 살고 싶어요."

"그래, 너는 수완도 있고 해서 일본이든 어디든 가서 살아도 잘 살게야."

"당신하고 꼭 같이 살 수 있었으면 좋겠어요."

가베가 요시에의 손등을 잡았다.

"나도 그랬으면 좋겠지만, 나 같은 불구자하고 살면 네가 불행하지 않겠니?"

"무슨 소리예요. 내가 지금까지 한 이야기를 다 잊어버렸어요? 난 일본에 가서 당신만 바라보며 살고 싶어요. 당신의 딸도 내가 키울게요."

가베는 뒤로 팔베개하고 천정을 응시할 뿐 대답이 없었다.

"당신이 나를 지켜 줄 것이라고 믿어요. 약속해 주세요."

대꾸 없는 가베의 팔을 끌어다 베고 요시에가 나란히 누웠다.

"당신은 이제 돈도 벌었고 나도 이렇게 건강한데 뭐가 문제예요?"

"하여튼 이 전쟁이 빨리 끝나야 할 텐데……."

가베가 가슴을 파고드는 요시에의 젖가슴을 더듬으며 긴 한숨을 토해 냈다.

"콜록콜록……."

여전히 마사코의 기침 소리가 복도를 타고 들려왔다.

- 5 -
제국의 몰락

하루코는 지난밤의 달빛도, 새로 맞이한 아침의 햇살도 도꾸미야와 함께 나누었다. 부쩍 잠이 많아진 그녀는 쏟아지는 잠에 쫓겨 다녔다. 오늘도 잠결에 출근하는 도꾸미야를 배웅하고 다시 잠이 들었다가 한낮이 되어서야 침대에서 내려와서 뒤뜰로 나왔다.

병아리들이 노는 모습을 바라보던 하루코가 곁에 쪼그리고 앉았다. 앙증맞게 예쁜 병아리들은 그녀가 던져준 한 줌의 쌀을 다 쪼아 먹고는 뜀박질을 하기도 하고, 풀잎 사이에 숨어 있는 햇빛을 쪼아 대며 어미 닭의 뒤를 졸졸 따라다니고 있었다. 건강을 되찾아 가는 하루코는 병아리만큼이나 혈색이 뽀얗고 예뻤다.

저녁에 퇴근하고 돌아온 도꾸미야에게 하루코가 조심스레 임신 이야기를 하며 그의 표정을 살폈다.

"뭐라고? 임신? 하하하하!"

뛸 듯이 기뻐하는 그는 하루코를 번쩍 안아 올리고는 집안을 몇 바퀴나 돌았다.

"아들 같아? 아니면 딸?"

상기된 얼굴로 그녀를 바라보는 그의 눈동자는 유난히도 반짝거렸다. 그는 하루코의 무릎 앞으로 바짝 다가앉으며 눈물까지 글썽였다.

하루코는 그를 바라보면서 살포시 웃는 것으로 대답을 대신했다.

"참. 하루코 이(李) 씨라고 했지? 본관이 어디지?"

"예. 저희는 인천 이 씨(仁川李氏)래요."

"음. 내가 분명히 알고 기억을 해야 하지. 인천 이씨라……."

그날 저녁 식사를 마치고 도꾸미야는 자기의 손가락에 끼워져 있던 가느다란 반지를 뽑아 하루코의 손에 끼워 주며 말했다.

"하루코. 이제 우리는 장래를 같이하는 거야."

하루코는 촉촉하게 젖어 오는 눈으로 그를 바라보면서 고개를 끄덕였다.

"이제부터 당신은 홑몸이 아니니까 항상 몸조심해야 해. 알았지?"

침대에서 도꾸미야가 그녀의 귀에 대고 살며시 속삭였다. 하루코는 뱃속의 아이가 사내아이였으면 좋겠다고 말했고, 도꾸미야는 딸이라도 괜찮으니 건강하기만 하면 된다고 했다. 그녀는 도꾸미야를 닮은 사내아이를 낳아 키우고 싶었다.

그렇게 두 사람의 분신이 그녀의 몸 안에서 잉태되어 자라게 되었다.

두 사람의 사랑이 열기를 더해 가는 나날 속에서도 전황은 시시각

각 일본 측에 불리하게만 돌아가고 있었다. 도꾸미야 소좌는 조급한 마음에 자신의 특별한 임무를 위해 분주히 돌아다녔다.

전황이 불리해지면서 일본은 시아누크 왕이 캄보디아의 독립을 선포하게 하였고, 일본에 망명했다가 도꾸미야 소좌와 함께 돌아온 쏜 늑탄이 외무부장관에 취임을 한 것이 3개월을 맞이하고 있었다.

도꾸미야 소좌가 아침 이른 시간에 쏜늑탄을 찾았다.

"어서 오십시오."

안내를 받으며 외무장관의 집무실로 들어서는 도꾸미야 소좌를 탄 장관이 손을 내밀며 반갑게 맞았다.

"장관 각하. 자주 찾아뵙지를 못해 죄송합니다."

도꾸미야 소좌가 고개를 숙이며 장관의 손을 맞잡았다.

"아닙니다. 그저 저는 소좌님께 감사할 뿐입니다. 그리고 어디 캄보디아에서 도꾸미야 소좌님보다 더 바쁜 사람이 있나요? 하하하……"

장관이 안내하는 소파에 두 사람이 마주 앉았고, 여비서가 탁자에 주스 잔을 내려놓고 돌아가는 모습을 지켜보며 문이 닫힐 때까지 기다리던 탄 장관이 도꾸미야 소좌에게 먼저 입을 열었다.

"어떻게 준비는 잘되어 가고 있습니까?"

"예. 이제 준비가 거의 마무리되었습니다."

도꾸미야 소좌가 상체를 곧바로 세우며 대답했다.

"정말 수고가 너무 많으셨습니다. 이 은혜를 어떻게 갚아야 할지 모르겠습니다."

탄 장관이 두 손을 합장하며 감사를 표했다.

"장관 각하께서 3년 전에 캄보디아의 독립을 위해 행하셨던 프놈펜에서의 시위가 우리 일본군의 힘을 얻지 못해 실패로 끝나고 각하께서 일본에 망명까지 떠나야 했던 일은 유감스러운 일이오나, 이제는 시아누크 왕이 독립을 선포하였고 각하를 지지하는 무력세력도 확보가 된 상황이니 각하께서 수상에 취임하시어 캄보디아의 영원한 독립과 발전을 위해 일하셔야 할 때입니다."

장관이 크게 고개를 끄덕이며 강한 의지를 표명했다.

"제가 그 당시 바탐방까지 피신을 해 있었던 상황에서 일본국이 제 망명을 받아들이지 않았다면, 저는 아마 지금쯤 이렇게 살아남아 있지도 못했을 것입니다."

탄 장관은 3년 전 프놈펜에서 시위를 주도하다가 불란서 군인들에게 쫓겨 바탐방으로 피신을 하였던 일과 당시 일본군 지휘관의 도움으로 일본으로 망명했던 시절을 회상하며 잠시 생각에 잠기는 듯했다.

"아무튼, 불란서 총독이 서거한 모니봉 왕의 친자인 모니렛 왕자를 제쳐 놓고 나이 어린 노로돔 시아누크를 왕으로 책봉한 이유는 자기들이 캄보디아 왕실을 쉽게 다루기 위한 계책이었던 만큼 만약에 대비하기 위해서라도 장관각하께서 수상직을 맡으셔야만 영원히 불란서로부터 독립이 가능할 것입니다."

"……"

허공을 뚫어져라 바라보며 움직임이 없던 탄 장관이 탁자 위로 시선을 돌리며 조용히 찻잔을 집어 들었다. 도꾸미야 소좌는 탄 장관의 마음에 흔들림이 없는 것을 다시 한 번 확인하고 싶었다.

"시하누크 국왕께서 친히 저희 일본 군복을 즐겨 입으시기도 하시며 불란서로부터의 독립을 천명하셨지만, 국왕께서는 성품이 유약하시기 때문에 장관각하께서 서둘러 수상의 직에 오르셔야만 국민의 열망인 완전한 독립이 가능하리라 판단됩니다."

찻잔을 입에서 떼어 내고는 고개를 끄덕거리며 이야기를 듣고 있던 탄 장관이 도꾸미야 소좌의 타는 듯한 눈빛을 마주했다.

"나는 망명생활을 청산하고 도꾸미야 소좌님과 일본을 떠나 조선과 중국, 그리고 베트남을 거쳐 이곳 프놈펜까지 들어오면서 조국의 독립을 위해 목숨을 바치기로 각오를 한 사람입니다."

"예. 저도 캄보디아의 완전한 독립을 위한 계획에 차질이 없도록 최선을 다하겠습니다."

도꾸미야가 장관에게 고개를 깊이 숙였다.

"그럼 거사일은 언제쯤이 좋을까요?"

"그 문제를 결정하기 위해 오늘 각하를 찾아뵙게 된 것입니다. 각하께서 결정하시면 그 날짜에 맞추어 작전에 차질이 없도록 만반의 준비를 할 것입니다."

"이달 말경이면 어떨까요?"

탄 장관이 조심스레 거사하는 날짜를 8월 말일로 염두에 두고 도꾸미야 소좌의 의중을 물었다.

"예. 그렇게 알고 수상관저와 왕궁에 진입할 인원을 따로 준비시키겠습니다. 그리고 이번에 보충된 우리 일본군의 병력으로 바탐방에 주둔할 부대를 다시 편성할 예정입니다."

도꾸미야 소좌의 이야기를 들으며 탄 장관은 연거푸 합장하며 감사를 표했다.

"그렇습니다. 태국도 이런 기회를 그냥 넘기려 하지 않을 것입니다. 국경의 수비도 잘 부탁드립니다."

"예. 최선을 다할 것이며 앞으로 장관각하를 자주 찾아뵙겠습니다. 그럼……"

도꾸미야 소좌가 자리에서 일어서며 깊이 고개를 숙였다.

맞잡은 손에 한껏 힘을 준 채 탄 장관이 공관의 밖에까지 따라 나오며 그를 배웅했다. 탄 장관은 70년 동안의 프랑스 식민지에서 캄보디아가 완전히 독립하는 날까지 목숨을 바칠 것을 다짐했지만, 어쩐 일인지 도꾸미야 소좌는 자꾸 불안했다.

지난 5월경부터 부대에 보급이 완전히 끊어지다시피 했다는 것을 하루코도 대강 눈치챌 수 있었고, 유치장에 갇혀 있는 불란서군 장교들이 난동을 부렸다는 이야기도 들려왔다. 불안해하는 하루코에게 '괜찮으니 걱정을 하지 말라.'고 이야기를 하는 도꾸미야 소좌도 그런 이야기로 하루코를 안심시키지는 못한다는 것을 알고 있었다.

집안에서 살림만 하고 시간이 나는 대로 잠이나 자던 그녀가 혹시 새로운 소식이라도 들을 수 있을까 해서 위안소로 발걸음을 옮겼다. 연병장을 가로질러 갈 때는 늘 군인들의 시선이 의식되어 햇빛도 가릴 겸 한 손으로 얼굴을 가렸다.

도꾸미야에게 생일 선물로 받은 노란 해바라기 꽃그림이 그려진 파란 원피스를 입고 위안소에 들어서는 그녀를 가베가 반갑게 맞았다.

"하루코양 어서 오십시오."

마치 상전을 대하듯 가베가 깍듯한 인사로 하루코를 맞았다.

"안녕하세요? 별일 없으시지요?"

"그럼요. 늘 신경 써 주시는 덕분에 잘 지내고는 있습니다. 어서 안으로 드시지요."

가베가 불편한 다리 쪽의 손으로 출입문의 기둥을 짚고 서서 안쪽을 향해 소리를 질렀다.

"요시에! 하나꼬양 오셨어요."

창문으로 하루코가 오는 것을 보고 있던 요시에가 마사코의 방에서 문을 열고 내다보았다.

"어서 와라, 하루코야."

방문 앞에서 손을 내밀어 악수를 청하는 요시에의 옆에 서 있는 마사코를 보자 하루코는 깜짝 놀랐다. 지난 며칠 사이에 너무도 야윈 그녀는 눈이 푹 파여 있었고, 그 동그랗던 얼굴이 볼이 깊이 팰 정도로 말라 있었다. 제대로 서 있을 것 같아 보이지도 않았고 숨소리도 예사롭지 않았다.

"마사코 언니. 건강이 많이 나빠졌구나?"

방으로 들어서는 하루코의 눈에 눈물이 글썽거렸다.

"응. 그런가 봐."

마사코는 대답만 겨우 하고는 슬그머니 그 자리에 주저앉았다.

"며칠 전부터는 피를 한주먹씩 토하고 그카더라."

요시에가 방으로 들어서는 하루코에게 걱정스러운 얼굴로 이야기하며 마사코를 내려다보았다.

"언니, 피를 그렇게 많이 토했어?"

마사코에게 물었는데 요시에가 대답을 대신했다.

"응, 기침을 심하게 하면서 피를 그렇게 많이 토하더라."

"언니, 어떻게 해."

하루코가 마사코의 앞에 쪼그려 앉으며 손을 꼭 잡았다.

"죽더라도 아버지와 동생 얼굴 한 번은 보고 죽어야 할 텐데……."

말끝을 흐리는 그녀가 마치 유언이라도 남기려는 사람처럼 힘없이 한마디를 흘렸다. 하루코는 문득 그녀가 오래 살지 못할지도 모른다는 생각이 들었다. 요시에를 주려고 구해 놓았던 럭키스트라이크 담배 두 갑과 마른 멸치가 담긴 종이봉투를 슬그머니 내려놓으며 마사코의 표정을 살폈다.

"야, 니 이거 어떻게 구했노?"

여전히 요시에는 건강하고 활기찼다.

"응. 도꾸미야 상에게 내가 부탁을 했었어. 언니들 주려고."

"아이쿠, 내가 니 덕을 톡톡히 보는구나. 호호!"

요시에가 담배 한 갑을 들고 나가 가베에게 나누어 주고 다시 방으로 돌아올 때까지도 하루코와 마사코는 손을 맞잡은 채 서로를 바라볼 뿐 아무 말도 못 했다.

"하루코야, 니 오늘 새벽에 난리 났던 거 아나?"

돌아온 요시에가 하루코의 옆에 털썩 주저앉으며 말했다.

"오늘 새벽에? 무슨……."

"니는 새벽에 뭐하느라고 그 난리도 모르고 있노?"

"나 요즘에 잠이 많아져서 늦잠을 잤어."

하루코에게 눈을 한 번 흘기고 난 요시에가 바짝 다가앉았다.

"저쪽 후문 나가는 쪽에 원숭이 우리가 있는 건 알지?"

"응. 그런데?"

"그 원숭이 우리에 원숭이가 대여섯 마리가 있는데 말이다. 거기에서 덩치는 쪼마 해도 대장 노릇 하던 원숭이가 있는 기라. 그놈아가 원채 날래거든. 그래가 그놈아가 대장 노릇을 해낼 수 있었는 기라. 그런데 오늘 새벽에 싸움이 한판 크게 벌어졌었다 아이가."

"그래서?"

하루코는 별로 듣고 싶은 이야기가 아니었지만, 열을 올려 가며 이야기하는 요시에를 위해 중간에 한마디를 끼워 넣으며 물었다.

"그래서 난리가 안 났었나."

"난리?"

"여러 놈이 몽땅 덤벼가 그 대장 노릇 하던 놈을 물어뜯어서 피투성이가 됐는데, 그놈이 비명을 질러 대는데 내는 언놈이 하나 죽는 줄 알았다 카이."

"어머. 그 대장 원숭이가 많이 다친 모양이지?"

"글쎄 계속 소리를 질러 대는 거 보니까 뒈지지는 않은 거 같더라."

"그놈들은 연합군…… 쿨럭 쿨럭!"

요시에의 신나게 떠들어 대는 모습을 힘없이 바라보던 마사코가 무슨 말인지 입안에서 중얼거리다가 말고 몇 차례 기침을 했다.

알아듣지 못한 하루코가 다시 물었다.

"언니, 뭐라고?"

"당한 놈은 일본이고…… 다 같이 덤벼들은 건…… 연합국 아니겠니?"

마사코가 지나가는 말처럼 중얼거리고 요시에의 눈빛을 피했다.

"뭐라꼬? 마사코 니 지금 뭐라켔노?"

요시에가 눈에 불을 켜며 언성을 높였다.

"요시에 언니, 왜 그래. 마사코 언니는 몸도 많이 아픈데……."

도꾸미야가 군인인 것이 늘 걱정되던 하루코는 그저 전쟁이 하루 빨리 끝나기만을 빌었다. 지금은 전세가 불리하다는 것을 알면서도 일본이 전쟁에 진다는 것에 대하여는 생각을 해 보지도 않았었다.

일본의 승리로 전쟁이 끝난다면야 더 말할 수 없이 좋은 일이지만, 가만히 생각해 보면 구라파라는 곳에서 독일을 항복시킨 연합군이 이곳으로 몰려온다면 일본은 지금보다 더 힘든 전쟁을 치러야 할 것이라는 생각이 들기는 했었다.

"정말 걱정이다. 미국 놈들이 새로운 폭탄을 만들어서 비행기에 실어 와가꼬 일본에다 던져 부렀다 카더라. 그런데 국제법에 그런 폭탄은 쓰지 못하게 되어 있다 카더라. 민간인들한테 그런 짓을 하는 그런 못된 놈들이 어디 있노?"

요시에가 코를 벌렁거리며 눈을 부릅떴다.

"새로운 폭탄?"

"응. 보통 폭탄보다 천 배 만 배 강한 폭탄이라 카더라."

"그래서?"

"일본 사람들이 말도 몬하게 많이 죽었다 카던데."

요시에는 마치 자기가 억울한 일이라도 당한 것처럼 씩씩거렸다.

관사로 돌아오는 하루코의 발걸음은 무겁기만 했다. 병세가 깊어져 힘들어하는 마사코 언니의 모습이 눈앞에서 떠나지 않았고, 부대의 후문 옆에 있는 원숭이 우리에서 싸움이 일어난 것에 대한 이야기도 귓가에 맴돌았다. 혹시나 일본에 살고 있는 도꾸미야의 가족들에게 어떤 피해가 있지는 않은지도 걱정되었다.

관사로 돌아온 하루코는 서둘러 저녁 식사 준비를 하면서도 전쟁에 대한 걱정에 마음이 무거웠다. 피곤한 몸으로 퇴근하고 들어온 도꾸미야는 별로 말이 없었다. 몇 잔의 술을 연거푸 마시고 그는 침대로 올라갔다. 곁의 그녀는 잠을 이룰 수가 없었다. 달도 없는 밤, 칠흑 같은 어둠으로 뒤덮인 세상은 무서우리만큼 고요했다.

다음 날 아침. 참모회의가 끝나고 잠시 후 다나까 중좌가 도꾸미야 소좌를 다시 불러들였다.

"이쪽으로 앉으시오."

대충 경례를 받으면서 다나까 중좌가 그에게 자리를 권했다.

"탄 장관과 거사일이 결정이 나면 내게 즉시 알려 주시오. 그리고 내가 하여야 할 역할도 알려 주시오."

"예. 우리 군은 무장봉기를 일으키는 탄 장관의 병력과 충돌하지 말라고 지시만 하여 주시면 됩니다. 거사 일은 이달 말일로 결정되었습니다."

"피아의 식별은?"

"탄 장관측의 병력은 왼쪽 팔에 붉은 띠를 두르기로 했습니다."

"그래요? 잘 알았소. 그리고……."

도꾸미야 소좌는 다나까 중좌가 머뭇거리며 꺼내려는 다음 이야기에 귀를 기울였다.

"참모회의 시간에는 여러 사람이 함께하는 자리여서 이야기를 못했었는데……."

다나까 중좌가 말끝을 흐리며 뜸을 들였다.

"무슨 말씀이신지요?"

도꾸미야 소좌가 자세를 고쳐 앉았다.

"위안부에 관한 이야기인데, 당신의 견해를 들어 보고 싶은 거요."

다나까 중좌는 이야기를 꺼내기로 작정을 한 듯 도꾸미야 소좌를 똑바로 바라보았다.

"예?"

한 번쯤 이야기가 나올 것이라는 생각을 하고 있었지만, 막상 이야기가 나오니 도꾸미야는 당황스럽기도 했다.

"병사들은 위안부들을 '천황폐하께서 주신 선물'이라고 합니다."

"……."

도꾸미야 소좌는 다음의 이야기가 하루코에 대한 이야기임을 예측했다. 기다렸다.

"내가 하고 싶은 이야기는 위안부에 대한 공유개념에 대한 것이오."

"무슨 말씀인지 알겠습니다."

"어느 위안부를 한 군인이 독점할 수는 없는 것임을 알고 있소?"

"예, 알고 있습니다."

"그렇다면 몇 달째 2호 관사에 머물고 있는 하루코라는 조선 여인에 대한 도꾸미야 소좌의 생각은 무엇입니까?"

몰아붙이는 다나까 중좌의 목소리에는 가시가 돋아나 있었다.

"하루코의 경우는 관리인인 가베상과 논의 끝에 결정지어진 일이며, 그녀는 더 이상 위안부가 아닙니다."

도꾸미야 소좌가 한껏 상체를 부풀리며 당당하게 말했다. 예상 밖의 그의 태도에 다나까 중좌가 흔들렸다.

"이런 어려운 전시상황에 전력투구를 해도 승리를 장담할 수가 없는데, 한낱 위안부 여자에게 사사로운 정을 품으면 어찌 자신에게 주어진 임무를 다할 수 있겠소?"

결코 다나까 중좌도 밀리지 않았다.

"그렇지 않습니다. 하루코는 제가 임무를 수행하는 데 전혀 걸림돌이 되지 않습니다."

"물론 도꾸미야 소좌가 우리 부대의 작전참모뿐 아니라 대본영의 특별한 지시를 받고 있다는 것도 알고 있소만……."

중좌의 말꼬리가 흐려지자 도꾸미야 소좌가 이야기를 끝맺겠다는 의도로 못을 박았다.

"제 임무를 수행하는 데 절대 지장이 없도록 하겠습니다."

다나까 중좌가 테이블의 주전자를 들어 컵에 따른 물을 단숨에 들이켰다. 도꾸미야 소좌는 말없이 그의 행동을 지켜보았다.

"좋소. 지금은 내가 눈을 감아 주도록 하겠소. 하지만 후일에라도 그녀로 인해 어떤 문제가 발생한다면 그것은 전적으로 도꾸미야 소좌, 자신의 문제가 될 것이오."

"예. 감사합니다."

"도꾸미야 소좌의 현명한 판단과 천황폐하에 대한 충성심을 기대하겠소. 돌아가시오."

"대일본 제국의 승리를 위해 천명을 다할 것입니다."

깍듯이 경례를 붙이고 문을 나선 도꾸미야 소좌의 눈앞에 텅 빈 연병장이 펼쳐져 보였다. 지칠 줄 모르고 열기를 뿜어내는 태양이 연병장을 벌겋게 달구고 있었다.

퇴근하고 관사로 돌아와 저녁 식사를 하는 둥 마는 둥 하고 위스키 대여섯 잔을 연거푸 마신 도꾸미야 소좌가 책상에 앉아 뭔가 골똘히 생각에 잠겨 있었다.

그 모습을 열린 문으로 바라보던 하루코가 거실에서 읽고 있던 책을 덮고 등나무 소파에서 일어섰다.

"도꾸미야상. 무슨 걱정거리라도 있으세요?"

그에게 다가서며 하루코가 어깨에 가볍게 손을 얹었다.

"응? 아니야, 걱정은 무슨. 하루코만 옆에 있으면 난 아무런 걱정이 없는 사람이야. 하하……."

웃고 있었지만 어두운 그림자는 그의 얼굴에 그대로 남아 있었다.

"일본의 가족들에게 소식은 자주 오나요?"

"요즈음은 자주 연락을 못 하지만 아마 별일 없을 거야."

도꾸미야의 얼굴에 드리워진 걱정거리가 무엇인지 읽어 보려고 하루코는 그의 얼굴을 찬찬히 살펴 나갔다.

하루코는 아들 형제를 군에 보내고 도꾸미야의 두 부모님이 살고 계시는 교토의 집을 머릿속에서 그려 보았다. 미국이 새로운 폭탄을 개발하여 일본 본토를 공격하는 바람에 엄청나게 많은 사람이 죽었다지만 부모님들이 계신 곳에는 비교적 피해가 적은 것으로 알고 있으나 누구보다도 형님에 대한 걱정은 도꾸미야의 머릿속에서 떠나질 않는 것으로 보였다. 그의 형님이 근무하는 14군의 비율빈 전황이 매우 나쁘다는 이야기는 오래전의 이야기였다.

도꾸미야는 혹시 형님이 전사라도 하신 것은 아닌지 소식을 알 수 없어서 안타까워했고, 히로시마현에 사는 형수님과 조카의 안부를 항상 걱정했었다.

'하루코는 아무 걱정하지 말고 건강만 잘 챙겨요.'

늘 그렇게 이야기하는 도꾸미야상이지만, 오늘은 왠지 그의 얼굴에 가득 찬 수심이 더욱 깊어 보였다.

침대 위에 반듯하게 누운 도꾸미야는 탄 장관과 나누었던 거사에 대한 이야기와 다나까 중좌와 하루코에 대해 나누었던 이야기를 떠올렸다. 도꾸미야의 팔을 베고 그의 가슴에 안긴 하루코는 도꾸미야가 끼워 준 반지를 만지작거리며 뱃속의 아기를 생각하다가 살며시 잠이 들었다.

도꾸미야는 자신의 품에 안겨 잠이 든 하루코의 동그란 이마에 가볍게 키스를 해 주었다. 불리하게만 들려오는 전황 속에서 며칠이 또 그렇게 흘러가고 있었다.

높이 날던 새가 나뭇가지에 앉아서도 접은 날개를 더욱 움츠렸다. 관사의 뒤뜰에 앉아 그 모습에서 불길한 예감을 느끼며 바라보던 하루코가 지난밤 왠지 모를 불안감에 싸여 있던 도꾸미야의 모습을 떠올렸다. 평소와는 다르게 술을 좀 많이 마신 탓이었을까. 그는 잠자리에 들어서도 계속 전황에 대한 이야기를 잠꼬대처럼 중얼거렸다.

"이놈들이 비율빈을 삼키고 그 칼의 끝을 대만으로 돌리더니……."

"본토에 공습을 퍼부어 수십만 명이나 죽이고……."

"나는 이곳에서 싸우다 죽고 싶어도 적이 나타나질 않아 싸우지를 못하고……."

"8월이 절반이 지나가고 있는데 내가 이루어 놓은 일도 없고……."

그는 제대로 잠을 이루지 못하고 밤새워 한숨을 몰아쉬었다. 그리고는 새벽녘에 천황의 옥음방송이 있을 것이라는 전화 연락을 받고 서둘러 나가느라 차 한 잔도 마시지 못하고 출근을 했다.

안건이 별로 없었던 참모회의를 간단히 끝냈지만, 모두들 자리를 떠나지 않고 천황의 특별 방송을 기다렸다. 본토의 시각으로 정오였으니 캄보디아의 시간으로는 오전 10시였다.

다나까 중좌의 책상 위에 있는 라디오에서 정확히 시간을 맞춰 기미가요가 흘러나왔다.

다나까 중좌와 도꾸미야 소좌를 비롯하여 참모 모두가 일어서서 일장기를 바라보며 일제히 경례했다. 일장기 옆에는 하늘에서 떠오르는 태양의 기운을 상징한다는 욱일승천기가 걸려 있었다. 국가가 끝나도 그들은 자리에 앉지 않았다. 천황폐하의 옥음을 앉아서 듣는다는 것은 엄청난 불충이었다.

드디어 약간 느린 듯한 천황의 목소리가 라디오의 잡음에 섞이어 흘러나오기 시작했다.

"짐은 세계의 대세와 제국의 현 상황을 깊이 성찰한 결과, 비상조치로써 시국을 수습하기로 하여 이를 충량한 신민들에게 고한다. 나는 제국 정부가 미·영·중·소 4개국에 대하여 포츠담 선언의 내용을 수락한다는 뜻을……."

모두가 깜짝 놀랐지만 믿어지지 않는 사실에 누구도 선뜻 입을 열지 못했고 계속되는 방송에 촉각을 곤두세웠다.

"개전한 지 어언 4년이 되었는데, 육·해군의 투혼, 전쟁 종사자들의 근면, 그리고 일억 신민의 최선에도 불구하고 전국은 호전되지 않고 세계의 대세 역시 우리에게 유리하지 않았다."

다나까 중좌의 얼굴이 심하게 일그러졌고, 인사참모 야마모토 대위의 눈에는 벌써 눈물이 고이고 있었다.

"모든 신민은 먼 장래를 내다보면서 신주의 불멸을 믿고 대를 이어 한 가족처럼 결속을 다져야 한다. 미래 건설에 모든 역량을 집중하자. 성실성을 배양하고 고매한 정신을 육성하자. 세계의 진운에 뒤처지지 않게 제국에 주어진 영광을 고양시키도록 단호한 결의로 매진하자.”

방송이 끝나고 다시 기미가요가 울려 퍼졌다.

항복이라는 단어는 없었지만, 천황은 분명히 항복을 선언한 것이다. 그렇게 전쟁이 막을 내린 것이었다.

다나까 중좌가 침통한 표정으로 자리에 주저앉으며 고개를 깊이 숙였다. 참모들은 서로를 바라보며 어찌된 영문인지를 몰라 하기도 하고 고개를 돌린 채 이를 악물며 복받쳐 오르는 패전의 설움을 견뎌 내려고 안간힘을 쓰기도 했다.

“모두 자리에 앉도록 하시오.”

다나까 중좌의 양쪽으로 참모들이 하나둘씩 자리에 앉으며 다나까 중좌를 주목했다.

“가네야마 중위.”

“예!”

제일 계급이 낮았던 헌병 대장 가네야마 중위가 뒤늦게 앉았던 자리에서 다시 벌떡 일어나며 부동자세를 취했다.

“즉시 나가서 병사들의 동요가 없도록 하고 질서 유지에 만전을 기하시오.”

“예, 알겠습니다.”

“그리고 지금부터 일체의 외출 외박은 물론 영내에서도 간부의 인솔이 없이는 병사들이 자신의 위치를 벗어나는 일이 없도록 하시오.”

“예, 알겠습니다.”

경례하고 나가는 가네야마 중위의 뒷모습을 바라보던 다나까 중좌가 다시 입을 열었다.

"천황께서 패전을 선언하셨지만 우리는 아직 사단사령부로부터 아무런 지시를 받은 것이 없소. 사령부의 지시가 언제 어떤 내용으로 내려오더라도 우리는 그 지시에 따르게 될 것이며, 섣부른 판단이나 경거망동은 자제되어야 하오. 사령부와 연락을 취하여 우선적인 대응책을 마련할 것이니, 참모들은 오후 1시까지 각자 자기 부서의 정확한 현황을 가지고 다시 이 자리에 집결하도록 하시오."

그때까지도 일본의 항복을 믿지 않으려는 참모들에게 짧게 지시를 내리고는 다나까 중좌가 도꾸미야 소좌에게 눈길을 돌렸다. 도꾸미야 소좌가 다나까 중좌에게 뭔가 급히 할 이야기가 있는 표정이었기 때문이었다.

"자, 일단은 모두 자신의 위치로 돌아가시오."

경례를 하고는 어깨가 축 늘어진 참모들이 하나둘씩 자리를 비웠다. 참모들이 모두 나가고 문이 닫히는 때를 기다려 도꾸미야 소좌가 다나까 중좌 쪽으로 돌아앉으며 입을 열었다.

"어떻게 할까요? 당장 서둘러야 하지 않겠습니까?"

도꾸미야의 목소리가 다급했다.

"그렇소. 말일까지 기다릴 수가 없으니 일단 그일 만큼은 서둘러 처리를 하는 게……."

도꾸미야 소좌가 다나까 중좌 앞으로 다가앉으며 목소리를 낮추었다.

"오늘 밤에 거사를 치르도록 해야 할 것 같습니다."

"준비는 되어 있소?"

"예. 일단 오늘 밤에 쏜늑탄 외무장관 측의 무장대원들로 하여금 왕궁과 수상 관저를 점거하게 하고, 늦은 밤에라도 탄 장관이 수상에 취임하도록 하겠습니다."

다나까 중좌가 대답 대신 고개를 끄덕였다.

"그래야만 우리가 철수를 하더라도 캄보디아 정부가 불란서에 대한 저항을 계속할 수 있을 것이며, 그것은 철수하는 우리 부대의 안전을 도모하는 데도 도움이 될 것입니다."

"옳은 판단이오. 상부로부터 불란서 포로들을 방면하라는 지시가 내려오기 전에 그 일을 성사시켜야 할 것이오."

팔짱을 낀 다나까 중좌가 도꾸미야 소좌의 판단에 동의를 표했다.

"저는 지금 즉시 비밀리에 탄 장관과 연락을 취하여 오늘 밤에 거사를 결행하겠습니다. 거사 직전에 우리 부대의 전 병력에게 탄 장관의 병력과 충돌하지 않도록 다시 한 번 주의를 시켜 주시길 바랍니다."

"알았오. 임무가 성공적이길 빌겠소."

"그럼 중간에 또 보고를 드리겠습니다."

도꾸미야 소좌가 자리에서 서둘러 일어섰다.

"혼자 갈 생각이오?"

다나까 중좌가 자리에서 일어서는 도꾸미야 소좌를 걱정스러운 얼굴로 바라보았다.

"혹시 병력이 필요하면 나중에 지원을 요청하겠습니다만, 일단 작전과의 나까무라 군조만 데리고 외무장관의 공관으로 가겠습니다."

다나까 중좌는 도꾸미야 소좌가 경례를 하고 돌아서는 모습을 지켜보고 자신의 책상으로 돌아가 앉았다.

도꾸미야 소좌는 작전과를 거쳐 관사로 걸음을 재촉했다.

"급한 일로 지금 나서면 아마 며칠간 들어오지 못할지도 모르겠소. 부디 내 걱정은 하지 말고 집안에서 지내도록 하시오. 부대의 연병장에도 될 수 있는 대로 나가지 말고."

관사로 급히 들어서자마자 사복으로 갈아입는 도꾸미야 소좌의 모습을 바라보며 영문을 몰라 하는 하루코의 손을 잡으며 그가 당부했다.

서둘러 관사의 현관을 나서자 나까무라 군조가 사복을 입고 기다리고 있었다.

그리고 잠시 후, 권총만으로 무장한 사복 차림의 두 사람은 말을 달려 외무장관의 공관으로 들어섰다. 상황을 분석하느라 공관도 분위기가 어수선했다.

장관의 집무실에 들어서는 도꾸미야 소좌가 예전과 달리 사복 차림인 데다가 동행이 있는 것을 바라보며 조심스러워 하자, 탄 장관에게 나까무라 군조를 소개했다. 나까무라 군조가 절도 있는 모습으로 경례를 붙였다. 고개를 숙여 인사를 받은 탄 장관의 시선이 곧바로 도꾸미야 소좌에게로 옮겨졌다.

"아니, 어찌 된 일입니까?"

소파에 앉자마자 탄 장관이 물었다. 탄 장관도 천황의 방송내용에 대해 대충 알고 있는 것 같았다.

"글쎄요. 저도 정확한 상황을 모르겠습니다만, 천황께서 항복을 선언한 것은 틀림이 없는 것 같습니다."

눈치를 살피며 묻는 탄 장관에게 도꾸미야 소좌도 더 이상은 해 줄 이야기가 없었다.

"각하. 언젠가는 해내야 할 일이지만 서둘러야 할 것 같습니다."

탄 장관이 즉시 머리를 끄덕이며 물었다.

"상황이 이렇게 되었으니 서두르는 것이 당연하겠지만, 언제 결행을 해야 할까요?"

장관의 표정을 살피며 도꾸미야 소좌가 이야기를 이어 갔다.

"아마도 오늘이나 내일 중에는 억류시킨 불란서 군인과 관리들을 방면하라는 지시가 상부로부터 내려올 것으로 예상됩니다."

"그렇다면……?"

탄 장관의 표정에 불안감이 역력했다.

"예. 오늘 밤에 결행해야 합니다. 이곳에 오면서 준비 상태를 점검했습니다. 지금쯤이면 완벽하게 준비를 하고 명령만을 기다리고 있을 것입니다."

"……."

탄 장관이 말없이 고개를 숙이며 생각에 잠겼다.

"그럽시다. 당장에 해치웁시다."

탄 장관이 벌떡 일어서며 결심을 보였고, 도꾸미야 소좌와 나까무라 군조도 함께 일어섰다.

"저는 장관각하의 거사가 성공하고 각하께서 수상직에 취임하실 때까지 각하의 곁에서 경호하도록 하겠습니다. 제가 부득이 각하의 곁을 잠시 비우게 될 수도 있는 상황에 대비하기 위하여 나까무라 군조가 함께 온 것입니다."

옆에 서 있는 나까무라 군조가 차렷 자세로 어깨를 젖히며 가슴을 한껏 펴 보였다.

"도꾸미야 소좌와 일본국의 배려에 감사를 드립니다. 캄보디아의 영원한 독립과 발전을 위해 오늘의 거사가 성공할 수 있도록 목숨을 걸 것이오."

탄 장관이 책상 위의 전화기를 들면서 비장한 각오를 보였다.

"오늘 저녁 7시에 결행을 하도록 합시다."

탄 장관이 자신을 지지하는 세력들과의 통화를 끝내자, 도꾸미야 소좌가 탁자 위에 놓인 전화기를 들었다. 수화기 너머에서 다나까 중좌의 목소리가 들리자 그는 짧게 보고를 했다.

"오후 7시에 결행을 할 것이며 10시까지 취임식 준비를 마치겠습니다."

"7시까지는 철저히 보안을 유지하시오."

수화기 너머에서의 이야기도 짧았다.

"예. 준비하고 계셨다가 수상관저로 오셔서 취임식에 참석만 해 주시면 되겠습니다."

그의 곁에 다가온 탄 장관이 통화 중인 도꾸미야 소좌의 옆모습을 긴장한 모습으로 지켜보았다. 그리고 나까무라 군조는 탄 장관을 긴장한 시선으로 바라보았다.

조금 전 내려놓은 전화기의 벨이 급하게 울렸다. 탄 장관이 수화기를 들었다가 도꾸미야 소좌에게 건넸다.

"아닙니다. 왕실과 수상공관의 경비 병력은 현 수준을 유지하면 될 것으로 판단됩니다. 오히려 혼란을 일으킬 수도 있을 것 같습니다."

"그럽시다. 건투를 빌겠소."

다나까 중좌의 전화였다. 거사는 실행을 앞두고 있었다.

- 6 -
프놈펜을 떠나며

"불란서 포로들은 군인이든 관료이든 모두 서둘러 총살을 해 버려야 합니다."

오후에 다시 열린 침울한 분위기의 참모회의에서 각 참모들이 병력이나 보급 등에 관한 현황을 다나까 중좌에게 보고하였다. 그리고 그 보고가 끝나자 참모들 앞에서 헌병 대장 가네야마 중위가 포로를 모두 사살해 버리자고 강력히 주장하고 나섰다.

곧 사령부로부터 포로를 전원 석방하라는 지시가 내려올 것이고, 그렇게 되면 우리가 무장해제 되어 오히려 그들의 포로가 될 것이 틀림없으니 사령부의 지시가 내려오기 전에 모두 사살해 버리자는 이야기였다.

"만약에 포로를 사살할 경우, 우리는 전쟁범죄자로서의 책임이 뒤따르게 될 것입니다."

지켜보던 인사참모 야마모토 대위가 다나까 중좌를 바라보며 조심스럽게 반론을 폈다.

"하지만 우리가 그들의 포로가 될 수는 없습니다."

정보참모 니시하라 대위가 헌병 대장과 뜻을 같이했다. 다른 참모들은 침통한 표정으로 침묵을 지켰다.

"제가 포로들을 모두 사살한 다음 자결을 하는 것으로 책임을 지는 것은 어떻겠습니까?"

헌병 대장이 한발 더 나섰다. 다나까 중좌가 손을 내어 흔들며 그의 이야기를 막았지만, 기어코 한마디를 더 했다.

"포로들이 난동을 부리며 탈출을 시도하여 부득이 사살한 것으로 하면 안 되겠습니까?"

"기다립시다. 사령부의 지시가 내려올 때까지. 그리고 그 지시에 따르도록 합시다."

상부의 지시를 기다려 보는 것 외에는 어떤 결정도 내릴 수 없는 다나까 중좌가 다시 고개를 떨어뜨리며 이마를 쓰다듬고 있었다.

자리를 비운 작전참모 도꾸미야 소좌를 대신하여 참석한 작전장교 미노루 중위는 회의 내용을 노트에 메모하면서 눈치를 살폈다.

지휘관으로서 회의를 마무리하기 위해 다나까 중좌가 고개를 들고 참모들을 한 사람씩 천천히 둘러보았다.

"전쟁이 끝난 이 시점에서 우리가 그들을 방면하지 않고 사살을 한다는 것은 범죄행위가 될 것이오. 물론 상부로부터 명령이 있다면 지체 없이 실행을 하여야겠지만……."

어느 쪽이든 상부의 지시를 따르는 것으로 정리하며 다나까 중좌가 말끝을 흐렸다.

침통한 분위기 속에서 무거운 침묵만이 그들을 에워싸고 있었고, 누구도 그 자리에서는 더 이상 어떠한 의견을 개진하거나 결정도 내릴 수가 없었다.

본국이나 베트남에 주둔하고 있는 사단사령부에서 내려 줄 지시를 기다려야만 했다. 부대 안의 병력은 철저한 통제하에 대기상태였다.

저녁 식사도 간부의 인솔 아래 차례로 식당에 다녀왔고 위안소의 출입도 당연히 통제되었다. 밤늦은 시간에 도꾸미야 소좌로부터 연락을 받은 다나까 중좌가 외무장관이었던 쏜늑탄의 수상취임식에 다녀왔다. 도꾸미야 소좌의 임무는 성공적이었다. 무력으로 수상의 관저를 점거하고 탄 장관이 수상에 취임하는 행사를 마쳤다.

양측이 사전에 의사연락이 있었기에 탄장관의 병력과 수상관저의 일본군 경비 병력과의 충돌은 없었다.

수상에 취임한 탄 장관은 방면되는 불란서 관리들의 발목을 잡아 줄 것이었기 때문에 종전으로 인해 돌아가는 일본군의 편에서 상황을 유리하게 해 줄 것이었다. 긴박했던 하루가 지나고 긴장감 속에서 밤을 지새우는 시간이었다.

새벽바람에 흔들리는 갈대들이 떠오르는 태양을 맞이하며 위안소는 또 하루를 열었다.

'똑똑똑─.'

노크 소리에 눈을 뜨고 문 쪽을 바라보는 핏기 없는 얼굴의 마사코가 창문으로 들어오는 햇살에 미간을 찌푸렸다.

노크 소리에도 방 안에서 한동안 대답이 없자, 슬그머니 문을 열어 보는 사람은 다름 아닌 필리핀 여인 아이리스였다. 며칠 전보다 배가 더 불러 있었다. 임신 6개월 정도는 되어 보였다.

"웬일이에요?"

마사코가 겨우 몸을 일으키며 아이리스를 맞이했다.

"건강이 많이 나빠졌군요?"

아이리스가 마사코의 상태가 심각함을 알아보며 걱정스러운 표정을 지었다.

"예. 일어나기가 힘드네요."

"그냥 누워 계세요."

"미안해요. 나 힘들어서 좀 누울게요."

일어나 앉으려던 마사코가 어지러운 듯 이마에 손을 얹으며 다시 자리에 누웠다.

"그래요. 이야기를 좀 할 게 있어서 왔는데 힘드니까 누우세요."

자리에 눕는 마사코를 걱정스레 바라보던 아이리스가 방 안을 둘러보았다. 마사코의 머리맡에 놓여 있는 빈 그릇에는 파리 떼가 까맣게 달라붙어 있었다.

음식을 먹어도 소화를 시키지 못해 그녀는 요시에가 가끔 한 잔씩 타다 주는 설탕물로 연명하다시피 하고 있었다. 인상을 찌푸리며 손을 휘저어 빈 그릇에 달라붙어 있는 파리 떼를 쫓아내며 아이리스가 조심스레 이야기를 꺼냈다.

"저…… 혹시 소식 들으셨어요?"

쫓겨난 파리들이 마사코의 얼굴로 달려들었다. 마사코가 누운 채 손사래를 쳐서 얼굴의 파리 떼를 쫓아내며 아이리스의 표정을 살폈지만, 무슨 이야기를 하려는지 도통 알 수가 없었다.

"무슨……?"

"일본이 항복한 것 같아요."

"예?"

두 눈이 휘둥그레지며 마사코가 벌떡 일어나 앉았다.

"조금 전에 제가 라디오에서 들었는데요. 일본이 항복을 했답니다."

"그럼 전쟁이 끝났단 말인가요?"

아이리스가 크게 고개를 끄덕였다. 마사코의 눈에서 한줄기 눈물이 흘러내렸다.

"예. 일본의 왕이 라디오 방송을 통해서 항복한다고 했대요. 도망을 하려던 계획이 아직 준비가 덜 되어서 망설이고 있었는데 이제는 그럴 필요가 없게 되었네요."

아이리스가 대답하고는 일어서더니 창문 곁으로 가서 연병장을 살피기 시작했다.

그녀의 눈빛이 한곳에 정지되는가 싶더니, 뒤쪽의 마사코를 손짓으로 불렀다.

"일어설 수 있으면 이리 좀 와 보세요."

억지로라도 일어서려는 마사코를 아이리스가 부축하였다. 어지러움을 이기기 위해 잠시 벽에 기대어 섰다가 아이리스의 부축으로 창가에 다가섰다. 아이리스가 마구간 쪽을 손가락과 턱으로 가리켰다.

"바로 저거예요. 저걸로 그들도 일본의 방송을 듣는 게 틀림없어요."

마사코는 아이리스의 이야기가 무슨 뜻인지 알 수가 없어서 그녀를 빤히 바라보았다.

"저기 저쪽에 보이지요? 마구간 옆에 빨랫줄처럼 생긴 거."

"저게 뭔데요?"

"저게 안테나예요. 아마 어제 저걸로 일본에서 라디오로 보내는 항복방송을 군인들도 들었을 거예요."

"그래요?"

마사코가 바라보는 아이리스는 확신에 차 있었다.

"우리 아버지는 고향 마스바떼의 보건소에서 근무하는 직원이었지만, 여러 가지 재주가 많아서 라디오를 직접 만들어 딸들에게 선물을 하기도 했지요. 그래서 그런 라디오를 가지고 있는 저는 친구들에게 한없는 부러움의 대상이 되기도 했었어요."

창밖의 안테나를 주시하다가 제 몸을 가누지 못하고는 이내 휘청이고 마는 마사코를 부축하며 이야기를 이어 나갔다.

"방송의 전파가 안 잡히면 아버지가 지붕 위나 뒤뜰에 저렇게 생긴 안테나를 만들어서 세계 각국의 라디오 방송을 듣기도 하는 것을 제가 어려서 보아 왔기 때문에 잘 알아요. 저건 틀림없이 안테나예요."

"저것으로 여기서 일본의 방송을 들을 수 있다는 말인가요?"

창문의 턱을 짚고 선 마사코가 사그라져 가는 작은 목소리로 물었다.

"틀림없어요. 어려서부터 저는 아버지가 만든 저런 모양의 안테나를 본 적이 있어요."

마사코가 보아도 군인들의 행동이 조금 달라진 것도 같았다. 위안소 근처에는 얼씬도 안 하는 것은 물론이고, 부대 내에서도 군인들은 장교가 인솔하여 이동하는 것이 이전까지와는 뭔가 다른 모습이었다. 작전을 나갈 때가 아니면 군인들은 부대 내에서는 철모를 쓰지 않았는데, 이제는 군인들 모두가 철모를 쓴 모양이었다. 정문 쪽에는 모래주머니를 쌓아 기관총을 하나 더 배치한 모습도 보였다.

"분명히 일본이 항복했다고 했어요?"

"항복이라는 말은 없었지만, 포츠담선언을 수락한다고 했대요. 포츠담 선언의 내용이 일본이 항복할 기회를 준다는 것이니 포츠담선언을 수락한다는 것은 항복한다는 뜻 아니겠어요?"

전쟁이 끝난 것이 확실해 보였다. 삶을 포기한 상태였던 마사코가 살아남아야 한다는 새로운 의욕을 갖도록 기회를 주신 하나님께 무릎을 꿇고 앉아 기도를 올렸다. 아이리스도 옆에 꿇어앉아 성호를 긋고 기도를 올렸다.

삶과 죽음을 넘나들던 혼란의 끝자락에 다다랐지만, 역시 그녀들에게 어떤 선택의 기회가 주어지지는 않았다. 그저 조금 더 기다려 보자며 마지막 기운을 차려 보는 것뿐. 이럴 때일수록 더 조심하고 건강을 살피라는 이야기를 하며 아이리스가 돌아가려고 방문 쪽으로 걸음을 옮기려 할 때였다.

노크도 없이 요시에가 마사코의 방으로 불쑥 들어서자, 아이리스
가 멋쩍은 웃음으로 눈치를 살피며 슬그머니 방을 빠져나갔다.

"저년은 뭐하러 여기에 왔었노?"

문밖으로 막 빠져나가는 아이리스의 뒷모습을 힐끗거리며 요시에
가 말했다.

"응. 새로운 소식을 가지고 왔더라."

"새로운 소식?"

"전쟁이 끝나려나 봐."

"응. 내도 지금 눈치가 좀 이상한 거 같아서 이야기를 좀 해 보려고
왔다 아이가."

요시에의 눈이 반짝거렸다.

"아이리스가 와서 뭐라 카드노?"

"응. 전쟁이 끝났다고 하더라. 일본이 항복했고……."

"뭐라꼬? 일본이 항복했다 카드라 말이지?"

"응. 확실한 거 같아."

확신에 찬 마사코의 표정을 읽은 요시에가 놀란 표정으로 물었다.

"또 영어로 하는 방송에서 그랬다 하드나?"

"응, 라디오 방송을 들었나 봐."

확인해 보려는 듯 요시에가 창문으로 다가서서 밖을 내다보며 사
방을 두리번거렸다.

"조금 더 두고 보면 알게 되겠지."

창가에서 돌아와 마주 앉는 요시에에게 힘없이 한마디를 더 하고는 마사코가 힘에 겨운 듯 자리에 누웠다.

"높은 놈들은 일본이 항복한 것을 알고 있고 졸병 놈들은 아직 모르고 있는 거 아이가?"

요시에가 누운 마사코를 내려다보며 말했다.

"글쎄…… 가베상은 무슨 이야기가 없었니?"

"응. 아직은……."

요시에의 긴 한숨이 방 안을 채웠다.

"사실은 내도 전쟁이 끝난다 카면 일본이 지게 되면서 끝나게 될 것으로 생각은 하고 있었다. 만약에 일본이 항복을 했다 카면 오늘이나 내일 중으로 무슨 일이 일어나도 일어나지 않겠나?"

마사코는 요시에의 이야기가 무얼 뜻하는지 알 수가 없었지만 물을 기운도 없었다.

풀이 죽어 어깨를 축 늘어뜨린 채 방을 나가는 요시에의 뒷모습을 물끄러미 바라보던 마사코가 옆으로 고개를 급히 돌리며 기침을 하면서 받쳐 든 손수건에 핏덩이를 쏟아 냈다. 해가 기울 때 그림자는 길어지듯이 일본의 국운이 기울면서 드리워진 그림자는 죽음의 그림자가 되어 그녀를 덮어 가고 있었다.

하루코는 도꾸미야가 사복으로 갈아입고 집을 나서면서 며칠 동안 못 들어올지도 모른다고 했지만, 부대의 정문 쪽으로 온 신경을 모은 채 하루 종일 창가에 매달려 하루를 보냈다. 부식 거리를 가지고 오후에 한 차례씩 관사를 드나들던 당번병 노무라 일등병도 오지를 않았고, 캄보디아 가정부도 오지 않았다. 무언가 커다란 사건이 벌어지고 있는 게 틀림없었다.

어둠 속에 시간은 자정을 넘기고 있었다. 탄 장관이 무력으로 수상직에 앉았고 늦은 밤에 다나까 중좌와 도꾸미야 소좌가 취임식에 참석했던 것도 그녀는 알 수 없었다.

거실과 침실의 창가를 오가며 지새운 밤이 지나고 날이 밝아 오기 시작했다. 부지런한 새들이 깃털을 가다듬으며 날개를 펴려는 시간, 느닷없이 폭우가 쏟아지기 시작했다.

날개가 젖은 새들은 둥지 밖으로 나설 수가 없었다. 군인들이 부대를 벗어나지 못하듯이. 쏟아지는 빗줄기에 갇힌 부대 안은 마치 빈집처럼 적막하기만 했다. 하루코는 빗줄기 속을 뚫고 마사코의 창문을 바라보았다.

어제는 마사코 언니의 창가에 언니들의 모습이 보이지 않았다. 그녀가 가슴앓이라는 병으로 죽음의 문턱에서 안간힘을 쓰며 버티어 내고 있다는 것을 알 수 있을 뿐, 약 한 톨을 구해 줄 수가 없었다. 마사코의 창문만을 바라보며 오전 시간을 보냈다. 아침도 점심도 도꾸미야가 없는 집안에서는 먹고 싶지가 않았다.

비가 그친 오후에 노무라 일등병이 손질된 도꾸미야의 군복을 가져다 놓고 가면서 확실하지도 않은 이야기를 남기고 갔다.

쏜늑탄이라는 캄보디아의 외무장관이 수상으로 취임했다는 이야기와 마치 군사기밀이라도 되는 듯이 주변을 두리번거리며 곧 전쟁이 끝날지도 모른다는 이야기를 하고는 자기가 이야기했다는 것을 비밀로 해달라고 했다.

전쟁이 끝나기만 한다면 얼마나 좋겠는가. 배 속의아기가 전쟁이 없는 세상에서 태어난다면 사내로 태어난다 해도 군복을 입고 서로를 죽고 죽이는 이런 전쟁터에 나가는 일은 없을 것이고, 계집아이로 태어난다 해도 엄마처럼 누구에게 조롱을 당하거나 비웃음거리가 되지는 않을 것이라는 생각이 들었다. 전쟁이 끝날지도 모른다는 이야기를 들으니 내일이라도 당장 고향에 돌아갈 수 있을 것만 같은 기분이었지만, 이내 도꾸미야에 대한 걱정으로 고향은 저만치 물러가 있었다.

기다림 속에 또다시 어둠이 내렸지만 도꾸미야는 돌아오지 않았다.

그 시각 도꾸미야는 캄보디아의 '민족민주전선'이라는 단체를 중심으로 하는 민족주의자들을 결집해 대불란서 저항운동을 위해 무력으로 쏜늑탄 외무장관을 수상에 취임하게 하는 정치적 임무를 성공리에 마치고 그들과 함께 수상관저에 머물고 있었다.

도꾸미야 소좌는 나까무라 군조에게 새로 취임한 쏜늑탄 수상의 경호를 잠시 맡기고 하루코에게 다녀올 시간을 만들어 보려고 동분서주하고 있었다.

일본의 항복으로 태평양전쟁이 끝나고 3일째 되는 날이 저물어 가고 있었다. 천황이 항복을 선언했다는 것이 병사들에게까지 전파되자 밤이 늦은 시각에 연병장이 술렁이기 시작했다. 파견을 나가 있던 병력이 주둔지에서 철수하여 본부로 돌아오기 시작한 것이다.

왕실경비대와 포천퉁 공항수비대가 돌아왔고, 깜퐁솜 해안수비대도 본부로 속속 도착했다. 파견부대장들의 인솔 하에 도착한 병사들이 어둠 속에서 연병장의 한쪽에서부터 천막을 치기 시작했다. 다나까 중좌에게 도착 보고를 마친 우시지마 대위가 참모들과 지휘관들 전원이 참석한 확대 간부회의에 참석해서도 도꾸미야 소좌가 보이지 않으니 계속 두리번거리며 찾고 있었다.

일장기에 대한 경례가 끝나고 돌아선 다나까 중좌가 울분에 찬 얼굴로 첫마디를 토했다.

"이제 우리는 패전을 인정하여야만 한다. 상부의 지시에 따라 안전하게 본국으로 철수함으로써 우리는 황군으로서 캄보디아에서의 마지막 임무를 수행하게 될 것이다."

모두의 일그러진 표정에는 만감이 교차하고 있었고, 다시는 들지 않을 듯이 고개를 숙인 채 울먹이는 사람도 있었다.

잠시 침묵이 흘렀고 흐르는 침묵은 눈물이 되었다. 다나까 중좌가 숙였던 고개를 들어 흐느끼는 부하들의 모습과 손에 쥔 메모지를 번갈아 바라보았다.

"조금 전에 사단사령부로부터 부대의 철수를 위한 기본 지침을 하달받았다."

참모와 지휘관들의 침통한 표정과 눈길들이 다나까 중좌의 얼굴에 고정되었다.

"첫째, 현 시간 이후로 일체의 전투행위를 금한다."

"둘째, 명일 아침 08시를 기하여 불란서인 포로를 전원 석방하고

민간인에 대한 연금을 해제할 것."

"셋째, 철수를 위한 협상은 사단급의 부대에서 타결할 것이며 구체적인 철수 일정이 하달될 때까지 전원 철수준비를 마치고 영내에서 대기할 것."

"넷째, 종전의 상황에서 제국에 해를 미칠 수 있다고 판단되는 전쟁종사자에 대한 처리방안을 수립할 것. 이상!"

다나까 중좌가 일단은 유동 병력을 철저히 단속하고 예상되는 사고의 방지에 만전을 기하라는 지시를 내리며 회의를 끝냈다. 어깨가 처진 채 힘없는 걸음걸이로 부하들이 문밖을 나서고 있었다. 그가 사령부로부터 하달된 지침에서 네 번째 내용의 의미를 잠깐 생각해 보았다. 전쟁종사자가 누구를 칭하는 것인가. 다나까 중좌는 그것이 위안부들을 제거하는 계획을 수립하라는 것이 틀림없다고 판단했다.

문제는 도꾸미야 소좌와 함께 2호 관사에 살고 있는 하루코였다. 자리를 뜨는 부하들의 뒷모습을 바라보던 그가 무슨 생각이라도 난 듯 본부대장과 인사참모를 다시 불렀다. 문밖으로 막 나서려던 본부대장 후지오까 대위와 인사참모 야마모토 대위가 급히 돌아와 그의 앞에 섰다.

"지금 나가는 대로 인사참모는 석방과 연금해제 대상인 불란서 사람들의 명단을 작성하고, 본부대장은 위안소의 관리인을 포함한 위안부 전원의 인적사항을 작성하여 가지고 오시오."

"예, 알겠습니다."

술렁이는 분위기를 잠재우기라도 하려는 듯 갑자기 쏟아진 굵은 빗줄기에 연병장 병사들의 천막이 물속에 잠겨 버렸다. 벽에 걸린 지도에서 베트남의 사이공으로 나가는 1번 국도를 따라 다나까 중좌의 시선이 천천히 움직인다.

책상으로 돌아와 석방 대상자의 명단을 훑어보고 난 다나까 중좌가 제거해야 할 위안부들의 명단을 놓고 고민을 하고 있었다. 언제 하느냐, 누구에게 제거하도록 지시를 할 것인가. 석유 등잔불이 위태롭게 흔들리고 있었다. 날이 밝으면 포로 신세를 면할 수 없는 처지 아닌가.

어둠 속에서 갑자기 밖이 술렁거리자 이상한 분위기를 감지한 다나까 중좌가 책상에서 일어나 창문 쪽으로 걸음을 옮기려 할 때였다.

"덴노하이카 반자이!"

영병장의 구령대에 수색소대장 쿠사카 소위가 올라가 '천황폐하 만세'를 부르짖었다. 오른손에 쥔 권총으로 자신의 관자놀이를 겨누고 있는 그의 모습에 병사들의 시선이 일제히 집중되는 순간, 그의 권총이 불을 뿜었다.

'탕-!'

순식간에 벌어진 일이었다. 쓰러진 그를 병사들이 달려들어 서둘러 의무실로 옮겼지만, 그는 이미 이승의 사람이 아니었다.

죽는 한이 있어도 포로가 될 수는 없다던 그는 히로시마현 출신이었다. 미국의 원폭 투하로 부모와 처자식을 모두 하루아침에 잃은 그는 민간인 수십만 명을 학살한 미국에 대한 적개심을 이기지 못하고 가족의 뒤를 따랐다. 적군에게 포로 신세가 되거나 살아남는다 하여도 패전 조국으로 돌아간다는 것은 천황과 먼저 간 가족에 대한 도리가 아니며 또 한 번의 치욕이라는 생각에 자결을 선택한 것이었다.

쿠사카 소위의 자결을 지켜본 병사들이 갑자기 동요하기 시작했다.

"탕– 탕!"

구령대에 뛰어 올라간 경비소대장 이토 소위가 권총을 뽑아들고 공포를 쏘았다. 연이은 총소리는 병사들의 주의를 집중시켰다.

수색소대장 쿠사카 소위가 자결을 하는 총소리에 놀라 뛰어 나왔던 다나까 중좌가 구령대로 올라섰다. 그가 술렁거리는 병사들을 바라보며 한 손을 치켜들었다. 병사들이 웅성거림을 멈추고 그를 주목했다. 쏟아지는 빗줄기가 더욱 굵어졌다.

"우리는 전쟁에서 패했다. 우리의 패배를 인정하자. 그리고 고국으로 돌아가 전쟁의 상처를 회복하고 새로운 대일본제국을 건설하자. 대동아공영권이라는 우리의 이상이 실현될 수 있는 그날을 위해 고국은 우리를 기다리고 있다."

이토 소위가 선창을 하자 병사들이 목청이 터져라 만세를 불렀다.

"천황폐하 만세!"

"대일본제국 만세!"

미처 비옷을 입을 틈도 없이 쏟아진 빗줄기에 흠뻑 젖은 다나까 중좌가 구령대에서 내려와 빗속을 뚫고 유치장으로 향했다. 본부대장과 경비소대장이 뒤를 따랐다. 쏟아지는 빗줄기에도 그들은 고개를 숙이지 않았다.

관사의 창문 틈으로 그 광경을 지켜보는 하루코는 연신 가슴을 쓸어내렸다. 관사 앞을 지나 유치장으로 가는 길목에는 기관총 2정이 배치되었고, 경비소대 병력이 유치장을 에워쌌다.

"경계병의 명령에 응하지 않는 사람은 적군과 아군을 구별하지 않으며, 장교든 사병이든 무조건 사살하도록 하라. 알겠나?"

"예, 알겠습니다."

다나까 중좌를 수행한 본부대장 후지오까 대위의 명령에 경비소대장 이토 소위가 부동자세로 대답했다. 포로들을 안전하게 보호해야 하는 것이 그들의 마지막 임무였다. 술렁이던 부대 내의 분위기가 가라앉으며 비도 멈추었다.

'정말로 전쟁이 끝난 것인가. 도꾸미야상은 이 시간에 어디에 있는 것일까? 혹시 자결이라도……? 아니, 그럴 리가 없어.'

하루코는 머리를 세차게 흔들었다. 그녀는 창가에 매달려 어둠 속에서 쿠사카 소위의 자결하는 모습을 지켜보았고 다나까 중좌의 모습도 보았다. 그녀의 휘둥그레 뜬 두 눈이 도꾸미야를 찾고 있었지만, 어디에서도 그의 모습은 찾을 수가 없었다.

어제 새벽에 작전과 선임하사관 나까무라 군조를 보내어 전쟁이 끝날 것 같으니 일본으로 돌아갈 준비를 하여야 한다며 관사의 밖으로 출입하지 말라는 말을 전한 뒤, 또 이틀이 다 가도록 그의 행방은 묘연하기만 했다. 혹시나 하는 생각에 온 신경을 문밖에 모아 놓고 있었지만, 오늘도 그에게선 아무런 연락도 없었다. 그녀는 관사의 전화선이 이미 끊기어 있는 것도 모르는 채 이틀째 밤이 깊어 가고 있었다.

어둠 속에서도 위안소의 창가에 매달려 있는 마사코와 요시에의 모습이 손에 닿을 듯 보였지만, 군인들이 빽빽하게 들어찬 연병장을 가로질러 그곳엘 간다는 것은 엄두도 내지 못할 일이었다.

'너 살아서 고향에 돌아갈 수 있겠니?'

야위고 지칠 대로 지친 마사코가 그녀 자신에게 그렇게 묻고 있었다.

'그래, 어떻게든 살아서 돌아가자.'

누구에게도 복수를 하겠다는 생각도 필요 없었다. 기어서라도 고향에 돌아가 동생과 아버지를 만나 본 후에 죽어도 죽게 해달라고 그녀는 기도하고 또 기도했다.

요시에의 방에서는 그녀가 바느질로 군복 쪼가리를 잇대어 무언가 열심히 만들고 있었다. 그것을 허리에 둘러보고 끈을 묶어 보았다. 다시 풀어내어 그 전대에 돈을 채워 넣었다. 일본 은행권의 지폐와 군표는 4,000원이 조금 넘었다.

이 정도의 돈이라면 조선의 고향에 가더라도 집을 두 채는 사고도 남을 돈이니, 일본에 가서 밥장사든 술장사든 시작할 수 있는 액수라는 생각이 들었다. 만삭의 여자처럼 배가 불룩하게 전대를 몸에 찬 그녀가 마사코의 방으로 들어섰다.

"마사코, 니 준비 다 했니?"

"뭘……?"

"얼른 짐도 꾸리고 해야 할 거 아이가."

심난한 표정으로 그녀가 누워 있는 마사코를 내려다보았다.

"응. 그래야지 이제……."

"내는 어제 가베상 하고 일단 계산을 해서 내 몫을 받았다."

그녀는 돈과 군표가 가득 들어 있는 전대를 툭툭 치며 말했다.

"난 돈 필요 없어."

"뭐? 돈이 필요 없다고?"

돈이 필요 없다는 마사코의 이야기에 잠시 생각에 잠기는 듯하던 요시에가 마사코의 방 안을 둘러보면서 그녀의 곁에 쪼그려 앉았다.

"넌 고향으로 돌아갈 테니 돈이 필요 없는 모양이구나. 난 일본에서 살아야 하니 돈이 필요하다. 객지에서 돈 떨어지면 얼마나 고생이 심한 줄 니는 잘 모를 끼다."

"……."

마사코는 말이 없었다. 동생과 아버지의 모습만이 눈앞에서 어른거렸다.

"어제 인사과 선임하사관이 찾아와가 우리들의 이름과 나이, 고향 등을 물어보고 가는 것을 보이께네 아마 우리는 일단 일본으로 가게 될 것 같다. 그다음에 니는 조선으로 돌아가는 배를 타게 될 테니 니도 약간의 돈은 필요할 게야. 내가 가베상에게 잘 이야기해가 니 뱃삯 정도는 만들어 주라고 할게."

"알았어, 고마워."

짧게 대답을 하고 고개를 숙이던 그녀에게 번뜩 하루코가 생각났다.

"하루코는 어찌 되는 거지?"

"그년이야, 먼 걱정이 있겠노. 든든한 서방이 떡 버티고 있는데."

"글쎄 그렇기는 하지만, 도꾸미야 소좌에게도 별일이 없어야 할 텐데……"

마사코가 걱정스러운 표정을 지었다.

"아마 그년은 일본에 가서도 엄청 호강하며 살 게다. 내는 그년이 부럽기만 하다."

"콜록콜록……"

마사코가 심하게 기침을 하는 모습을 뒤돌아보면서 요시에가 일어나 문을 향했다.

부대의 분위기는 살벌했다. 불안해하는 부하들의 모습을 바라보는 고통 속에서 초조한 시간을 보내며, 다나까 중좌는 또 하루를 맞이했다. 이른 아침, 불란서 관리와 군인들을 석방하기 위해 유치장의 문을 열었다.

"지금 당장 무장을 완전히 해제하고 우리의 지시를 따르도록 하시오."

큰 키에 바짝 마른 올리베 베르네 중령이 다 떨어진 군복에 찌그러진 모자를 눌러 쓰고는 유치장 문을 나서며 던지는 첫마디가 다나까 중좌의 속을 뒤집었다.

경비소대장 이토 소위가 권총을 뽑아들려 하는 것을 본부대장 후지오카 대위가 이를 저지했다. 불란서 군인들이 이토 소위의 모습을 보고는 움찔했다.

베르네 중령은 자신을 노려보는 헌병소대장 가네야마 중위의 눈길을 슬그머니 피하며 다나까 중좌에게 시선을 돌렸다. 다나까 중좌가 자세를 꼿꼿이 세우고 말했다.

"전쟁이 끝났지만 나는 상부로부터 당신들을 방면하라는 것 이외에는 아무런 지시를 받은 사실이 없소. 캄보디아에 주둔하는 우리부대는 베트남에 있는 사단사령부의 지시를 받아 가며 철수 준비를 할 것이니 그렇게 아시오."

베르네 중령은 매부리코를 만지작거리며 고개를 끄덕이고는 알팽아비탱 사무관과 몇 마디를 나누더니 다나까 중좌에게 눈을 한 번 흘기고는 부하들과 함께 일본군이 제공하는 트럭에 올랐다.

석방된 20여 명의 불란서 사람들을 태운 트럭이 부대의 정문을 빠져나가는 모습을 지켜보던 다나까 중좌가 말없이 본부 막사를 향해 발걸음을 옮기자, 후지오카 대위와 가네야마 중위가 뒤를 따랐다. 참모와 예하부대 지휘관들이 기다리고 있는 자신의 방으로 돌아와 자리에 앉으며 주목하고 있는 부하들을 향해 입을 열었다.

"불란서 측과의 협상으로 작성된 사단의 철수작전계획에 대해 설명하겠다."

목이 메는 듯 그가 물 한 잔을 단숨에 마셔 버렸다.

"조금 전에 불란서인 전원을 석방하였으며, 우리는 1번 국도를 따라 베트남 국경을 넘어 사이공으로 들어가게 될 것이다."

벌떡 일어선 정보과장 니시하라 대위가 다나까 중좌의 옆에 걸려있는 상황지도에서 베트남의 남쪽 도시 사이공을 지시봉 끝으로 짚었다.

"그리고……."

다나까 중좌는 잠시 말을 끊었다가 부하들의 모습들을 훑어보더니 가라앉은 목소리로 다음 이야기를 이어 나갔다.

"그리고 우리들 중에 일부는 귀국선을 타지 못하고 한동안 베트남의 수용소에서 포로의 신세를 면치 못하게 될 것이다."

술렁이는 분위기를 느낀 다나까 중좌는 허공을 주시하며 한동안 말을 잇지 못했다.

"베트남 국경에 도착할 때까지만 조장 이상의 간부와 오장 이상의 헌병은 5발 이내의 실탄과 총기를 휴대할 수 있으며, 사병은 총기와 실탄은 물론 인마살상용 무기 일체를 휴대할 수 없다. 그리고 마지막으로 베트남 국경을 넘어서면 우리는 간부들까지 완전히 무장이 해제된 채 연합군의 지시와 통제에 따라 행동을 하게 될 것이다. 지난번 버마전선에서 황군에 호의적이었던 버마군인들이 전세가 우리 측에 불리하게 되자, 그동안 자기들에게 베풀어 준 은혜도 모르고 배신하여 후퇴하는 황군의 후미를 공격한 사실이 있었던 것처럼, 우리의 철수를 친불란서 무장 세력이 우리를 공격할 호기로 삼을 수 있으니 행군 간의 군기를 엄정히 하고 전투태세를 유지할 수 있도록 한다. 간부들이 휴대하는 5발의 실탄은 철수하는 부대의 안전을 도모하는 데 사용될 유일한 방어용 화력이니, 유사시에 사용하는 데 문제가 없도록 철저히 관리를 하여야 한다."

다나까 중좌가 들고 있는 메모지를 한 장 넘기며 눈물이 글썽거리는 부하들을 둘러보았다.

"사이공으로 철수하는 우리 부대의 가장 큰 문제점은 빠삭강의 다리가 지난 폭우로 일부가 유실된 것이며, 메콩강의 다리 역시 안전상태가 정확하게 확인되지 않고 있다는 점이다."

지휘관들과 참모들은 고개를 숙인 채 말없이 메모를 했다.

"선발대는 우시지마 대위가 인솔하며 2개 소대의 병력에 1개 헌병분대가 함께하고 의무병과 운전병 그리고 취사병을 포함하여 100명으로 구성한다. 장교는 우시지마 대위를 포함하여 3명이 된다. 차량은 지프 1대와 트럭 5대로 이동하며 부대를 출발하여 약 1시간 30분 후에 빠삭강에 도착하면 교량의 상태를 점검하여 보고하고, 필요시 서둘러 복구 작업에 병력을 투입하도록 하라. 그리고 병력 일부를 도하시켜 메콩강의 교량을 점검하도록 한다. 명일 05시에 출발할 수 있도록 준비하라. 우시지마 대위의 책임 하에 군장검열을 할 수 있도록!"

"예, 알겠습니다."

당당한 체구의 우시지마 대위가 자리에서 벌떡 일어나 고개를 숙여 대답했다.

"본대는 도보로 이동하게 되며, 행군 거리가 80㎞에 달하고 중간에 하루는 야영을 해야 하는 만큼 만반의 준비를 갖추도록 한다. 차량은 지프 2대와 트럭 2대를 이용한다. 본관이 정보과장 니시하라 대위와 선두에 설 것이며 인사과장 야마모토 대위와 곤도 대위가 후미를 맡는다. 본대는 08시에 출발한다."

"예, 알겠습니다."

니시하라 대위와 야마모토 대위, 곤도 대위가 일제히 고개를 숙여 대답했다.

"후발대는 군수과장 미야바라 대위가 헌병 1개 분대를 지휘하여 환자 등의 잔류병력과 함께 마지막 철수를 하게 되며 지프 1대와 트럭 2대를 이용한다. 15시에 출발한다."

그가 들고 있던 메모지를 탁자 위에 내려놓으며 담배를 꺼냈다.

"그리고 이동하는 각 제대에 2~3명의 불란서군이 감시원으로 따라붙게 될 것이다. 그들과 불필요한 충돌이 없도록 하라. 이상이다. 질문 있나?"

아무도 말이 없었다. 중좌가 담배에 불을 붙여 깊숙이 빨아들인 연기를 내뿜으며 부하들을 둘러보았다.

"모두 근무 위치로 돌아가시오."

자리에서 일어나 방을 나서는 부하들의 모습을 지켜보던 그가 갑자기 생각이 난 듯 곤도 대위를 다시 불렀다. 되돌아온 곤도 대위에게 턱으로 앉을 자리를 가리켰다.

"곤도 대위. 종전의 상황에서 제국에 해를 미칠 수 있다고 판단되는 전쟁 종사자들에 대한 처리방안을 수립하라는 지시를 받았는데, 그 임무를 곤도 대위가 수행해 주시오."

곤도 대위는 위안부를 제거하라는 지시임을 알아들었지만, 다시 한 번 확인했다.

"위안부들 말씀이십니까?"

"그렇소. 차질 없이 수행하시오."

"관리인도 포함됩니까?"

"관리인을 제외한 나머지 위안부들만 제거하도록 하시오."

"예, 알겠습니다."

"그리고 관리인에게는 보안을 유지할 것을 주지시키고 베트남에 들어서면서 방면을 하여 민간인인 개인의 신분으로 귀국하도록 하게 하시오. 다만 체포될 시를 대비하여 포로의 심문에 대한 유의사항도 확실하게 교육하시오."

"예. 실수 없이 수행하겠습니다."

경례를 하고 일어서는 곤도 대위가 속으로 회심의 미소를 흘렸다.

'흐흐흐…… 도꾸미야, 네놈의 계집을 내가 어떻게 해줄까?'

연병장의 한쪽 구석에는 소각장이 만들어지고 여러 가지 서류와 불필요한 물건들을 태우느라 검은 연기가 하늘을 가리고 있었다.

관사의 창밖으로 보이는 연병장에서 군인들은 캄보디아에서 철수하기 위한 짐을 꾸리고 있었다.

'나는 어떻게 해야 하는 것일까? 짐을 꾸려야 하는 것일까? 도꾸미야의 짐은 어떻게 꾸려야 하나. 언니들은 어찌하고 있을까?'

초조하기만 했고 아무것도 할 수가 없었다.

그때 갑자기 발자국 소리가 들리더니, 누군가가 현관문을 두드리는 소리가 들렸다.

하루코는 덜컥 겁이 났다. 발자국 소리도 그렇고 노크를 하는 것으로 보아, 그이가 아닌 것은 틀림없었다. 망설이던 그녀가 살며시 문을 열었다. 도꾸미야가 집을 나서던 날 같이 떠났던 나까무라 군조였다.

"도꾸미야 소좌님은 어디 계신가요?"

급한 마음에 인사를 할 겨를도 없이 그의 소식을 먼저 물었다.

"지금 어디에 계신다는 것은 보안상 말씀드릴 수가 없습니다. 다만 하루코상께서는 짐을 꾸리고 부대를 따라 이동하라는 말씀을 하셨기에 전해 드리려고 왔습니다. 부대는 내일 새벽부터 철수를 시작합니다. 저는 도꾸미야 소좌님께 다시 돌아가야 합니다."

"소좌님은 지금 캄보디아에 계신가요?"

사실대로 이야기해 달라는 표정으로 나까무라 군조를 바라보았다.

"예. 프놈펜에 계십니다."

"예, 알겠습니다. 감사합니다."

나까무라 군조가 돌아가기 무섭게 짐을 꾸리기 시작했다. 무엇을 챙겨야 하는지 알 수가 없었지만, 가방 두 개를 꺼내어 펼쳐 놓았다. 하나에는 자신의 짐을 생각나는 대로 담았고, 다른 하나의 가방에는 도꾸미야의 짐을 챙겨 넣었다. 책상 위의 사진첩은 하루코의 한복 보따리 안에 깊숙이 넣었다. 대충 짐을 챙겨서 두 개의 가방을 한쪽에 두었다. 더 생각나는 것이 있을 때마다 챙겨 넣으면서 가방은 더 들어갈 것이 없을 정도로 배가 불러왔다. 더 이상의 물건들은 포기해야 했다.

어찌 생각해 보면 가방 안의 그 모든 것이 필요 없었다. 그분만 돌아온다면 가방은 잃어도 좋았다. 허기지고 지친 하루코가 가방에 엎

드린 채 깜빡 잠에 들었다. 또 하나의 어둠이 찾아들기 시작했다.

'탕!'

정적을 깨는 총소리에 놀라 눈을 떴다.

창가로 달려온 그녀의 시야에 구령대가 보였고, 그 위에는 서너 명의 군인들이 보였다. 쓰러져 있는 한 군인은 장교인 것이 분명해 보였고, 지난밤과 같이 자결을 한 것이라는 걸 한눈에 알 수 있었다.

불현듯 혹시 쓰러져 있는 군인이 도꾸미야가 아닐까 하는 생각이 들었다. 만약에 도꾸미야의 신변에 일이 생긴다면 자신도 함께 죽어야만 한다고 마음먹고 있었던 그녀였기에 쓰러져 있는 군인이 누구인지 확인해야만 했다. 미친 듯이 맨발로 뛰어 나간 그녀가 구령대 쪽으로 달렸다.

제지하는 군인을 뿌리치며 달려나가다가 억센 손길의 헌병들에게 붙잡혔다. 권총으로 자결을 한 사람은 시아누크 왕실의 경호대장이었던 타게모토 대위였다. 자결을 한 사람이 도꾸미야가 아니라는 것을 확인한 그녀는 구령대 쪽을 힐끗거리며 관사로 돌아왔다.

손발은 물론 전신이 가눌 수 없을 정도로 떨렸다. 다시 창가로 향했다. 나무토막처럼 쓰러져 있는 타게모토 대위의 시신 옆에 그의 부하인 쿠도 중위가 무릎을 꿇은 채 앉아 있었다.

"덴노하이카 반자이!"

그는 고함 소리와 함께 자신의 배에 깊숙이 칼을 꽂았다. 이마에 힘줄이 불거져 나왔지만, 그는 한마디 신음소리조차도 입 밖으로 내지 않았다. 그리고 한 차례 그가 몸을 뒤틀었다. 동시에 뒤에서 일본도를 치켜들고 있던 하사관의 눈에서 섬광이 일었다. 그리고 정확히 그의 목을 겨누어 내리쳤다. 쿠도 중위의 머리가 그의 몸에서 떨어져 나갔다.

쿠토 중위는 부릅뜬 두 눈으로 머리통을 잃고 피를 뿜어대며 널브러진 자신의 몸통을 눈도 깜짝하지 않고 바라보고 있었다. 또 한 사람의 젊은 장교가 그렇게 목숨을 끊은 것이었다.

의무대 앞으로 치워진 시신들의 위에도 핏빛의 달빛이 내려앉았다.

병사들의 동요를 막아야 하는 장교들이 오히려 자결의 길을 택하는 것을 바라보아야 하는 병사들의 무리 속에는 위안소 쪽을 바라보며 눈을 떼지 못하는 군인이 있었다. 조선인 출신 류이치 상등병이었다. 깜퐁솜으로 전출된 후로 간간이 마사코의 안부를 인편으로 전해 들을 수 있었지만, 건강이 몹시 나쁘다는 그녀의 모습을 먼발치에서라도 보고 싶었다. 위안소의 방들은 모두 불이 꺼져 있었다.

부대의 정문은 이미 불란서 군인들이 접수하여 근무하고 있는 상태였다. 동쪽 하늘이 조금씩 밝아 오며 선발대의 무장해제 절차가 시작되었다. 병사들은 자신의 수족처럼 항상 휴대하던 무기를 압수당해야 했다. 그들은 자신을 지켜 주었던 소총은 물론 인마살상용으로 사용될 수 있는 모든 무기는 베르네 중령이 지휘하는 불란서 병사들이 지켜보는 가운데 그들의 손에 넘겨주어야만 했다.

연병장이 차량의 소음으로 가득 차기 시작했다. 여명 속에 불을 켠 차량들이 줄을 지어 서 있었다. 깜퐁솜에서 본부로 철수하여 며칠이 지나도록 존경하는 선배 도꾸미야 소좌를 만나 보지도 못하고 우시지마 대위는 본국으로 철수하는 선발대를 지휘하게 되었다. 그는 다나까 중좌에게 출발 보고를 했다.

6대의 차량은 우시지마 대위의 지프차량을 선두로 부대를 떠났다. 지프에는 불란서군 장교와 무전병이 함께 타고 있었다.

본부 건물의 앞에는 일본의 국기인 히노마루가 내려오고, 프랑스의 삼색기가 새벽바람에 펄럭이고 있었다.

- 7 -
꿈속의 고향

프놈펜에서 철수하는 선발대가 부대를 떠나 출발하였고, 이름 모를 새들은 푸르스름한 새벽의 남겨진 어둠을 걷어내기 위해 부지런히 울어 댔다. 침울한 분위기 속에 장래에 대한 불안감이 군인들을 침묵케 했다.

날이 밝아 오기 시작하고 본대가 철수를 시작할 시간이 다가와도 도꾸미야로부터 아무런 연락이 없었다. 안절부절못하며 하루코는 두 무릎을 끌어안은 채 쪼그리고 앉아 꾸려 놓은 두 개의 가방을 바라보았다. 도꾸미야와 함께가 아니라면 부대를 따라가지 않아야 하는 것 아닐까, 아니면 부대를 따라 일본으로 돌아가서 그를 기다리는 것이 맞는 것일까.

밝아 오는 창가 너머에서 어렴풋이 들려오는 귀에 익은 목소리에 벌떡 일어나 창가로 향한 하루코의 시야에 마사코와 요시에의 모습이 들어왔다. 마사코는 마구간의 기둥을 붙잡은 채 힘겨운 모습으로 서 있었고, 가베와 요시에는 이마를 맞대고 뭔가를 연신 수군거리고 있었다. 베트남 여인과 두 명의 필리핀 여인들의 모습도 보였다.

급하게 두드리는 노크 소리가 들렸다. 문밖에 당번병 노무라 일등병이 서 있었다. 짐을 싸서 철수하는 부대를 따르라는 도꾸미야의 이야기를 전했다. 틀림없는 도꾸미야의 전갈이냐고 몇 번이나 확인하고는 서둘러 가방들을 현관 앞으로 옮겼다. 커다란 두 개의 가방을 힘겹게 옮기는 모습을 보고 마구간 앞에 있던 요시에와 가베가 달려와 거들었다.

하루코를 반기는 마사코와 요시에의 손에는 아침 식사로 배급된 주먹밥이 하나씩 들려 있었다. 하루코가 마사코의 손을 잡았다. 겨우 버티고 서 있는 마사코의 모습은 살아 있는 사람이라고는 볼 수 없을 정도로 핏기없는 얼굴에 죽음의 그림자가 깊게 드리워져 있었고, 가랑잎보다도 더 메마른 손등에는 푸르스름한 힘줄이 드러나 있었다.

고향으로 돌아가게 되었으니 마지막 힘을 내 보라는 하루코의 이야기에 고개만을 끄덕일 뿐, 한마디 말도 그녀는 뱉어내지 못했다. 마사코의 손을 꼭 잡고 있으면서도 하루코는 사방을 두리번거리며 도꾸미야 소좌의 모습을 찾고 있었다.

그 시간에 작전과에서는 미노루 중위가 도꾸미야 소좌의 전화를 받고 있었다.

"예. 차질 없이 선발대가 출발했습니다."

"선발대의 인솔은 누가 했나?"

"우시지마 대위께서 인솔을 했습니다. 출발하시면서 저에게 사단 사령부에서 뵙겠다고 전해 달라고 하셨습니다."

"마지막 후발대에 위안부와 환자들이 포함되어 있겠지?"

"예, 그렇습니다. 한 대의 지프와 두 대의 트럭이 잔류합니다."

"그래? 후발대가 출발하는 시각은?"

"오후 3시에 출발합니다. 그런데……."

"그런데 뭔가?"

미노루 중위의 말끝이 흐려지자, 도꾸미야 소좌가 다그치듯 물었다. 뭔가 불길한 생각이 들었다. 주변의 눈치를 살피는지 수화기를 통해 들려오는 미노루 중위의 목소리 톤이 낮아졌다.

"저, 사실은 베트남 국경을 넘어서기 직전에 위안부는 전원 사살을 하기로 철수작전계획이 세워져 있는 것 같습니다."

직속상관인 도꾸미야 소좌에게 전하지 않을 수 없는 하루코에 관한 이야기였다.

"뭐야? 전원 사살?"

"예. 그렇게 작전계획이……."

"알았네."

수상공관의 부속실에서 수화기를 내려놓는 도꾸미야 소좌의 손이 바르르 떨렸다. 몇 차례에 걸쳐 통화를 시도했으나 하루코가 남겨진 관사의 전화선은 이미 끊어진 상태였고, 다나까 중좌와는 통화도 불가능했다. 그의 속셈을 도무지 알 수가 없었다.

'살려야 한다. 하루코를 살려내야 한다. 그렇다고 이 상황에 자리를 비울 수도 없고……'

도꾸미야 소좌가 책상 주변을 맴돌다 알팽 아비탱 사무관과 동행한 글라쉬 대위의 눈치를 슬쩍 살피고는 문 앞의 나까무라 군조를 눈짓으로 불렀다.

"나까무라 군조. 자네는 지금 부대로 돌아가서 철수병력과 합류하게."

"그럼 여기는……?"

"여기는 내게 맡기고 자네는 돌아가서 내 부탁을 하나 들어줘야겠어."

"어떤 말씀이신지요?"

"우선은 관사의 하루코에게 내 걱정은 하지 말고 철수하는 부대를 따르라고 해주게. 그리고 부대장을 만나서 하루코는 위안부가 아니라 내 가족으로 인정해서 구명해 달라는 나의 이야기를 전해 주게. 내가 잠시 후에 다시 전화해 보겠지만, 그녀는 살아서 일본으로 돌아가야 하네. 그녀는 나의 아기를 임신한 상태일세. 내 말 알겠지?"

"예. 알겠습니다."

말을 달려 공관의 정문을 빠져나가는 나까무라 군조의 모습을 바라보던 도꾸미야 소좌가 서둘러 부속실로 돌아와 수상집무실의 문 쪽에 다시 귀를 기울였다.

알팽 아비탱 사무관과 탄 수상과의 대화는 끝이 없었다.

"우리 총독께서 돌아오셔서 당신의 수상취임을 인정하시리라 생각하십니까? 한밤중에 무력으로 취임식을 하다니요. 불법 아닙니까?"

"불법이라니요. 나는 프랑스 총독의 생각이나 판단에 동의할 수 없소. 우리 캄보디아는 이미 석 달 전에 독립을 선포한 나라인데, 왜 프랑스의 통제를 받는단 말이오. 수상취임에 대한 당신들의 참견은 주권 침해라는 사실을 알아야 하오."

탄 수상이 단호히 맞섰다.

"당신이 뭔가 착각하고 있나 본데, 태평양 전쟁도 일본의 항복으로 끝이 났고 이곳에 주둔했던 일본군은 우리의 포로 신세가 되어 있다는 사실을 모르시오?"

아비탱 사무관도 물러서지 않았다.

"일본군이 무장해제를 당하고 당신들의 포로가 되었다는 것은 당신들의 문제이고, 우리 캄보디아는 엄연한 주권국가요. 국민들이 원한다면 나는 언제라도 이 자리에서 물러날 것이지만, 당신들 프랑스 관리의 요구에는 절대 응하지 않을 것이오."

아비탱 사무관이 자리에서 벌떡 일어섰다. 탄 수상도 자리를 박차고 일어섰다.

"순순히 하야를 하고 즉시 이곳을 떠나지 않는다면 당신을 체포하겠소."

안에서 들려오는 두 사람의 대화를 듣고 있던 글라쉬 대위가 도꾸미야를 한 번 힐끗 바라보고 나서 권총지갑의 단추를 풀었다. 도꾸미야 소좌도 허리 허리춤의 권총을 잡았다.

"글라쉬 대위!"

아비탱 사무관이 탄 수상을 체포하기 위해 글라쉬 대위를 부르는 고함소리가 안에서 들려오자, 글라쉬 대위가 권총을 뽑아들고 집무실로 들어가는 순간이었다.

"잠깐!"

돌아서는 글라쉬 대위가 도꾸미야 소좌의 손에 들려진 권총이 정확히 자신의 머리를 겨누고 있는 것을 보자 멈칫했다.

"아니, 당신이……."

그때 부속실의 문이 열리며 네 명의 무장한 사람들이 나타났다. 민족민주전선의 무장대원들이었다.

"손들어!"

그들의 총구들이 글라쉬 대위를 향했다. 상황을 파악한 글라쉬 대위가 수상집무실의 출입문 손잡이를 슬그머니 놓고 손을 든 채로 두어 걸음 물러났다.

"총 내려놔!"

무장대원 빵끄라이가 글라쉬 대위의 머리에 권총을 들이댔다. 글라쉬 대위는 도꾸미야 소좌를 노려보면서 옆의 책상 위에 권총을 내려놓았다. 권총을 빵끄라이가 집어 들더니 자신의 허리춤에 꽂았다.

총구에 밀려난 글라쉬 대위는 출입문 옆에 무릎을 꿇고 앉아야 했다. 무장한 두 사람이 도꾸미야 소좌를 따라 집무실로 들어서며 총을 겨누자, 놀란 아비탱 사무관이 두 손을 번쩍 들며 외쳤다.

"당신들 누구야?"

"우리는 민족민주전선의 대원이요. 우리의 지도자를 보호하기 위해 왔소.”

위세에 눌린 아비탱 사무관의 당황하는 모습이 역력했다.

수상의 책상 위에 놓인 전화벨이 울렸다. 수화기를 든 탄 수상이 도꾸미야를 바라보았다. 나까무라 군조였다.

“이곳에서 10여 명의 불란서군이 무장을 하고 수상관저로 향했습니다.”

“응, 알았네. 그리고 하루코 문제는?”

서둘러 피신을 해야 하는 다급한 상황이지만 하루코에 대한 걱정이었다.

“말씀을 드렸지만, 아직 대답이 없으십니다.”

“알았네. 자네가 꼭 좀 도와주게.”

수화기를 내려놓으며 도꾸미야 소좌가 탄 수상을 바라보았다.

“수상각하, 우선 서둘러 자리를 피하셔야 할 것 같습니다.”

“피하다니 왜 피한단 말입니까? 난 죽더라도 이 자리에서 죽을 것이오.”

탄 수상이 아비탱 사무관을 노려보며 말했다.

“동지들, 어서 수상각하를 모시도록 하시오.”

문 쪽을 눈짓으로 가리키는 도꾸미야 소좌의 목소리가 급박했다.

“아니요. 나는 비겁하게 도망을 하지 않을 것이오. 나는 오래전에 나라를 위해 목숨을 바치기로 각오를 한 몸인데, 왜 내가 도망을 한단 말이요. 죽어도 이 자리에서 죽을 것이오.”

다가서는 동지들의 팔을 뿌리치며 탄 수상이 완강히 버티었다.

"각하, 우선은 몸을 피하시고 후일을 도모하셔야 할 것입니다."

"아니요. 나는 또다시 망명하는 등의 선택은 하지 않을 것이오."

두 사람의 동지가 양쪽에서 팔짱을 끼고 계속 뒤를 돌아보며 버티는 탄 수상을 억지로 밖으로 끌어내고, 도꾸미야 소좌가 그 뒤를 따랐다. 이어 부속실에 아비탱 사무관과 글라쉬 대위를 포박해 두고 일행은 말을 달려 공관을 빠져나왔다. 그들이 막 정문을 빠져나와 모퉁이를 돌자, 프랑스 군인들의 트럭이 먼지를 일으키며 공관에 도착했다.

숨 가쁘게 달려온 여섯 마리의 말들이 잠시 후에 도착한 곳은 톤레샵 강가의 외딴 주택이었다. 우선 말들을 길에서 보이지 않는 곳으로 옮긴 다음 날이 어두워지길 기다려 행동하기로 하고 탄 수상의 주변에 둘러앉았다.

선발대를 출발시키고 주먹밥으로 식사를 마친 군인들은 줄을 지어 일본도와 소총 등을 압수당하고 다시 대열로 돌아와 출발 준비를 마쳤다.

마지막으로 다나까 중좌가 장교 몇 사람을 대동하고 부대 안을 돌아보았다. 곤도 대위는 마구간 옆에 쪼그려 앉아 있는 위안부들 속에서 하루코의 모습을 보며 피식 웃었다.

구령대에 올라 정보과장 니시하라 대위의 출발 보고를 받은 다나까 중좌가 병사들을 바라보며 짧게 훈시를 한 후에 내려와 정문 옆에 세워진 지프 위에 올라서서 출발 상황을 지켜보았다.

"좌측 두 줄부터 출발한다. 앞으로 가!"

니시하라 대위를 선두로 본대의 병력이 부대를 빠져나와 행군 대열을 만들며 도로의 좌우측으로 갈라졌다. 부대를 떠나며 마지막으로 뒤를 힐끗거리는 병사들의 모습을 지켜보는 다나까 중좌의 눈시울이 벌겋게 달아올랐다. 곁에는 나까무라 군조가 하루코에 대한 그의 대답을 기다리고 있었다.

"물론 도꾸미야 소좌의 입장은 이해하겠네만, 항명할 수는 없는 것 아닌가."

달리 할 말을 찾지 못한 나까무라 군조는 다나까 중좌의 곁에 계속 버티고 서 있는 것으로 도꾸미야 소좌의 뜻을 전하고 있었다. 군인들의 대열을 바라보던 다나까 중좌가 고개를 돌려 나까무라 군조를 바라보며 냉정하게 명령조로 이야기했다.

"더 이상은 언급하지 말고 자네의 위치로 돌아가게."

어쩔 수 없이 나까무라 군조는 경례를 하고 뒷걸음질로 그 자리에서 물러났다.

부대를 빠져나가는 병사들의 모습을 바라보고 서 있던 곤도 대위가 후발대를 인솔할 미야바라 대위의 곁으로 다가섰다.

"군수과장, 후발대 출발이 15시인가요?"

"예. 아마 빠삭 강가에서 본대와 만나게 될 것 같습니다."

"저년들 잘 데리고 오시오. 특히 저년, 하루코 말이오."

군도 대위가 히죽거리며 턱으로 가리키는 마구간 쪽을 미야바라 대위와 츠요시 헌병오장이 바라보았다. 위안부들과 환자, 그리고 10여 명의 병력만이 남을 부대 안을 프랑스 군인들이 돌아다니며 접수하기 시작했다.

본대의 후미에 따라붙은 곤도 대위의 지프도 정문을 빠져나갔다. 불란서 군인의 지시에 따라 여인들은 정문 옆의 차량정비소로 이동하여 대기를 했다. 본대 병력의 점심 식사는 선발대가 빠삭 강가에서 준비하여 추진할 것이고, 후발대는 사망자들의 시신을 화장하고 점심 식사를 해결한 후 오후 세시에 출발하기로 되어 있기에 남은 병사들은 정신없이 바쁘게 손을 놀려야 했다.

하루코는 혹시라도 도꾸미야 소좌가 부대로 돌아왔다가 자신을 발견하지 못할까 봐 정비소의 열린 문 앞에서 쏟아지는 햇살에 잔뜩 이마를 찌푸리며 서 있었다.

"하루코야, 이쪽 그늘로 와라. 그러고 있어 봐야 헛일이다."

고개를 돌려 바라보는 하루코를 요시에가 손짓으로 불러 옆자리에 앉혔다.

"왜 며칠씩이나 도꾸미야 소좌의 모습이 보이지 않노?"

"글쎄 나도 모르겠어."

"먼저 베트남으로 간 모양이로구나?"

"베트남으로 먼저 가다니?"

하루코의 눈이 휘둥그레졌다.

"가베상이 그라는데, 베트남 국경을 넘으면 일단 모두가 포로가 된다 카더라. 일부는 귀국선을 바로 타게 되지만 다나까 중좌는 물론이고 대부분의 장교들과 하사관들 중 몇몇은 포로수용소에 수용되었다가 재판을 받아야 한다 카더라. 그리고 몇몇 사람들은 징역살이하거나 총살을 당하게 될지도 모른다고 그 카던데……."

"언니, 그게 정말일까?"

하루코의 가슴이 철렁 내려앉았다.

"내도 가베상에게 들은 이야기인데 틀림없다고 그 카더라."

요시에의 이야기에 하루코의 입술이 파르르 떨렸다.

"도구미야상이 나더러 부대를 따라 일본으로 가라고 했는데 어쩌지?"

"뭘 어쩐단 말이고? 일단 일본으로 가서 기다려야 되는 거지. 혹시 도구미야 소좌가 먼저 일본으로 탈출한 것인지도 모르지 않나."

"아니야, 언니. 지금 캄보디아에 있어. 본대를 따라 철수한 작전과의 나까무라 군조도 그이가 프놈펜에 있다고 했어."

"그럼 나중에 탈출해서 일본으로 올지도 모르겠네."

"어떻게 해야 할지 모르겠어."

눈물을 훔치는 하루코의 어깨에 요시에가 가볍게 손을 얹었다.

"별수 없다 아이가. 일단 같이 일본으로 가자 고마."

"응. 알았어, 언니."

긴 한숨 끝에 하루코가 울먹이며 대답했다.

오후 3시가 되자 마지막으로 부대를 떠나는 후발대가 출발 준비를 하고 있었다. 맨 앞에 지프가 시동을 건 채 대기하고 있었고, 트럭 두 대 중 앞의 트럭에 10여 명의 환자와 의무병들이 태워졌다. 그리고 후미의 트럭에는 가베와 필리핀 위안부 두 명과 베트남 위안부 한 명, 그리고 조선의 위안부 세 명이 헌병 네 명과 함께 탔다.

미야바라 대위가 프랑스군 장교와 악수를 하고 지프에 오르자 일행을 태운 차량이 출발했다. 마지막 트럭이 부대를 빠져나오자 프랑스 군인들이 바리게이트로 부대 정문을 막았다. 정문 옆의 병들어 말라 죽어 가는 나무 위에서 새들이 소리 없이 바라보고 있었다.

도로로 들어선 차량 행렬이 부대의 담장을 따라 속도를 올리기 시작하자, 하루코가 고개를 돌려 관사의 뒤뜰을 바라보았다. 병아리를 키우던 닭장이 얼핏 보였다.

그렇게 그들은 프놈펜을 떠나고 있었다. 통곡에 가까울 정도로 소리를 내어 우는 헌병도 있었다.

트럭이 속도를 높이기 시작하자 앞차의 뒤를 따르는 뽀얀 흙먼지를 뒤집어쓴 채 더 이상 아무것도 볼 수가 없었지만, 하루코는 기어코 일어서서 두 눈을 부릅뜨고 두리번거렸다. 헌병이 앉으라고 했지만, 어디쯤에선가 트럭을 세우며 도구미야가 차에 오르거나 뒤쫓아 올지도 모른다는 마지막 희망을 버리지 않았다.

흔들리는 트럭의 짐칸 바닥에 쓰러져 있는 마사코가 가쁜 숨을 몰아쉬고 있었고, 차량들은 1번 국도에 들어섰다. 여인들은 멀어져 가는 위안소를 바라보며 눈물을 훔쳤다.

흔들리는 트럭 위에서 하루코는 불안감만 커져 갔다. 왠지 살아남지 못할 것이라는 불안감이 앞섰다. 하지만 죽는다 하더라도 그의 품에서 죽고 싶었다.

'베트남에 도착하여 그가 포로수용소에 갇힌다면, 나도 일본으로 돌아가지 않을 거야.'

하루코는 죽더라도 같이 죽어야 한다며 각오를 다졌다.

다시는 돌아오지 못할 캄보디아의 하늘을 눈에 담았다. 여인들을 한 사람씩 바라보며 프놈펜에서 함께했던, 먼저 세상을 하직한 여인들의 모습을 떠올려 보았다. 길 건너에 실개천이 흐르는 초가지붕의 고향집과 싱가포르의 위안소 모습이 주마등처럼 지나가고, 대문 앞에서 통곡하던 어머니의 모습 위로 사복으로 갈아입고 집을 나서던 도꾸미야의 마지막 모습이 가만히 포개어졌다.

갑자기 하루코가 눈을 치켜떴다. 붉은 먼지 속에 말을 타고 트럭을 쫓아 달려오는 사람의 모습이 보였다. 일어서서 그 모습을 바라보는 하루코의 눈이 휘둥그레졌다. 군청색의 바지에 하얀 와이셔츠. 그가 집을 나설 때 입고 나갔던 바로 그 차림이었다. 하루코의 부릅뜬 눈에서 동공이 확장되고 불빛이 일었다.

분명 도꾸미야 소좌의 모습이었다.

"스톱! 스톱! 세워 주세요. 스톱–!"

트럭을 세워 달라는 그녀의 목소리는 절규에 가까웠다. 짐칸의 앞쪽에 탔던 군인이 운전석의 지붕을 두드렸다.

운전병이 급히 트럭을 세우는 바람에 서 있던 하루코가 트럭 위에서 나뒹굴었다. 그녀가 다시 일어섰다. 얼굴을 타고내리는 찝찔한 것이 입안으로 흘러들었다. 놀란 요시에가 급히 수건으로 하루코의 이마를 감쌌다. 그녀는 자신의 얼굴이 피투성이가 된 것은 생각할 겨를도 없이 말을 타고 달려오는 사람을 향해 울부짖으며 손을 흔들어댔다.

경적 소리를 신호로 앞의 트럭과 지프도 정지했고, 상황을 파악하기 위해 미야바라 대위와 츠요시 헌병오장이 지프에서 내려서 뒤쪽의 트럭으로 뛰어왔다. 때를 같이하여 도착한 도꾸미야 소좌가 말에서 뛰어내렸다. 달려온 말이 가쁜 숨을 몰아쉬며 헐떡였다.

도꾸미야의 부릅뜬 눈이 하루코를 찾고 있었다. 흙먼지를 덮어쓴 얼굴에 피와 눈물이 범벅이 된 하루코가 절규하고 있었다. 도꾸미야 소좌는 미야바라 대위의 경례를 받으면서도 트럭 위의 하루코에게서 눈을 떼지 못했다. 하루코가 손을 뻗쳤다. 죽더라도 그의 손을 잡고 죽어야 한다는 생각뿐이었다.

미야바라 대위가 앞쪽의 지프를 가리키며 말했다.

"걱정을 많이 했었습니다. 지프로 오르시지요."

츠요시 헌병오장이 도꾸미야의 손에서 말고삐를 받으려고 손을 내밀었다.

"아니야. 나는 아직 임무를 끝내지 못해서 지금 같이 떠날 수가 없다. 하루코를 데리러 왔어."

미야바라 대위의 놀란 표정과는 달리 도꾸미야 소좌는 침착하고 당당했다.

"하루코는 나중에 내가 데리고 가겠다."

예기치 못했던 상황에서 미야바라 대위가 머리를 수건으로 감싼 채 울고 서 있는 트럭 위의 하루코를 바라보며 머뭇거렸다. 상황을 판단한 하루코가 미야바라의 지시가 있기도 전에 트럭에서 뛰어내리면서 땅바닥에 나뒹굴었다. 츠요시 헌병오장이 그녀를 일으켜 세웠다.

그녀의 처참한 모습을 차마 바라볼 수 없어서였을까, 도꾸미야 소좌가 트럭 위로 눈길을 돌렸다. 가베가 벌떡 일어서서 그에게 거수경례를 붙였다. 도꾸미야 소좌가 고개를 힘 있게 끄덕여 그의 경례를 받았다. 그리고 말에 오른 그가 하루코에게 손을 내밀었다.

옆에 서 있던 츠요시 헌병오장이 하루코를 안아 올렸다. 도꾸미야 소좌의 허리를 끌어안은 하루코는 그의 등에 얼굴을 묻었다. 머리에서 흐르는 피가 땅바닥에 후드득- 하고 떨어졌다. 그래도 그녀는 정신을 잃지 않으려고 어금니를 꼭 물었다.

미야바라 대위의 경례를 받은 도꾸미야 소좌가 말의 옆구리를 힘껏 내질렀다. 불란서 장교가 지프에서 내리며 권총을 뽑아들었지만, 그들의 모습은 흙먼지 속으로 사라지고 있었다. 멀리 사라지는 그들의 뒷모습을 바라보는 마사코와 요시에가 눈물을 쏟아 내며 한없이 손을 흔들었다.

메콩강의 줄기가 저만치 바라보이는 곳에 이르자, 도꾸미야가 허리를 끌어안은 하루코의 팔에 힘이 빠지는 것을 느끼고 고개를 돌려 하루코를 불렀다.

"하루코, 정신 차려. 조금 더 갈 수 있지?"

대답은 없었지만, 그녀의 팔에 다시 힘이 들어갔다.

말을 천천히 몰았지만 흔들리는 말 위에서 하루코의 출혈은 더욱 심해졌다. 안전하지 못한 지역이었지만, 도꾸미야는 말을 세워야 했다. 강 언덕을 살피는 그의 시야에 조그마한 웅덩이가 들어왔다. 말을 세우고 그곳에 하루코를 눕혔다. 주변을 두리번거리던 그는 말을 쫓아 버려야 했다. 말과 함께 숨기에는 웅덩이가 너무 작았기 때문이다.

얼마나 시간이 흘렀을까. 땅거미가 밀려오고 메콩강 건너 갈대숲 위로 떠오르던 달이 흠칫하며 멈추어 섰다. 작은 웅덩이 속에 두 사람이 나란히 잠들어 있었다.

품에 안기어 한동안 움직임이 없던 하루코가 의식을 찾으며 지쳐 잠이 든 도꾸미야 소좌의 얼굴을 더듬었다. 누더기가 되도록 찢긴 도꾸미야의 셔츠 앞자락은 하루코의 머리에 동여매어 져 있었다.

"하루코, 깨어났구나?"

도꾸미야가 상체를 일으켜 세우며 하루코를 내려다보았다. 쏟아지는 별빛 속에서 그녀가 가만히 고개를 끄덕였다. 하루코의 상처를 도꾸미야가 가만히 들여다보았다. 다행히 출혈이 멈춰 있었다.

"하루코, 여기는 안전하지 못해서 움직여야 하는데…… 어쩌지?"

도꾸미야와 눈길을 맞춘 하루코가 가만히 고개를 끄덕였다. 두 사람은 웅덩이를 벗어나 강변의 둑길에 올랐다. 도꾸미야가 그녀를 업고 걷기 시작했다.

어둠 속에서도 도꾸미야는 부지런히 주변을 살폈고 두 사람은 달빛으로 허기진 배를 채웠다. 별빛은 두 사람의 사랑을 노래했고 강변의 갈대들이 바람결을 따라 춤을 추었지만, 위험은 멈추지 않았다.

메콩강을 뒤로하고 톤레샵 강을 따라가던 그들이 민족민주전선의 동지들이 숨어 있는 집에 도착할 즈음에는 동쪽 하늘이 서서히 밝아오고 있었다.

누더기 차림으로 웬 여인을 업고 들어서는 도꾸미야의 모습을 보고는 모두들 눈이 휘둥그레졌다.

"어떻게 된 일입니까? 걱정을 많이 했었습니다."

탄 수상이 하루코와 도꾸미야 소좌를 번갈아 가며 바라보았다.

"죄송합니다. 날이 어두워지기를 기다렸다가 오느라고 이렇게 늦었습니다."

고개를 숙여 인사한 후, 도꾸미야는 그들에게 하루코를 소개했다.

"저와 생사를 같이 할 동지이며 제가 사랑하는 사람입니다."

하루코가 두 손을 가지런히 모아 인사를 했다. 모두들 같이 손을 모아 인사를 하면서도 동여맨 하루코의 머리에서 시선을 떼지 못했다.

캄보디아 사람들이 목에 걸고 다니는 *끄라마*라는 수건을 목에 두른 그들은 소총을 어깨에 하나씩 메고 있었다. 인사를 나누자마자 성격 급한 썸낭이 하루코의 모습에 혀를 차며 불쑥 한마디를 던졌다.

"쯧쯧쯧, 이런 못된 놈들."

피로 범벅이 된 하루코가 프랑스 사람들한테 당한 것으로 생각한 것이다.

도꾸미야는 하루코에게 그들을 소개하면서 쏜늑탄 수상을 '이 나라에서 제일 높은 분'이라고 소개했다. 하루코는 합장한 두 손을 이마까지 올려 고개를 숙이며 다시 한 번 삼피를 올렸다.

깐뗑의 뒤쪽은 강이 내려다보였고, 앞쪽으로는 도로에서 집으로 들어서는 길이 훤히 내려다보였다. 하루코를 강이 내려다보이는 창가

쪽에 눕히고 도꾸미야는 민족민주전선의 동지들과 머리를 맞대고 앞으로의 일들을 상의했다.

"도꾸미야 소좌님. 아무리 생각해 봐도 나는 날이 밝는 대로 수상 관저로 돌아가야 할 것 같습니다. 저들이 설마 나를 당장 투옥할 수는 없을 것입니다. 국제적인 여론도 있으니⋯⋯."

탄 수상이 말꼬리를 내렸지만 돌아가겠다는 의사는 분명해 보였다. 도꾸미야도 어떤 결정을 내려야 하는 시점이었다.

'이 상황에서 탄 수상이 관저로 돌아가는 것이 옳을까? 그리고 나는 하루코와 함께 철수하는 부대를 뒤쫓아 합류해야 하는가? 그렇다면 당장 하루코의 상처는 어떻게 해야 한단 말인가.'

"이젠 괜찮아요. 앉아 있을 수 있어요."

더 누워있으라는 도꾸미야에게 하루코가 미소를 지어 보이며 일어나 앉았다. 겨우 지혈을 시키고 물에 적신 수건으로 얼굴과 가슴까지 흐른 피를 닦아내기는 했지만, 그녀의 얼굴이 심하게 부어올라 있었다.

"그런데 저분이 캄보디아에서 제일 높은 분이시라면, 왕인가요?"

쏜득탄 수상 쪽을 눈짓으로 가리키며 하루코가 물었다.

"왕을 빼고 제일 높은 수상이라는 분이야. 아주 훌륭하신 분이지."

하루코가 가만히 머리를 끄덕였다.

"하루코. 우리는 당분간 캄보디아에서 살게 될 것 같은데, 하루코도 일본이나 조선으로 돌아가지 않아도 괜찮겠지?"

"예. 도꾸미야상과 함께라면 저는 어디라도 좋아요."

하루코가 가만히 눈을 맞추며 바라보았고 도꾸미야가 그녀와 맞잡은 손에 힘을 주었다.

탄 수상이 자리에서 일어서는 것을 보고 도꾸미야 소좌가 일어서서 그의 곁으로 다가갔다.

"나는 뺑끄라이 동지와 함께 수상관저로 돌아갈 것입니다. 서로 연락할 사항이 있으면 뺑끄라이 동지를 통해 하도록 하고, 만일의 사태에 대비하기 위하여 도꾸미야 소좌께서는 민족민주전선의 동지들을 썸낭 동지와 함께 지휘하여 주시길 바랍니다. 이 은혜는 결코 잊지 않을 것입니다."

문을 나서면서 하루코쪽을 바라보며 탄 수상이 손을 들어 인사를 했고, 하루코는 두 손을 모아 삼피로 인사를 올렸다.

"아, 그리고 상황을 봐 가며 믿을 수 있는 외과 의사를 찾으면 뺑끄라이 동지와 함께 보내서 하루코 양의 상처를 치료하도록 해 보겠습니다."

"예, 감사합니다. 이렇게 신경을 써 주시니……."

탄 수상과 뺑끄라이 동지가 탄 두 마리의 말이 큰길로 들어서서 속력을 내기 시작하는 모습을 도꾸미야와 민족민주전선의 동지들이 창문으로 바라보았다.

도꾸미야 소좌와 하루코를 태운 말이 흙먼지 속으로 모습을 감추자, 미야바라 대위가 후발대를 출발시켰다. 불란서 장교가 도꾸미야 소좌에 대한 항의를 해댔지만, 자신의 권한 밖의 일이라며 일축해 버

렸다. 불란서 장교가 베트남에 도착하면 책임을 물을 것이라며 으름
장을 놓기도 했지만, 알아듣지 못하는 척하며 얼버무렸다.

　도꾸미야 소좌로 인하여 지체된 시간을 맞추기 위하여 무라바야
대위가 길을 재촉했다. 빠삭 강을 막 건너는 본대의 후미가 멀리 모
습을 드러내기 시작하자, 그는 망원경을 들었다. 본대 후미의 지프에
앉아 있는 곤도 대위의 뒷모습이 보였다.

　'쳇. 도꾸미야 소좌가 데리고 가겠다는데, 내가 뭘 어떻게 해?'

　하루코를 데리고 가지 못하는 것에 대해 자기에게 책임을 물을 수
는 없을 것으로 생각하며 중얼거렸다. 후발대가 숙영지에 도착하자
본대의 일부는 이미 메콩강의 교량 복구 작업에 투입되었고, 바쁘게
움직이는 군인들의 손길이 이미 천막을 치고 숙영 준비를 끝내고 있
었다.

　"뭐야? 하루코를 데리고 갔다고?"

　곤도 대위가 목에 힘줄을 세우며 핏대를 올렸다.

　"전들 어떻게 하겠습니까? 도꾸미야 소좌께서 뒤에 데리고 오겠다
고 하시는데……."

　곤도 대위는 미야바라 대위를 한동안 노려보았지만, 어쩔 수 없는
상황이었던 것을 인정할 수밖에 없었다.

　"아무튼, 그렇게 대대장님께 보고를 드리려던 참이었습니다."

　"내가 보고를 하겠네. 자네는 자네 할 일이나 찾아서 하도록 해."

　곤도 대위가 돌아서자 미야바라 대위가 입을 한 번 삐죽하고는 돌
멩이를 걷어찼다. 야영 준비를 하고 있는 부대의 가운데를 가로질러

횃불을 밝힌 채 보수 작업 중인 메콩강의 다리로 다가가던 미야바라 대위가 우시지마 대위를 발견하고는 걸음을 빨리했다.

"우시지마, 고생이 많구나."

땀으로 범벅이 된 우시지마 대위가 미야바라 대위를 반갑게 맞았다.

"그래, 별일 없지? 혹시 도꾸미야 소좌님 소식 없어?"

악수를 나누며 한 손으로 이마의 땀을 닦아내는 우시지마 대위가 먼저 도꾸미야 소좌의 소식을 물었다. 미야바라 대위로부터 기다리던 도꾸미야 선배의 이야기를 들은 우시지마 대위가 강물을 내려다보며 한동안 생각에 잠겼다.

"소좌님께서 다른 이야기는 없으셨어? 언제쯤 부대로 합류를 하신다든가……."

"응. 말씀은 없으셨지만, 우리가 베트남 국경을 넘기 전에 돌아오시지 않을까?"

우시지마 대위가 프놈펜 쪽으로 난 길을 바라보았다.

"새벽에 교량의 복구가 끝나고 지금의 행군속도라면 내일 17시경이면 국경을 넘게 될 텐데……."

우시지마 대위가 교량 복구 작업을 하는 부하들에게 눈길을 돌렸다.

우시지마 대위를 만나 보고 돌아와 후발대의 천막들을 돌아보는 미야바라 대위에게 츠요시 헌병오장이 위안부들의 천막 위치와 후발대의 인원 점검이 끝났음을 보고하면서, 위안부들의 이야기 부분에서 미야바라 대위의 눈치를 살폈다.

본부 천막 앞에서 곤도 대위로부터 도꾸미야 소좌와 하루코에 대한 보고를 받은 다나까 중좌가 이맛살을 찌푸리며 교량복구 현장 쪽으로 머리를 돌렸다.

"어떻게 할까요?"

"뭘 어떻게 해?"

다나까 중좌가 신경질적인 반응을 보였다.

"그년은 도꾸미야 소좌에게 맡겨 두고 나머지나 실수 없이 해치우도록 하게. 본대가 국경을 넘기 전에 자네가 기회를 보아 뒤로 빠지면서 해치우고 후발대와 함께 국경을 넘으란 말이야. 끝나면 즉시 보고하는 거 잊지 말고."

"예, 알겠습니다."

거수경례를 하고 돌아서는 곤도 대위의 모습을 지켜보던 다나까 중좌는 횃불을 든 병사를 대동하고 작업을 하는 복구현장 쪽으로 발걸음을 옮겼다.

복구현장을 둘러보던 다나까 중좌가 땀으로 범벅이 되어 있는 우시지마 대위를 불렀다.

"06시에 선발대를 인솔하여 출발하도록 하게. 국경에 도착하면 본대를 기다리며 휴식을 취하면 될 것이야. 본대가 국경에 도착하는 예정 시간은 17시가 될 것이네."

"예. 차질 없이 수행하겠습니다."

"그런데 말이야, 혹시 도꾸미야 소좌에게서 다른 이야기를 들은 것은 없었나?"

다나까 중좌가 도꾸미야 소좌와 우시지마 대위가 대학 선후배 관계라는 것을 알고 묻는 것이었다.

"예. 저도 소좌님을 근래에 만나 본 적이 없습니다. 원체 강인하시고 상황 파악이 정확하신 분이시니, 별일 없이 부대로 합류하시리라 믿고 있습니다."

"알겠네."

다나까 중좌가 골똘히 생각에 잠긴 표정으로 돌아서서 발길을 옮겼다.

이쯤이면 프놈펜과의 거리가 멀어서 이미 무전기의 통달거리가 넘은 상황이고, 인편이 아니면 서로 연락을 취할 방법이 없다. 국경을 넘어가면 불란서 측이 포로 심문을 하면서 분명 도꾸미야 소좌의 행방을 물을 텐데, 사실대로 이야기할 수는 없는 노릇이었다. 전사했다고 하기도 그러니 행방불명이라고 둘러댈 수밖에 없다는 결론을 내렸다.

미야바라 대위가 인솔하는 후발대는 숙영지 서쪽의 끝에 4개의 천막을 쳤다. 사방이 터져 있고 하늘만 가려진 천막이었다.

천막 뒤쪽에 나와 쪼그려 앉은 가베와 요시에가 주먹밥으로 늦은 저녁을 먹었다.

"일본으로 돌아가기는 하는 모양인데, 마사코가 그때까지 버텨 줄 수 있을지 모르겠어."

누워 있는 마사코 쪽을 바라보며 가베가 말했다.

"살아서 고향에 갈 수 있게 해달라고 누워서도 기도를 하던데……."

요시에의 한숨이 길어졌다. 가베의 눈치가 이상해지더니 갑자기 목소리를 낮추면서 속삭였다.

"아무래도 저 녀석 눈치가 좀 이상해."

"누구?"

"저기 저 헌병상등병 녀석 말이야. 아까부터 우리를 바라보는 눈빛이 다르거든. 우리를 유난히 감시하는 것 같아. 아무래도 츠요시 헌병오장이 우리를 감시하라고 지시를 한 것 같단 말이야."

"우리를 왜 감시를 해요. 우리가 도망이라도 칠까 봐 그럴까?"

"글쎄……."

가베는 뭔가 이상하다는 생각을 하면서도 정확히 그것이 무엇인지 알 수가 없었다. 잠시 후, 가베는 헌병들과 같은 천막으로, 요시에는 위안부들의 천막으로 각자 돌아와 잠자리에 들었다.

조금 전까지도 별이 총총히 빛나던 하늘이었는데 갑자기 폭우가 쏟아지기 시작했다. 세찬 바람이 천막을 걷어가 버릴 것만 같았고, 주변에 파 놓은 배수로가 넘치며 천막 안으로 물이 넘쳐 들어왔다. 모두 일어나 앉았지만, 물이 흥건하게 고인 곳에서 마사코는 움직임 없이 그냥 누워 있었다.

갑자기 주변이 소란스러워졌다. 교량 보수 작업을 하던 병사 3명이 급류에 떠내려갔다는 것이었다. 구조대가 조직되어 급히 출동했다. 여러 개의 횃불이 강가로 달려가고 있었다. 구조대가 새벽녘까지 수

색했지만, 결국 3명의 군인은 시신도 찾을 수가 없었다. 전쟁이 끝난 시점에서도 그렇게 희생자는 속출했다.

희미한 어둠 속에 누군가가 천막 안으로 뛰어들며 마치 시신처럼 물구덩이에 누워 있는 마사코를 끌어안아 일으켰다. 누군가에게 안겨 일으켜지는지도 모르는 마사코의 귀에 자신의 이름을 부르는 소리가 들려왔다.

"계정아, 정신 좀 차려 봐. 정신 좀 차려 보란 말이야. 나, 용일이야."

가늘게 뜬 마사코의 눈에 류이치 상등병의 모습이 들어왔다. 동생 계석이의 모습이었다.

"용…… 일…… 씨?"

"응, 그래. 나 알아볼 수 있지?"

마사코가 두어 번 눈을 껌벅거렸다.

"조금만 더 기운을 내. 이제 조선으로 돌아가는 거야. 부산 우리 집 주소 가지고 있지?"

눈물을 머금은 채 마사코가 미소를 지어 보였다.

"난 새벽에 선발대로 출발하게 되니까 사이공에서 만나거나 시모노세키에서 만나게 될 거야. 만약에 못 만나면 부산의 우리 집으로 꼭 연락해야 해. 알았지?"

"용일 씨……."

그의 이름을 겨우 입 밖으로 끄집어낼 뿐, 마사코는 가슴에 담아 두었던 많은 이야기를 더 이상 하지 못했다.

"그래, 우리 꼭 살아서 조선으로 돌아가자."

두리번거리며 물이 없는 곳을 찾아 마사코를 옮겨 눕힌 류이치 상등병은 그녀의 볼을 가만히 쓰다듬어 보고는 일어섰다. 요시에에게 고개를 숙여 인사를 한 다음 계속 마사코를 뒤돌아보며 떨어지지 않는 발걸음을 옮겼다. 마사코는 누운 채 그에게 손을 한 번 흔들어 주곤 다시 깊은 잠에 빠져들었다.

요시에가 잠든 그녀의 옆에 쪼그려 앉으며 손을 잡았다. 그녀의 머리맡에는 물에 젖은 작은 성경책이 놓여 있었고, 가녀린 목에는 실을 여러 겹으로 꼬아 만든 줄에 조그마한 나무 십자가가 매달려 있었다.

'하나님, 마사코를 살려 주세요.'

두 손을 가지런히 모은 요시에가 마사코를 위해 기도를 했다. 마사코를 내려다보는 그녀의 두 눈에서 눈물이 주르륵 흘러내렸다.

빗소리를 들으며 마사코의 곁에 쪼그리고 앉아 있던 요시에가 깜빡 졸고 눈을 떴다. 얼마나 졸았던 것일까. 갑자기 주변이 어수선해졌다. 비는 그쳤지만 출발하려던 선발대의 트럭이 진흙 구덩이에 빠지는 바람에 병사들이 달라붙어 밀고 당기기를 반복하다가 겨우 꺼냈다.

내린 비에 강물이 더 불어나기 전에 복구된 메콩강의 다리를 건너기 위해 선발대가 서둘러 출발했다. 동쪽 하늘을 붉게 물들이며 떠오르는 태양이 고국으로 돌아가는 군인들의 앞에 떡 버티고 있었다.

가베를 따라온 군인이 주먹밥을 하나씩 나누어 주었다. 겨우 일어나 앉았지만, 마사코가 먹지를 못하고 도로 자리에 누웠다. 요시에가 잡곡을 골라내고 밥알을 깡통에 넣어 으깨어 물에 말았다. 마사코는 누운 채 밥알 몇 개를 겨우 목으로 넘겼지만, 초점을 잃은 마사코의 눈은 떠오르는 태양을 향했다. 태양이 서서히 열기를 더하기 시작하고 새들이 햇빛에 젖은 날개를 말리며 마사코를 지켜보았다.

"끄르륵……."

갑자기 마사코의 숨소리가 이상했다. 요시에가 잡고 있던 마사코의 손에 힘을 주어 보았지만, 반응이 없었다.

"마사코야 정신 차려. 정신 좀 차려 보란 말이다!"

그녀가 감았던 눈을 가늘게 뜨며 힘없이 미소를 지어 보였다.

"마사코야, 잠들면 안 된다. 기운을 차리고 이야기 좀 해 봐라."

마사코는 눈꺼풀이 파르르 떨릴 뿐 다시 눈을 뜨지 못했다.

"마사코야, 그동안 너무 미안했어. 사실 나는 네가 너무 부러웠었어."

요시에가 어금니를 물며 참아 내리던 설움이 한차례 코를 벌렁거리는가 싶더니 눈물을 쏟아 내기 시작했다. 그녀의 울음은 통곡이었다. 요시에의 무릎을 베고 누워 있는 마사코의 가만히 들어 올린 손이 바르르 떨며 흘러내리는 요시에의 눈물을 닦아 주었다.

"내는 억울하고 서러웠던 지난 세월은 모두 잊어버리고 싶었단 말이다."

요시에가 마사코를 끌어안고 통곡을 하고 있었다.

"마사코야, 니는 우찌 하든지 살아서 조선으로 돌아가거라. 사이공에 가기만 하면 가슴앓이약도 구할 수 있을 게다. 내가 가베상에게 단단히 부탁해 놓은 기라."

힘없이 눈만 한번 깜박거려 보이는 마사코의 손이 가슴 위에서 바르르 떨리며 다시 숨소리가 잦아들었다.

"요시에, 이제 출발 준비하자."

잃어버린 지팡이 대신 나무작대기를 붙잡고 선 가베가 마사코를 걱정스러운 눈으로 내려다보며 말했다.

요시에는 가베를 쳐다보지도 않았다.

"마사코, 니 내 조선 이름 모르지? 내는 이름이 명옥이다. 밝을 명, 구슬 옥. 한문을 쓸 줄은 모르지만 내는 기억력이 억시기 좋은 기라. 누가 내 이름을 지었는지도 모르지만서도 성은 김 씨인데 뭔 김 씨인지는 내도 모른다."

그녀가 고향 이야기를 할 때면 '마사코, 니 강가에 살아 봤나? 얼마나 좋은지 모르지? 억수로 좋은 기라. 우리 고향의 강에는 없는 물괴기가 없다. 니 장어 아나? 뱀같이 생겼는데 한 마리만 잡아서 푹 고아 먹으면 얼굴이 뽀얗게 되면서 이뻐지는 기라.'는 이야기를 했었다. 언젠가 캄보디아의 '트라이루먼뼈'라는 음식을 앞에 놓고는 '몸보신에는 가물치도 좋다 아이가. 캄보디아 사람들은 가물치를 이렇게 기름에 튀겨서 먹지만서도 우리 고향에서는 가물치를 푹 고아서 먹는다.'는 이야기도 했었다.

마사코의 마지막 모습을 지켜보며 요시에는 한 많은 과거사를 뒤돌아보고 있었다.

그녀가 어머니를 찾아 고향을 떠난 것은 열여섯 살 때의 초겨울이었다. 고향은 경상도 예천 땅인데 한천이라는 강가에서 할머니와 둘이 살았었다. 강가에 움막을 짓고 살면서 피라미를 잡아서 죽을 끓여 먹기도 했는데, 쌀을 한주먹 넣고 끓이기만 한다면 정말로 둘이 먹다가 하나가 죽어도 모를 정도로 맛이 있었다.

언젠가 그녀가 하루코와 마사코에게 이야기를 했었다. '내는 소학교도 몬 가 봤지만 반두질을 얼마나 잘하는지 아나? 내가 반두하고 바께쓰를 하나 들고 강에 나가면 괴기를 바께쓰로 하나 이빠이씩 잡아 오고 했능기라. 니 반두 아나? 괴기 잡는 그물이다.'

이젠 그 고향을 떠나온 지도 네 해가 지나가고 있었고, 고향은 잊혀져 가고 있었다.

'가스나가 허벅지를 다 내놓고 강에 가서 먼 지랄이노?'

그러면서 할머니는 그녀한테 강에 가지 말라고 했었지만, 산에 올라가서 나물 뜯고 장작이나 해다가 장에 나가서 파는 할머니를 따라다니는 건 싫었다.

그녀는 아침에 눈만 뜨면 강가로 나갔다. 헤엄을 치고 놀다가 나무 그늘을 찾아 낮잠도 자고 반두질로 고기를 가득 채운 바께쓰를 들고 돌아오곤 했다.

굶주린 사람들에겐 겨울이 먼저 찾아오곤 했다. 새벽녘 강가의 살얼음이 어깨를 한없이 움츠러들게 만드는 날씨에 양지쪽에 쪼그려 앉아 강물을 바라만 보다가 부엌의 아궁이에 군불을 때며 힘에 겨워 못다 한 겨울나기 준비를 위해 뒷산에 오르곤 했다.

그러던 어느 날, 그녀가 게으름을 피우자 등이 굽은 할머니가 마른

나뭇가지를 주워 오겠다며 뒷산에 올라갔는데 해가 저물도록 집에
돌아오지를 않았다.

다음 날 그녀가 울고 매달리며 산으로 몰고 올라간 동네 사람들
은 나뭇짐에 깔린 채 헤어나려 버둥대다가 숨이 끊긴 할머니를 찾
아냈다.

일본으로 돈 벌러 갔다는 아버지는 그녀가 어릴 때여서 얼굴도 기
억에 없었고, 어머니는 집을 나간 지가 5년째인데 소식도 없었다. 믿
고 의지하며 살았던 할머니까지 세상을 등졌으니, 그녀는 천애의 고
아가 된 것이다.

동네 사람들하고 할머니를 장작더미 위에 뉘어 태우고 뼛가루는
강에다 뿌렸다. 일본 사람들은 그렇게 사람이 죽으면 시신을 태우는
식으로 장례를 치른다고 했다. 일본식으로 그렇게 할머니를 보낸 그
녀는 밤마다 움막집에서 혼자 울다가 잠이 들곤 했다.

그렇게 할머니를 보내고 한 닷새쯤 지났을 때의 어느 새벽에 그녀
의 몸뚱어리에 욕심을 품은 어느 사내가 움막에 들어와 억센 힘으로
그녀를 겁탈해 버리는 사건이 있었다. 할머니가 없으니 이제 그녀를
지켜 줄 사람이 아무도 없었던 것이다.

그놈이 누구인지 어두워서 얼굴을 보지는 못했지만, 그놈의 등짝
에는 콩알만 한 사마귀가 있었다. 그 뒤로도 몇 놈이 밤에 움막에 와
서 그녀를 자빠뜨려 놓고 그 짓을 하곤 했다. 가끔은 사마귀가 있는
놈이 올 때도 있었지만, 다른 사내들도 들락거렸다. 어떤 사내는 그
녀에게 소리를 지르면 죽인다며 목에다가 칼을 들이대는 때도 있었

고, 그녀가 잡아다 말려 놓은 고기를 빼앗아 가는 놈도 있었다.

긴 겨울을 보내고 강물이 풀리자, 그녀는 다시 강가를 찾았다. 밤중에 움막을 기웃거리는 마을의 사내들을 피해 이슬을 맞으며 뒷산의 바위 밑에 쪼그려 앉아 잠을 자기도 하고 강가의 마른 웅덩이에서 추위에 떨며 밤을 지새우기도 했다. 뒷산에 진달래가 피는가 싶었는데, 어느새 봄은 빠르게 지나가고 있었다.

어느 날 논바닥에서 일하는 사람 중에 등짝에 사마귀 달린 놈을 보았는데, 뭐라 할 말이 없었다. 나이가 마흔은 되어 보이는 그 사내는 그녀를 보며 실실 웃고 있었다. 그녀도 어이없어하는 웃음을 픽 웃고 말았다.

가뭄에 농사를 망쳤다는 소화 16년. 뒷산이 푸른 생기를 잃어 가기 시작하자, 낮에는 겨울 준비를 위해 산에 올라 나뭇짐을 한 짐씩 지고 내려와야 했다. 초저녁엔 군불을 땐 구들장 위에서 졸고 일어날 수 있었지만, 밤마다 시달리며 겪어야 하는 그 짓이 지겨워 움막에서 벗어나고 싶었다.

하지만 그녀에게는 달리 방도가 없었다. 늦가을 추위가 닥쳤는데 어디 밖에서 잘 수도 없었다. 그냥 밤마다 어느 놈인지도 모르는 놈하고 움막에서 그 짓을 해야 했다. 하룻밤에 두 놈한테 당하는 날도 있었다. 그럴 때면 그녀는 그냥 사내들은 다 그러는가 보다 생각했다.

날씨가 추워지면서 눈발이 날리기 시작하고 강이 얼어붙었다. 고기를 잡으러 나갈 수가 없어서 이틀째 배를 주리고 움막에 들어앉아 있는 날이었다. 동네 아주머니들 대여섯 명이 씩씩거리며 움막으로 쳐들어왔다. 아주머니 중에 나이가 제일 많은 듯한 사람이 엄마를 찾아가 살라며 주소가 적힌 쪽지와 돈 1원을 주었다.

그때 같이 온 여편네들은 이유도 없이 그녀 머리통을 쥐어박고 머리채를 잡아 흔들어 가면서 온몸을 쥐어뜯었다.

움막의 살림살이야 별것 없었지만 모두 버려 버리고, 그녀는 보따리 하나를 챙겨 들고 엄마가 있다는 강원도 원주로 길을 나섰다. 쪽지에는 강원도 원주면 철도공사 현장이라고 적혀 있었는데, 며칠을 두고 걸어서 충청도 단양을 거치고 모진 고생 끝에 원주까지 찾아갔는데 눈보라가 얼마나 세게 몰아치던지 고향의 겨울과는 비교도 되지 않을 정도로 추웠다.

그해는 원주가 읍으로 승격된 지 1년이 되는 해였고, 그녀는 읍내에서 20리쯤 떨어진 판부라는 곳에서 어렵사리 예천댁을 찾아내고 말았다. 5년 만에 만나는 어머니는 폭삭 늙어서 할머니가 되어 있었다.

'머 할라꼬 여기까지 왔노?'

엄마가 사는 움막에서 나란히 누워 밤이 새도록 그녀가 겪어 온 그간의 이야기를 모두 털어놓았다. 할머니가 죽은 이야기도 하고 움막에서 사내들에게 당한 일까지 밤새 토해 냈다.

어머니는 그녀가 불쌍하다고 끌어안으며 눈물 바람을 했고, 그녀도 그간의 서러움에 어머니의 품에 안기어 실컷 울어 볼 수 있었다. 새벽에 일어나 보니 머리맡에 자리끼로 떠 놓은 사발의 물이 꽁꽁 얼어붙어 있었다. 그렇게 그리던 엄마를 만나며 새로운 세상 경험을 시작하게 되었다.

철로공사를 하면서 치악산을 뚫는 터널공사하고 판부에서 기차가 계곡을 건너갈 다리공사가 벌어졌는데, '서본조'라는 일본 회사는 인부들이 천 명도 넘었다. 전국에서 모여든 장사꾼들이 한바탕 돈을 벌어 보겠다고 거의 천 원이나 되는 돈을 들여서 공사현장 부근에 장사할 집을 몇 채나 지었는데, 서본조 회사의 인부들이 회사에서 운영하는 공급소에서 물건을 사서 쓰는 바람에 장사꾼들이 모두 망해 버렸고, 그녀의 어머니도 그 장사꾼들을 쫓아왔다가 먹고 살길이 막막해지자 서본조 회사의 출장소와 사택 20여 채, 조선총독부철도국에 근무하는 사람들의 관사 대여섯 채에 드나들며 삯빨래를 해 먹고 살아야 했다.

이른 아침에는 추위를 털고 일어나 관사와 사택을 돌며 빨래를 거두어들이고 오후에는 말려 놓은 빨래를 돌리러 다녔는데, 그녀도 다음 날부터 빨래보따리를 머리에 이기도 하고 등에 짊어지기도 하며 눈 쌓인 비탈길을 어머니를 따라다녔다. 어머니는 곧잘 해내는 고생이었지만, 그녀는 사흘도 버티어 낼 수가 없었다.

"아이고, 내는 더 이상 몬하겠심더."

그녀가 머리를 설레설레 흔들었다. 살을 에는 추위 속에 아침에 일어나서 주먹을 쥐면 얼어 터졌던 손등이 쩍쩍 갈라지며 핏방울이 뚝뚝 떨어졌고, 뼛속까지 파고드는 찬바람을 맞으며 눈 쌓인 산길을 따라 빨래를 걷으러 한 바퀴를 돌고 나서 그 길로 삭풍이 몰아치는 골짜기로 내려가 개울물의 얼음을 깨고 피가 뚝뚝 떨어지는 손으로 빨래를 해야 했다. 머리가 깨어지는 것 같고 손목이 끊어져 나가는 것 같았다.

그녀가 억지로 어머니를 따라 빨래를 하러 다니다가 더 이상은 그 고생을 견디어 낼 수가 없어서 굶어 죽는 한이 있더라고 어머니 곁을 떠나리라고 마음을 굳혀 가던 어느 날, 빨래를 걷으러 다니다가 알게 된 일본 사람이 있었다. 그는 총독부철도국 관사에 혼자 살았는데, 마쯔모도라는 나이 삼십이 조금 넘은 측량기술자였다.

'그 사람은 보이지도 않는 땅속의 거리도 척척 알아맞히고 강을 건너지 않고도 거리를 정확히 알아맞히는 사람이라 카더라.'

주변 사람들의 이야기였다.

하루는 엄마가 고뿔이 심하게 걸려 일을 하러 못 나가게 되었고, 그녀가 혼자 빨래보따리를 머리에 이고 양손에 들기도 한 채 마쯔모도의 집에 빨래를 가지러 들렀다. 그때 그가 그녀의 손을 보고 깜짝 놀라며 잠깐 기다리라고 하고는 방으로 들어갔다.

잠시 후에 그의 손에는 작은 병이 들려 있었는데, 마개를 열고 직접 그녀의 손에 그 물약을 발라 주었다. 그리고 그녀에게 손을 깨끗이 씻고 하루에 몇 번씩 바르라며 작은 병에 그 약을 담아 주었다. 나중에 그것이 글리세린이라는 것을 알게 되었지만, 정말 신기한 물건이었다.

어머니와 그녀는 글리세린 덕분에 손이 터지는 고생은 훨씬 덜하기는 했지만, 동상에 걸려 엄마는 손가락이 썩어들어가기도 했다.

원주 읍내의 어느 장날에 장터를 기웃거리며 돌아다니다가 우연히 마쯔모도를 만났는데, 그가 그녀에게 제안을 해왔다. 자기의 집에 와서 청소도 하고 밥을 지을 수 있겠냐는 것이었다. 먹고 잘 수도 있으며 한 달에 5원씩 돈도 주겠다고 했다. 그녀는 더 들어 볼 필요도 없다는 생각에 흔쾌히 승낙했고, 그가 사서 안겨 준 센베이 과자 한 봉지를 안고 움막으로 돌아왔다.

그녀의 이야기를 들은 어머니는 자신이 덕을 많이 쌓아서 좋은 일이 생긴 것이라며 좋아했다. 그렇게 그해 겨울을 무사히 넘길 수 있었다. 관사는 다다미방이 2칸이었는데, 큰방에서는 마쯔모도가 자고 작은 방에서는 그녀가 잤다.

마쯔모도가 출근을 하고 나면 낮에는 큰방의 난롯가에 앉아 장작을 하나씩 집어넣으며 보냈다. 일본 사람들의 난로는 조선의 화로하고는 달라서 기다란 연통이 집 밖으로 연결되어 있었다. 저녁에는 두꺼운 솜이불을 덮고 잘 수도 있었다. 난로 위에서 데워진 따뜻한 물에 손을 푹 담그고 있다가 씻은 후에 글리세린을 바르곤 했더니, 갈라 터졌던 손이 말끔히 나았고 코끝의 동상도 아물었다. 글리세린이라는 약은 맛을 보면 달짝지근한 것이 효험이 신통했다.

마쯔모도의 배려로 일본어 공부를 하다가 낮에 공동우물에 가서 물지게로 두어 차례 물을 지고 오는 일이야, 삯빨래를 하는 일에 비하면 일도 아니었다. 하루 세끼를 꼬박 밥을 챙겨 먹을 수 있었고, 가끔씩 마쯔모도의 손에 사탕이나 과자봉지가 들려 들어오는 날이면 먹던 과자봉지를 끌어안고 잠이 들기도 했다.

어머니의 고생이 마음에 걸렸지만, 어머니는 추운 겨울이라고 삯빨래를 하지 않았다가는 그나마 그 자리마저 놓치게 될 것이라며 다음 해 겨울이 닥치기 전까지는 해야 한다고 버텨 냈다. 빨래를 가지러 올 때 어머니가 사람들의 눈을 피해 관사 안으로 들어와 손을 더운물에 불려 닦고는 글리세린을 바르고 가기도 했다.

마쯔모도는 쉬는 날이면 철도국 직원이나 서본조 회사의 사람들과 어울려 총을 들고 사냥을 다니곤 했는데, 곧잘 산토끼나 고라니를 잡아 오곤 했었다. 하루는 멧돼지를 잡아 관사와 사택동네가 잔치를 벌였는데, 얼큰하게 취한 마쯔모도가 멧돼지고기를 신문지에 싸들고 들어왔다. 그날부터 그가 술을 마시고 들어오는 밤에는 그녀의 방에 들어와 한 차례씩 그 짓을 하고 갔지만 그다지 힘들지도 않았다. 잠깐 스쳐 가는 바람처럼 왔다가 가곤 하는데, 그녀는 잠결에 겪는 일이라 지난밤에 그가 다녀갔는지 아닌지는 자고 일어나서 그녀의 속옷이 벗겨져 있는 것을 보고서야 알 수 있는 날도 있었다.

마쯔모도의 잠자리처럼 그해의 겨울은 빠르게 지나갔다. 봄이 찾아오자 양지쪽으로 지어진 관사 주변에 심어 놓은 벚꽃이 화사하게 피었고, 예천 땅의 한천처럼 강은 없었지만, 반곡역 건너편의 산골짜기를 따라 소일거리가 가득했다. 마쯔모도가 출근을 하고 나면 그녀는 곧장 뒷산에 올랐다. 산나물을 뜯다가 잠자리를 쫓아 온종일을 산속을 헤매기도 하고 산새 둥지에서 알을 꺼내 왔다가 다음 날 다시 갖다 놓기도 했다. 나물 보따리를 들고 산에서 내려와 기다리고 있는 장사꾼들에게 건네면 1원을 버는 날도 있었다.

그렇게 봄날이 가고 햇살이 뜨거워지면 골짜기엔 머루가 익어 가고 푸릇푸릇하던 오미자가 빨갛게 물들기 시작했는데, 발이 시려 견디기 힘들 정도의 차가운 계곡 물에 발을 담그고 앉아 머루를 한 알씩 입안에 던져 넣으며 배를 채우고 나무 그늘에서 한숨 졸고 일어나면 해가 기울고 있었다.

오미자 보따리를 짊어지고 내려와 어머니에게 건네면 어머니는 그것을 동네까지 찾아다니는 장사꾼에게 팔았다. 그런데 좋은 시절은 그때가 끝이었다.

도토리 나뭇잎이 푸른빛을 조금씩 잃어 가던 어느 날. 퇴근을 하여 돌아온 마쯔모도가 저녁을 먹고는 그의 방으로 그녀를 불러 앉혔다. 그가 심각한 표정으로 그녀에게 말했다.

"내가 연락을 할 때까지 어머니의 움막에 가서 지내고 있어라."

그녀는 도무지 영문을 알 수가 없었다.

그리고 다음 날 아침. 그녀는 일본어를 공부하던 책 한 권과 센베 이과자 한 봉지가 담긴 보따리를 들고 출근을 하는 그와 함께 관사에서 나와 움막으로 돌아왔다.

"그놈의 여편네가 오는 모양이로군."

어머니의 예측대로 그녀는 그날 오후 해 질 녘에 올려다본 관사의 앞마당에서 인형을 가지고 놀고 있는 대여섯 살이나 되어 보이는 계집아이 곁에 기모노를 입은 여자가 퇴근하는 마쯔모도를 맞이하는 모습을 보았다. 마쯔모도의 책상 위에 놓여 있던 액자 속의 사람들이었다. 어머니는 그녀보다 더 불안해했다. 그녀가 움막 밖으로 나오

는 것을 질색하고 말렸다. 낙엽이 떨어지기 시작을 해도 마쯔모도의
가족은 관사를 떠나지 않았다.

어둠이 깔리기 시작하는 시간에 그 집 앞을 지나치는 척하다가 창
가에 귀를 대고 집안에서 들려오는 소리를 들어 보려고 했었고, 한번
은 집 앞의 마당에서 마쯔모도와 마주친 적도 있었지만, 그는 그녀에
게 눈길도 주지 않았고 안고 있는 계집아이의 볼에 뽀뽀만 해 댈 뿐
이었다.

강원도의 겨울은 떨어지는 낙엽의 뒤를 바짝 쫓아 따라왔다. 떨
어진 낙엽들은 초겨울의 찬바람에 쫓기어 뒹굴다가 골짜기로 몰리며
숨어들었고, 양력 10월이 다 가기도 전에 밤새 내린 눈이 골짜기를
덮었다. 그녀는 더 이상 마쯔모도의 집 쪽을 바라보지 않았다.

다시 손등이 쩍쩍 갈라지는 어머니를 뒤로하고 그녀는 움막을 나
섰다. 어머니가 눈물을 훔치며 그녀에게 말했다.

"어디로 가든 꼭 건강해야 한다. 그리고 이 지옥 같은 곳에는 다시
는 돌아오지 마라."

눈물을 찍어 내며 어머니의 손을 놓고 돌아선 그녀는 마땅히 갈 곳
이 없었다. 무작정 일본으로 방향을 정하고 강원도 땅을 벗어났다.
그냥 일본 땅으로 건너가기만 하면 살 수 있을 것 같았다. 어머니가
말하는 지옥 같은 곳은 조선 땅이라고 생각했다. 일본에 가기만 한다
면 얼굴도 기억이 희미한 아버지도 만날 수 있을 것만 같았다. 일본
여자들이 입는 기모노라는 옷도 꼭 한번 입어 보고 싶었다. 그동안
익힌 일본말 몇 마디를 믿었다.

기차에 몸을 싣고 경성으로 오면서 '처녀 공출'이라는 이야기를 들었다. 경성에 가면 헌병들이 부모나 남편이 함께 다니지 않는 여자들을 붙잡아 군인트럭에 태워서 어디로 끌고 간다는 이야기였다. 눈치가 빠른 그녀는 나이 많은 할아버지의 옷소매를 붙잡고 헌병들 앞을 지나칠 수 있었고, 원주에서 어머니와 함께 산나물을 따다가 장에 가서 팔곤 해서 모아 두었던 10원으로 나흘 만에 무사히 부산까지 내려왔지만 시모노세키로 떠나는 연락선을 탈 돈이 부족한 것이 문제였다.

보름 이상을 길거리를 헤매다가 거지꼴이 되어 버렸고 결국은 끼니라도 해결해 보려고 이곳저곳을 기웃거리다가 자그마한 식당의 부엌데기 노릇을 하며 끼니를 해결했다.

식당은 온천에서 멀지 않은 곳에 있었다. 하루는 중년 부부로 보이는 사람들이 분명 조선 처녀들로 보이는 기모노를 입은 여자들 7명을 데리고 식당에서 밥을 먹고 있었다. 그녀는 변소에 갔다가 나오는 중년 부인을 붙잡고 기모노가 얼마나 비싸냐고 물어봤다.

밥값을 치른 부인이 뒤뜰로 슬그머니 그녀를 불러냈다.

"새댁이에요?"

부인이 명옥에게 그렇게 물었다.

"아니에요. 아직……."

부인은 그녀에게 나이를 물었고, 자기는 일본에 틀질을 배우러 가는 여자들을 모집하고 있다고 했다. 일본에 간다는 이야기에 귀가 솔깃한 그녀가 부인에게 물었다.

"틀질이 뭐예요?"

"아, 틀질을 모르는구나. 틀질은 기계로 하는 바느질이야."

바느질을 하는 기계가 있다는 소리를 들은 적은 있는 것 같았다. 관심을 보이는 그녀를 바라보며 부인이 빙그레 웃고 있었다.

"바느질 하는 기계를 본 적이 없어?"

"네, 아직……."

주눅이 들어 버린 그녀가 슬그머니 눈을 나지막이 깔았다.

"우리는 그 기계를 '재봉틀'이라고 하지만 일본에서는 그 기계를 '미싱'이라고 하는데, 배워 두면 어떤 옷이든 다 만들 수 있지. 아주 쉽게 말이야."

부인은 오른손으로 물레를 돌리듯 기계를 돌리는 모양을 그녀에게 보여 주었다.

"미싱이요?"

"응. 어때? 같이 가서 한번 배워 보고 싶은 생각 없어?"

귀가 솔깃했다. 어머니가 해 준 이야기가 떠올랐다. '덕을 많이 쌓아서 좋은 일이 생긴 것'이라는 이야기였다. 더 망설일 이유가 없었다.

그 길로 보따리 하나를 들고 나선 길이 위안부가 되고 말았다.

3년여를 위안부 생활을 하면서 전쟁만 끝난다면 얼마든지 잘살 수 있다는 자신감도 생겼다. 이제 전쟁도 끝났으니 일본으로 건너가서 모은 돈으로 고생하지 않고도 살 수 있을 것 같았다. 그녀는 허리에 찬 전대를 가만히 더듬어 보았다.

본대가 출발을 하고 있었다. 오늘 중에 고향에 돌아갈 수 있다는 희망에 찬 베트남 여인과는 달리 아이리스와 낸시는 표정이 밝지 못했다. 그녀들은 짐 속에 숨겨진 달러가 국경을 넘기 전에 혹시라도 발각될지 모른다는 걱정을 하며, 행군대열을 만들어 가며 숙영지를 떠나는 군인들의 모습을 바라보고 있었다.

본대의 후미에 뒤따라가야 할 곤도 대위의 지프가 조금씩 뒤처지며 아예 행렬에서 떨어져 나왔다. 합류할 생각을 하지 않고 슬그머니 빠져나와 잔류한 것을 이상하게 생각하고 미야바라 대위가 다가오자, 곤도 대위가 검지를 세워 자신의 입에 갖다 대었다.

눈치를 차린 미야바라 대위가 위안부들 쪽을 바라보자 곤도 대위가 그의 옆구리를 손가락으로 찔렀다. 미야바라 대위가 급히 눈길을 돌려 멀어져 가는 본대의 꽁무니를 바라보았다.

"모두 이리로 집합해!"

츠요시 헌병오장이 큰소리로 외치자, 후발대의 인원 점검을 위해 잔류인원 모두가 한자리에 모였다. 누워 있는 환자들을 제외한 모든 병사들이 두 줄로 열을 지었고, 옆으로 가베와 위안부들도 한 줄로 길게 섰다.

"지금부터 운반할 목록의 짐을 이 자리로 집결시키고 천막을 걷도록 한다. 환자들은 저쪽의 나무 그늘로 옮기고 짐을 트럭에 적재 완료하면 내게 보고를 하도록 한다. 출발은 14시가 될 것이다. 위안부들은 저쪽으로 집결하여 내 지시를 기다리도록 하라. 이상!"

오른쪽과 왼쪽의 나무 그늘을 가리키며 미야바라 대위가 지시를 내렸다. 군인들이 바쁘게 움직이기 시작했다. 천막을 걷었고 환자들

을 옮겼다. 그리고 한곳에 모인 짐을 트럭에 싣기 시작했다. 슬쩍 손
짓하여 미야바라 대위가 츠요시 헌병오장을 불렀다.

"자네는 부하 한 명을 더 데리고 지금부터 위안부들을 잘 감시하고
있도록 하게."

"예! 알겠습니다."

미야바라 대위의 지시를 받고 돌아서는 헌병의 모습을 바라보며
곁에 있던 곤도 대위가 슬그머니 돌아서며 삐죽 웃었다.

한낮의 태양이 머리 위에서 작렬하고 후발대는 캄보디아에서의 마
지막 식사인 점심을 주먹밥으로 배급받았다.

"요시에, 이게 캄보디아 땅에서 먹는 마지막 식사야. 그렇지?"

가베가 주먹밥을 베어 물며 말했다. 요시에가 누워 있는 마사코를
내려다보자 가베가 수통을 건넸고, 요시에는 빈 통조림 깡통에 물을
붓고 밥을 한 덩어리 떼어 넣어 으깨었다. 그리고 마사코의 머리를 들
어 무릎에 얹었다.

"마사코야, 제발 억지로라도 좀 삼켜 봐라."

손가락으로 건져 낸 밥알을 마사코의 입에 넣어 주며 요시에가 사
정을 하다시피 했지만, 마사코는 그 밥알 몇 개도 목으로 넘기지 못
했다. 아이리스가 다가와 마사코를 내려다보고는 눈물을 글썽이며
고개를 가로저었다. 떨어진 요시에의 눈물방울이 마사코의 눈에 고
인 눈물 위로 떨어졌다.

앞의 지프가 출발하기 위해 시동을 거는 것을 신호로 츠요시 헌병
오장이 가베를 찾았다.

"가베상, 미야바라 대위님께서 찾으십니다."

"나를? 왜?"

"저는 모르겠습니다. 지금 가 보셔야겠습니다."

작대기를 짚고 일어선 가베가 요시에를 한번 바라보고는 절룩거리며 미야바라 대위 쪽으로 걸었다.

가베의 뒷모습을 힐끗거리며 츠요시 헌병오장이 여인들 앞으로 나서며 숲 속으로 나 있는 길을 가리켰다.

"너희들은 일어서서 저쪽으로 이동하도록 하라."

어리둥절해 하며 가방을 들고 필리핀 여인들이 일어서자,

"짐은 두고 간다. 그리고 저 여자도 함께 가야 한다."

라고 단호히 말하며, 누워 있는 마사코를 가리켰다.

"일어설 수 없는 환자인데⋯⋯."

요시에가 츠요시 오장을 바라보았다.

"둘러업고라도 가라면 가지, 무슨 말이 그렇게 많아?"

츠요시 오장의 고함소리에 여인들이 화들짝 놀라 몸을 잔뜩 움츠렸다.

"마사코야, 니 일어날 수 있겠나?"

"응. 너하고 같이 갈게."

마지막 안간힘을 쓰며 일어선 마사코가 힘들게 무릎을 꿇고 앉았다.

"주님, 이들을 용서하소서."

필리핀 여인들이 자기들의 가방을 뒤돌아보며 따라나섰고, 마사코

가 요시에의 부축을 받으며 작은 성경책을 안고 천천히 발걸음을 옮겼다. 서너 걸음을 걸으며 힘에 겨워하는 마사코가 걸음을 멈추고 하늘을 바라보았다.

츠요시 오장이 앞장을 서고 뒤에서 헌병이 걸음을 재촉했다. 일행이 숲 속을 비집고 들어서서 다다른 곳에는 작은 빈터가 보였다. 헌병 두 명이 여자들을 빈터로 몰았다.

"거기 서라."

뒤에서 누군가가 그들을 불러 세웠다. 곤도 대위였다.

"너희들도 그동안 고생이 많았다."

그가 여인들 앞에 버티고 서자, 필리핀 여인들은 고개를 깊이 숙여 그의 눈길을 피했다.

"너희들에게 마지막으로 천황폐하께 충성할 기회를 주겠다."

이상한 분위기가 감지되자, 여인들이 움찔하며 어쩔 줄 몰라 했다.

권총을 뽑아들며 곤도 대위가 여인들을 한 사람씩 훑어보았다. 마사코가 축 늘어지며 무릎을 꿇고 주저앉았다.

"주님, 이들을 용서하시고……."

여인들이 울며 매달렸다. 살려 달라고. 삐죽거리며 기분 나쁜 웃음을 지어 대는 곤도 대위에게 요시에가 눈에 불을 켜고 욕설을 퍼부었다.

"이런 짐승 같은 놈들. 너희들은 벼락을 맞아 뒈질 테니 두고 봐라."

헌병들이 여인들을 무릎을 꿇고 앉게 했지만, 요시에는 그냥 그대로 죽이라며 버티었다. 헌병이 권총 손잡이로 그녀를 후려갈겼다. 맥없이 주저앉은 요시에의 머리에서 흘러내린 피가 얼굴을 덮어도, 그녀는 아랑곳하지 않고 곤도 대위를 노려보았다.

"ㅎㅎㅎㅎ……."

요시에의 머리에 권총을 겨눈 곤도 대위가 흘리는 웃음소리에 여인들은 진저리를 쳤고, 몰려든 검은 구름이 태양을 삼켜 버리자 숲속의 새들이 놀라 급박하게 울었다.

그때 한쪽의 수풀이 출렁거리는가 싶더니 누군가 뛰어 나오며 땅바닥에 엎어졌다.

"모두 꼼짝 마!"

가베였다. 쓰러진 채 반쯤 몸을 일으킨 그의 손에 들려진 권총은 '14년식'이라고 새겨진 권총이었다. 그 권총이 곤도 대위를 정확하게 겨냥하고 있었다. 곤도 대위는 돌발 상황에서 얼굴이 사색이 된 채 고개를 돌려 가베 쪽을 바라보았을 뿐, 그의 총구는 여전히 요시에를 겨누고 있었다. 재빨리 헌병이 총구를 돌려 가베를 겨누었다.

"총 내려놔. 어차피 이년들은 죽을 년들이야."

곤도 대위가 요시에와 가베를 번갈아 보았다.

"곤도 대위, 이들은 내가 책임을 지고 처리할 테니 내게 맡기시오. 아니면 당신도 여기서 같이 죽어야 해."

"가베상, 나는 황군의 장교로서 마지막 임무를 다하려는 것이오. 당신의 안전은 내가 보장할 테니 총을 거두고 돌아가시오."

곤도 대위가 이야기하면서 츠요시 헌병오장과 눈길을 교환하는 것을 보고, 가베가 급히 총구를 츠요시 헌병오장 쪽으로 돌리며 총성이 울렸다.

'탕, 탕, 탕- 탕!'

네 발의 총성이 울리며 츠요시 헌병오장이 총을 놓치며 쓰러졌고, 곤도 대위가 피가 흐르는 팔을 움켜쥐었다. 가슴을 움켜쥔 가베는 얼굴을 흙더미에 묻은 채 움직임이 없었다. 헌병 하나가 쓰러진 가베에게 다가가 발로 툭툭 차며 목숨이 끊어진 것을 확인했다.

쓰러진 가베에게 가려고 일어서려는 요시에의 어깨를 곤도가 눌러 앉혔다.

"뭘 하고 있나! 서둘러 사살해라."

곤도 대위의 명령과 동시에 헌병들이 들고 있던 총이 불을 뿜었다. 왼손으로 집어 든 곤도 대위의 권총도 함께 불을 뿜었다.

"탕, 탕, 탕, 탕, 탕, 탕……."

짧은 외마디 비명을 남기며 여인들이 쓰러졌고, 가슴에 총을 맞고도 두 눈을 부릅뜬 채 입술을 바르르 떨고 있는 요시에를 향해 곤도 대위의 권총에서 한 발의 총성이 또 울렸다.

"탕!"

총소리에 놀라 푸드득 숲에서 날아오른 일곱 마리의 새가 하얗게 날개를 펼치고 서쪽 하늘로 날아가고 있었다.

10여 발의 총성이 울리고 숲 속에서 헌병의 부축을 받으며 나온 곤도 대위가 지프에 오르자 불란서 감시관이 물었다.

"무슨 총소리요?"

곤도는 대꾸도 하지 않았다. 옆에 있던 미야바라 대위가 감시관에게 말했다.

"우리 병사 몇 명이 자결을 한 것이오."

불란서 감시관이 어쩔 수 없다는 표정으로 머리를 끄덕였다. 곤도 대위가 총상의 고통으로 얼굴을 찌푸리며 신경질적으로 불란서 감시관을 한 번 바라보고는 괜한 운전병에게 소리를 빽 질렀다.

"뭘 해? 빨리 출발하지 않고!"

"출발!"

미야바라 대위가 손을 앞으로 뻗어 신호를 하며 출발을 명령했다.

출발하는 지프에서 미야바라 대위가 뒤로 돌아보며 숲 쪽의 하늘을 바라보았다.

잠시 후, 1대의 지프와 2대의 트럭이 숙영지를 떠나 국도로 들어섰다.

- 8 -
아쉬움

아침에 학교 앞에 내려 준 아이들 생각을 하며 혼자 빙그레 웃어 보기도 하던 기철이 지난밤 아버지와의 대화를 떠올려 보았다.

지나의 할머니에 관한 일에 대하여는 더 이상 아버지에게 알리지 말아야 한다는 결론에 이르자, 아버지에게 죄송하다는 생각이 들었다. 이제 또 필리핀을 거쳐 캄보디아에 들어갈 날짜를 잡아야 했다.

기철은 일어서서 창가로 발걸음을 옮겼다. 교차로에서 신호를 기다리며 줄을 선 차량의 행렬을 따라 끝자락까지 갔던 그의 시선이 돌아와 건너편의 빌딩을 망연히 바라보는데, 책상 위의 인터폰이 울렸다.

"삑삑삑ㅡ."

기철이 인터폰의 수화기를 들었다.

"사장님. 이 고문님 오셨는데요."

"응, 그래. 어서 모시고 들어와."

수화기를 내려놓은 기철이 사장실의 문을 열고 나섰다.

"어이쿠, 이 사장. 이게 얼마 만이요?"

공손히 인사를 하는 기철의 손을 이 고문이 굳게 잡으며 흔들어 댄다. 사장실을 들어서는 이 고문이 방 안을 한 번 휘익 둘러본다.

"이쪽으로 자리하시지요."

"아니, 무슨 소리야? 여기서는 자네가 장(長) 아닌가."

상석의 자리에 앉으라는 기철의 권유를 마다하며 이 고문이 기철과 마주 앉았다.

"선배님, 건강은 좋으시지요?"

기철이 고교의 대선배인 이 고문의 안색을 살폈다.

"나야 운동도 열심히 하는 사람이라 아직은 건강에 대한 걱정은 없지. 그건 그렇고 어떻게, 캄보디아에서 뭘 좀 건져 오셨나? 6개월이나 있었으니 재미난 이야깃거리도 있을 법한데."

기철의 안색을 살피는 이 고문은 언제나처럼 자신감이 넘쳐 보였다.

노크소리와 함께 미스 정이 들어와 찻잔을 내려놓는 모습을 지켜보던 이 고문이 농담을 던졌다.

"미스 정, 고개 숙일 때 조심해요."

"예?"

이 고문이 툭 던지듯 한 농담에 미스 정이 어리둥절해 했다.

"눈 빠지겠어. 하하하하—."

이 고문의 웃음소리는 언제나 호탕했다.

"미스 정. 나 고문님하고 있는 동안에 전화 돌리지 말라고 해요."

"예."

왕눈이 미스 정이 고개를 살짝 숙였다.

"아 참, 내가 지난번에 바람을 좀 쐬러 강화 쪽으로 나가다가 김포의 사우리 주상복합공사현장을 둘러보았어. 시공과 분양까지 직접 한다고?"

"예. 이번에 문 이사가 직접 해 보겠다고 해서 그러라고 했습니다."

"규모가 상당히 크던데…… 괜찮겠어?"

"저도 어제 처음으로 현장엘 가 보았는데 제가 신경 쓸 일이 전혀 없을 정도로 잘하고 있습니다."

이 고문이 고개를 두어 번 끄덕이고는 찻잔을 들었다.

"응, 맞아. 내가 한눈에 봐도 현장 단도리까지 아주 잘하던데. 그러나저러나 이젠 회사가 규모 면에서나 조직 면에서도 모양을 갖추었는데 무역일도 잘되어 가?"

"이제 자리가 잡혀갑니다."

"하여튼 이 사장 일하는 거 보면, 나 젊었을 때의 모습을 보는 거 같다니까. 그 불도저 같은 추진력 말이야."

"어이쿠, 선배님. 과찬이십니다."

"아니야. 지난번 인도네시아건 해치우는 거 보고 나도 놀랐었어."

이 고문이 천천히 고개를 가로저었다.

"운도 따랐던 거 같습니다."

"아니야, 자네 능력일세."

기철이 고개를 꾸벅 숙이며 감사를 표했다.

"자네 말이야, 언젠가 많이 힘들어하면서도 나한테 이런 이야기를 한 적이 있었어."

"어떤……?"

"자네는 기억 안 나는지 몰라도 나한테 '선배님, 저는 쓰러지더라도 마지막 쓰러지는 놈의 모습을 확인하고 나서야 쓰러지는 놈입니다.'라고 했었어."

"예? 하하하……."

"그때 '아, 이 사장 이 사람 정말 무서운 사람이구나.' 하고 생각했었지."

"애초에 시작하지 않는다면 몰라도 일단 일을 시작하면서 그 정도의 각오도 없이 임한다면 어떻게 그 일을 해내겠습니까. 누구나 마찬가지 아닐까요?"

"암, 그렇지. 그리고 오늘 내가 이 사장을 만나면서 눈빛을 보니까 또 뭔가 만만치 않은 일이 눈앞에 있는 것 같은데 아닌가? 하하하하……."

기철의 대답을 기다리며 이 고문이 방 안을 천천히 둘러보았다.

"예, 사실은 제가 고민거리가 있어서 선배님의 조언을 구하려고 합니다."

"이제 다 늙은 나에게 무슨 조언을?"

이 고문이 흥미로운 일이라는 듯 자세를 고쳐 앉는다.

"어디 나가서서 식사라도 하면서 말씀을 드릴까요?"

"어허, 아닐세. 나도 볼일을 앞에 두고는 밥도 안 먹는 사람 아닌가. 별로 시장하지도 않고. 자네가 엊그제 한국에 들어와서 오늘 날 만나자고 하는 걸 보면 많이 시급한 일인가 본데, 식사는 천천히 하기로 하고 어디 이야기를 좀 들어 보세."

기철이 자세를 바로 세우며 이야기를 꺼냈다.

"예. 선배님을 뵙자고 연락을 드린 것은 다름이 아니고 캄보디아에 관한 일이고 정치적인 일이기도 합니다."

"정치적인 문제라니? 아니, 그런 문제에 자네는 관심조차 없는 사람 아닌가."

"아무튼 좀……."

머뭇거리는 기철의 표정을 이 고문이 가만히 살폈다.

"그래? 얼굴을 보니 고생을 좀 한 것으로 보이네. 혹시 평양에라도 다녀왔나?"

기철은 가슴이 철렁했다.

"다른 고생이야 이미 각오를 하고 갔었지요. 하지만 처음 겪는 상황이라 해답을 못 찾고 있습니다."

선배는 어느 재벌 회장의 수행비서를 시작으로 세계 여러 나라를 누비고 다니며 워낙 많은 경험을 한 사람이고 폭넓은 인간관계를 맺고 살아가는 사람이라 뭔가 도움을 구할 수 있을 것이라는 생각이었다. 은퇴하여 건강관리나 하면서 생활을 하는데, 기철이 회사의 고문으로 추대하여 항상 조언을 받아 왔다. 캄보디아에서 겪은 할머니와 박 참사의 이야기를 털어놓으며 어젯밤에 아버지와 나눈 대화의 내용까지 꺼냈다.

"막상 부딪히게 되니까 판단이 잘 서질 않습니다."

"하하하하!"

선배의 너털웃음이 기철에겐 듬직했다.

"내가 말일세. 자네를 오랫동안 지켜봐 오지 않았는가. 한때는 동네의 자랑거리일 정도로 공부를 잘했었지. 그리고 한때는 교련복을 입고 인천과 서울을 오가며 원정 패싸움을 벌이고 다니는 모습도 내가 기억을 하고 있네. 그때는 부모님 속도 많이 썩였지."

기철이 학창시절의 기억을 더듬어 보며 가만히 고개를 숙였다.

"나는 나대로 이 사장이 들어오면 긴요하게 사업상의 문제를 이야기해 보려고 했는데, 그럼 그쪽의 이야기를 먼저 해 볼까?"

"예, 그러시지요. 하하하하……."

두 사람이 마주 보며 한바탕 웃어 젖혔다.

"이 사장, 이야기를 듣고 우선은 큰 걱정이 앞서네. 내가 자네 성격을 잘 알지 않는가. 자네는 남의 일에도 한번 나서면 목숨을 거는 사람 아닌가."

이 고문이 팔짱을 끼며 자세를 뒤로 젖혔다. 기철이 다음 이어질 이야기를 기다렸다.

"그런 성격 덕분에 내가 자네의 도움으로 크게 위기를 넘긴 일은 내 평생 잊지 않고 있네만. 그 할머니의 귀국과 국적 회복에 관한 고민을 하고 있는 것 같은데……. 그 일은 자네가 직접 나설 일이 아니라 다른 사람에게 맡겨야 한다고 생각이 되네."

"다른 사람에게요?"

기철의 이마에 주름이 잡혔다.

"그 일에 관한 한 자네는 적임자가 아니란 말일세."

"그럼 시원하게 해결할 만한 적임자가 누굴까요?"

"왜 있지 않은가. 정신대 문제와 관련하여 연구단체도 있고 운동단체도 있지. 만약에 그 할머니가 정말 정신대로 끌려간 위안부 출신의 한국인이라면, 그 사람들이 이 사장보다 문제를 쉽게 해결할 거라 보네."

듣고 있던 기철이 조심스럽게 말을 꺼냈다.

"세상에 '나는 위안부 출신이다.'라고 알리지 않으며 조용히 귀국하고 국적을 회복하는 것은 불가능할까요? 왠지 좀 가혹하다는 생각이 들기도 해서요."

"가혹하다니 그게 무슨 소린가?"

이 고문이 알 수 없다는 표정으로 물었다.

"그분의 불행했던 과거사가 여러 사람의 관심사가 되어 매스컴 등에서 오르내리게 된다는 것이 마음에 걸립니다."

"글쎄……."

기철이 이 고문의 얼굴에서 눈을 떼지 못한다. 어떤 필요도 없이 할머니의 비극적인 과거사가 세상에 꼭 알려져야 하는 것은 아니지 않은가.

"저, 담배 한 대 태우겠습니다."

기철이 탁자 위에 놓인 케이스에서 담배를 꺼내 들며 이 고문의 이야기를 기다렸다.

"응, 그러게. 과거의 기억도 그렇게 없는 사람이라면서 어떻게 그게 가능하겠나. 불가능하다고 보이네. 우선은 관련 단체를 통해 그 할머니가 정신대로 끌려간 위안부였음을 인정받아야만 귀국이나 국적 회복이 가능할 것 같은데, 그나마 기억이 그렇게 없어서야 원……."

차를 한 모금 마신 그가 찻잔을 내려놓으며 기철을 바라보았다.

"우선, 자네는 확신하고 있는 거지?"

"무슨 말씀이신지?"

"그 할머니가 정신대 위안부 출신의 한국인이라는 거 말일세."

"예. 확신하고 있습니다만. 만약 할머니가 한국에 들어오게 된다고 해도 고향이 북한일 경우에는 괜히 위안부였다는 부끄러운 과거사만 세상에 알리게 될 뿐, 고향이나 혈육을 찾는 일은 불가능할 것이고 캄보디아로 돌아가게 될 텐데……."

이 고문이 눈을 가늘게 뜨며 시선을 허공에 날렸다.

"일본인 남자와의 사이에서 아이를 낳았다고 했었지?"

"예, 딸을 낳았고 지금은 외손녀들과 같이 생활하고 있습니다."

천천히 이 고문의 얼굴이 굳어졌다.

"참, 그 노인네 가증스럽군."

기철이 놀란 표정으로 고개를 들어 바라보았다.

"예? 무슨……."

"그 노인네가 가증스럽단 생각이 든단 말일세."

"그 말씀은 좀 심하신 거 같습니다. 강제로 끌려가서 겪은 고통에다가……."

이 고문이 오른손을 치켜들어 기철의 말을 막았다.

"어허, 이 사람. 자기의 이름도 정확히 기억을 못 한다는 사람이 그 일본 놈이 어떻게 자기의 이름이나 고향을 기억해 줄 것이라고 생각을 하느냐 말일세."

이 고문이 말을 마치고 입을 꼭 다물고 기다려 보지만 기철에게서 아무 대답이 없자 슬쩍 곁눈질로 눈치를 살피며 입을 열었다.

"그 할머니가 아직도 그 일본 놈에 대한 미련을 버리지 못하고 있는 거야. 그놈이 언제 일본으로 돌아갔는지 모르겠지만, 이미 죽었는지 살아있는지도 모르면서 말이야. 자네도 고민을 많이 해 본 것 같은데, 그 할머니의 일본 놈에 대한 미련이나 자네의 할머니에 대한 집착이 지나치다고 생각되네. 자네를 이용해 자기를 버리고 떠난 남자를 찾겠다는 속셈 아닌가."

이 고문이 보이는 예상 밖의 반응에 당황한 기철이 자세를 고쳐 앉았다.

"할머니의 기억이 불분명하기는 하지만 고향이 남한이라고 하니, 일단은 귀국을 시켜서 고향과 혈육을 찾아보게 하고 싶은데요."

"어허, 자네 늘 바쁜 사람 아닌가. 물론 보람 있는 일이기는 하지만 자네가 그렇게 앞장을 설 일은 아니라고 보네."

"제가 시간을 크게 빼앗기지 않으면서도 가능하지 않을까요? 이 일은 먼 훗날 소주의 안주 삼아 이야기할 정도로 개운하게 해내고 싶습니다."

"어허, 큰일이구먼. 이제는 누구도 말릴 수 없게 된 것 같으니."

"도움이 되어 주셨으면 합니다."

한 발자국도 물러설 것 같지 않은 기철의 자세에 이 고문이 난감한 표정을 지었다.

"자네 개인만의 힘으로 자네가 원하는 방향으로의 해결은 불가능할 것이네."

이 고문이 결론을 내리고 있었다.

"그래도 한번 해 볼 생각입니다."

"아무튼 이 자리에서 결론을 얻을 수 있는 일은 아닌 것 같으니 시간을 좀 갖고 생각을 해 보세. 그리고 말이야……."

한동안 뜸을 들이던 이 고문에게서 엉뚱한 질문이 나왔다.

"혹시 그 할머니 돈 이야기는 꺼내지 않던가?"

"돈 이야기라니요?"

이 고문이 찻잔을 들어 한 모금 마시고 내려놓았지만, 한동안 입을 열 기미가 보이지 않자 기철이 다시 물었다.

"돈 이야기라는 게 무슨 말씀인가요?"

"……."

이 고문이 머릿속에서 하고자 하는 이야기를 정리하고 있었다. 기철도 차를 한 모금 마시며 기다렸다.

"자네 혹시 5년 전부터 일본대사관 앞에서 매주 수요일엔가 집회해 오고 있는 거 알고 있는가?"

"잘 모르겠습니다. 그게 무슨 집회인가요?

"그것 봐. 1992년 1월부터 매주 수요일마다 정기적으로 해 오고 있는 집회인데 자네가 모르고 있다는 것은 요즈음의 젊은 사람들이 그 문제에 대하여 관심이 별로 없다는 이야기인데……."

"무슨 집회이기에 5년 동안이나 이어지고 있나요?"

"과거에는 정신대라고 했다가 요즈음은 종군위안부라고 하는데 위안부 출신의 할머니들이 일본의 사죄와 보상을 요구하는 집회라네. 당시에 일본 미야자와 총리의 한국방문을 앞두고 시작된 것이네."

"저도 마찬가지이지만 젊은이들이 바쁘게 살아가다 보니 그런 문제에 대하여 관심을 둘 만한 여유가 없는 것이겠지요."

"맞아. 요즈음 젊은이들이 얼마나 바쁘게 살아가는가. 하지만 나는 언젠가 위안부 문제가 이런 식으로 불거져 나올 줄 예상 했었네."

"예……."

기철이 여러 차례 고개를 끄덕였다.

"자네도 관심을 가지고 지켜보게. 그 집회를 시작한 지 5년이 지났지만, 위안부 할머니들이 요구하는 사죄와 보상 문제는 쉽게 해결이 될 문제가 아닐세."

이 고문은 확신에 찬 표정을 지었다.

"선배님 말씀은 해결될 수 없는 문제라는 것인가요? 왜 해결이 어려운 것일까요?"

"글쎄……. 그 문제에 대한 양측의 역사적이나 정치적 인식이 너무 다르기 때문이지."

"아니, 일본은 당연히 사죄하고 보상도 해야 하는 것 아닐까요?"

기철이 자세를 고쳐 앉았다.

"자네 오늘 바쁘지 않은가?"

이 고문이 담배를 꺼내 물고 불을 붙이려다 말고 손목의 시계를 들여다보며 말했다.

"예. 오늘 오전은 특별한 일정이 없습니다. 그리고 저도 선배님의 이야기를 좀 더 들어보고 싶습니다."

"음. 역시 자네답네."

이 고문이 빙그레 웃어 보이고는 담배에 불을 붙였다.

"1951년부터 시작된 일본의 식민지배에 대한 보상 문제가 1965년. 그러니까 14년 만에 타결이 되면서 청구권 협정이 이루어지고 한국과 일본은 수교하게 되었네."

"예. 저도 협상이 1965년도에 체결된 것은 알고 있었지만 14년 만에 체결된 것은 모르고 있었습니다."

"당시에 일본으로부터 받은 돈의 성격이 36년간의 식민지배에 대한 보상이 아니라 독립 축하금이나 경제원조였다고 이야기하는 사람들도 있는 걸로 아는데 아니, 독립 축하금을 받겠다고 14년 동안이나 양국이 협상을 했단 말인가? 말도 안 되는 이야기 아닌가? 그리고 협상이 전후보상에 관한 청구권은 물론 어업 부분과 재일한국인의 법적 지위 등과 함께 우리나라에서 일본으로 건너간 문화재에 관한 부분도 없었던 일로 하자고 이야기를 끝냈으니 경제원조라는 주장도 설득력이 없는 것 아닌가?"

기철이 들은 이야기를 머릿속에서 다시 정리해 보려는데 이 고문의 다음 이야기가 이어졌다.

"문제는 받은 돈의 성격이 아니라 금액이라고 보네. 당시 차관형식으로 받은 5억을 제외하면 무상으로 얻은 금액은 3억 불에 불과했지."

"당시에 3억 불이라는 돈이 어느 정도의 가치가 있는 돈이었나요?"

"이승만 정부는 식민지시대에 강제동원 되었던 사람들의 신고를 받았는데 25만 명 이상이 신고했고 그 사람들이 받지 못한 임금 등을 바탕으로 정부는 일본에 21억 불의 배상을 요구했었네. 장면 정권에서는 23억을 일본에 요구했었지. 이승만 정부와 장면정권 시절에도 부정부패 등으로 인해 학생들의 시위가 끊이지 않았었지만, 박정희 정부의 한일 간 청구권협상에서는 굴욕외교라며 학생과 시민 등이 전국적으로 수백만 명이 시위에 참가했었네. 6.3항쟁이라는 이야기는 들어 봤지?"

"예. 시위의 규모 등에 대해서는 기억이 없지만 6.3항쟁이라는 이야기는 들어 본 거 같습니다."

"시위를 하는 수만 명의 군중이 광화문네거리를 점령하고 청와대 앞에까지 진출했었으니 정부로써도 당황스러운 일이었을 테지."

당시의 상황을 기억해보는 이 고문의 시선이 허공에 머물렀다.

"아니, 23억을 요구했다가 3억이라니요? 아니 어쩌다가 그렇게까지……."

"그러게 말일세. 미국 측의 압력도 작용했다고 봐야 하는 데는 이유가 있지. 당시 쿠데타로 집권하여 정통성을 인정받기 어려웠던 박정희 정권은 미국의 지지를 얻어야 했고 국민에게 약속한 경제개발을 위해서도 자본금이 필요하지 않았겠나? 종잣돈 말일세."

"아무리 그렇다 해도 금액이 너무 적었었던 것 같습니다."

"나는 대학에 입학하자마자 선배들을 따라 거의 2년 가까운 세월을 굴욕외교를 반대하는 시위 현장만 따라다니느라 공부는 뒷전이었네. 그때의 시위는 정말 대단했었네. 서울은 물론 전국에서 일본과의 비밀회담의 주역이었던 박정희와 김종필에 대한 화형식이 벌어지기도 했었지."

"저는 어린 시절에 시민들이 광화문이나 시청 앞에서 반공궐기대회를 하면서 김일성의 화형식을 하는 것을 본 기억은 있지만, 반정부 시위가 그렇게까지 격렬했었군요."

"만약에 박정희 정부에서 그렇게 서두르지 않고 이승만정부나 장면정부에서 요구했던 것처럼 21억 불이나 23억 불 정도를 받아서 식민지 시절의 피해자들에게 충분한 보상을 해 주었다면 지금처럼 일본대사관 앞에서 수요 집회를 벌이는 일은 없지 않겠나. 물론 23억 불이라는 우리의 청구도 타협이 힘들기는 힘들었겠지만 말이야."

"우리가 희망하는 금액도 있겠지만, 일본이 그만한 능력이 있었나요?"

"일본이 태평양전쟁에서 패하고 말았지만, 그 후 20여 년 동안 한국전쟁의 특수 등으로 인해 경제가 고도로 성장을 했었네. 하지만 당시 일본이 보유했던 외환보유가 총 18억 불이었으니 우리가 차관형

식으로 받은 5억 불을 포함하여 받아 낸 8억 불도 일본 측에서는 부담이 적지 않은 금액이었을 것이네."

기철이 두어 번 머리를 끄덕이고 나서 찻잔을 들었다.

"양측의 입장을 모두 생각해보면 금액에 대해서도 우리가 적게 받았다고 할 수는 없는 거 아닐까요? 외화보유액의 절반에 가까운 금액이니까요."

"협상이 체결되고 30년이 넘은 이 시점에서 협상에 대한 문제가 거론되는 것은 당시 협상의 내용을 정부가 국민들에게 발표하면서 징용이나 징병을 나갔다가 돌아온 사람들이 받지 못한 임금이나 사망한 사람들의 보상도 더 이상은 일본에 청구하지 않기로 한 내용을 쏙 빼고 발표를 했다는 것이지."

"국민적인 반대 여론을 의식해서 그랬던 것이군요."

기철은 분노해야 할 대상이 일본이 아니라 우리의 정부라는 생각이 들었다.

"결국은 정부가 일제에 강제 동원되어 목숨을 잃거나 피땀 흘려 고생한 국민들의 임금이나 보상금을 갈취한 것 아니겠나. 그러니 위안부 출신 할머니들은 또 한 번 조국으로부터 버림을 받았다고 봐야 하지."

"부도덕한 정권이 국민을 바보로 만들어 버리는 그 비밀주의는 후일에라도 국민들의 엄중한 심판을 받아야 하는 것 아닌가요?"

"그래, 그들은 항상 그런 이야기를 하지 역사가 심판을 해 줄 것이라고……."

말끝을 흐리며 이 고문이 쓴웃음을 지어 보였다.

"그리고 미국은 동아시아의 공산화를 막기 위해서라도 한일 간의 화해를 바라고 있어서 이승만 정부 때부터 한일 간의 국교를 정상화 하라고 적극적 요구를 해 왔었던 것인데 1952년 한국동란 중에 벌어진 부산정치파동이나 1960년의 4·19 때는 계엄령을 선포하는 것이 민주주의를 저해하는 것이라며 발끈해 하던 미국이 대일 굴욕외교에 반대하는 군중들에게 계엄령을 선포하라고 종용했으니 미국의 두 얼굴도 우리가 기억해야 하네. 시위 진압용으로 사용된 최루탄도 미국이 제공하면서 말이야."

"더럽고 창피해서 이 땅에 못 살겠네요. 이민을 하던가 해야지원……."

'끄응' 소리가 나도록 기철이 한숨을 쉬었다.

"이사장. 자네와는 오랜 세월을 두고 많은 이야기를 나누며 살았고 항상 정치 이야기가 나오면 자네가 애써 외면을 하는 것을 알고 있네. 하지만 이 나라의 국민의 한사람으로서 근현대사에 최소한의 관심과 올바른 인식은 갖고 있어야 한다고 보네."

"그런저런 사실을 모르고 살았던 때가 더 나았다고 생각됩니다. 이거야 원 분통이 터져서 말이지요."

기철이 또 한 번 한숨을 길게 내쉬었다.

"결국 박정희 정권은 군인을 동원해서 시위를 강경 진압했고 수많은 학생과 시민이 투옥되고 말았었네."

기철의 한숨이 더 깊어졌다. 이 고문은 이야기가 나온 김에 마저

하겠다며 이야기를 이어갔다.

"우리가 한강의 기적을 이루어냈다고 할 정도로 경제적인 부분에서는 여러 나라의 부러움의 대상이 되고 있지만 우리가 산업화하는데 필요한 자금들은 일본으로부터 받은 보상금과 베트남에 파병된 젊은 군인들의 목숨과 바꾼 돈이었네. 그런데 그 돈의 주인인 일제시대의 피해자나 베트남에 파병되었던 사람들이 얼마나 그 혜택을 누리며 살고 있는가를 생각해 보기도 해야 할 걸세."

"그렇다면 위안부 할머니들은 일본 정부가 아니라 우리 한국정부에 보상과 사죄를 요구해야겠네요?"

기철이 누군가에게 따지기라도 하는 듯한 말투로 물었다.

"아무튼 일본정부를 상대로 할머니들이 보상을 청구하는 소송을 제기했던 것으로 알고 있는데 아마 거의 패소 한 것으로 알고 있네. 판결의 내용은 1965년의 청구권 협상으로 이미 종결지어졌다는 것이야. 이제는 우리 정부와 국민이 나서서 할머니들의 눈물을 닦아주고 생활을 안정시켜주어야 하지 않을까?"

기철과 달리 이 고문은 이야기하는 내내 분노를 느끼는 표정을 보이지 않았다.

"그리고 이 이야기는 꺼내면 돌을 맞을 수도 있는 이야기인데……."

새로운 어떤 이야기가 나올까 하는 궁금증에 기철이 고개를 들어 이 고문과 눈을 맞추었다.

"위안부 할머니들이 일본의 은행이나 군사우체국에 예금했던 돈이 적지 않았다는 거야. 어느 할머니의 경우는 해방 당시에 귀국하면

서 6,000엔의 예금 통장과 2,000엔이 넘는 현금을 지니고 있었다
는 이야기도 들은 바가 있는데 그때 당시에는 엄청난 금액이었지."

기철이 놀라는 표정을 지어 보였다.

"예? 그 액수의 돈이면 어느 정도의 가치가 있었나요?"

"지방도시에서는 먹고살 만한 농사를 지을 수 있는 전답과 집 한
채를 사는데 1,500엔 정도였다고 하니 그 정도 액수의 돈이 가지는
가치를 짐작할 수 있지 않겠나?"

기철이 말없이 빈 찻잔만 내려다보고 있었다.

"그래서 캄보디아의 할머니가 혹시 돈 이야기를 하지 않던가를 물
었던 것일세."

"그 할머니한테서 돈 이야기는 일절 없었습니다."

이 고문이 한동안 머리만을 끄덕거릴 뿐 이야기를 더 이상은 이어
가지 않았다. 그리고 새로 꺼낸 담배에 불을 붙이고 서너 모금의 연
기를 뿜어내더니 다시 조심스럽게 이야기를 꺼냈다.

"그 할머니의 일본군 출신 남편 놈이 일본에 돌아가서 할머니가 위
안부 시절에 예금해 놓았던 돈을 찾아내어 썼거나, 그랬을 것이라고
할머니가 생각하고 있는 것은 아닐까? 가슴 아픈 일이지만 말일세."

기철이 미간을 잔뜩 찌푸리며 생각에 잠겨 있다가 입을 열었다.

"만일 할머니의 일본인 남편이 그 돈을 찾아가지 않았다면 지금 이
라도 그 돈을 찾을 수 있는 방법이 있을까요?"

질문이 끝나기도 전에 이 고문이 머리를 설레설레 흔들었다.

"어려운 일이네. 일본 정부는 한국과 같이 청구권 협정이 이루어

지지 않은 나라의 사람들 청구가 있으면 당시의 예금을 지급하겠다고 하여 대만의 위안부 출신 할머니들의 청구를 받아들여 지급한 것으로 알고 있는데 정작 위안부로 가장 많이 동원되었던 한국의 할머니들은 한일협정으로 인하여 청구소송이 패소하게 되었으니 그 할머니의 청구도 받아들여지지 않을 것일세."

기철이 주먹을 불끈 지어보지만, 분노를 터뜨려야 할 대상이 누구인지 혼란스러웠다. 당시의 위정자, 미국정부, 일본의 정치인이 순서대로 떠올랐다.

"말씀을 들어보니 이제야 그 문제에 관하여 개념이 잡히는 것 같습니다. 위안부 생활을 했던 할머니들의 기억이 모두 같지는 않다는 생각이 들기도 합니다. 그런데 아직도 몇 가지 궁금증이 풀리지 않는 부분이 있습니다."

기철이 바짝 다가앉으며 이 고문과 시선을 맞추었다.

"물어보게 내 개인적이 생각들과 함께 알고 있는 대로 답을 해 보겠네."

"위안부로 동원되었던 할머니들이 모집하는 업자들에게 속아서 간 경우가 대부분이었다는데 그 업자란 어떤 사람들이었을까요?"

이야기가 나온 이후로 처음으로 이 고문이 생각에 잠기는 모습을 보였다. 그리고 긴 한숨을 뱉어냈다.

"놀라지 말고 들어보게. 자네 인도네시아의 '발리'에 가 본 적이 있지? 발리라는 섬이 우리나라의 제주도의 두 배 정도의 크기인데 그 건너편에는 '롬복'이라는 섬이 있네. 그 섬에도 태평양전쟁 당시에 일본군이 주둔했었고 당연히 위안소가 하나 있었는데 그 위안소의 업주가 조선인이었네.”

네에? 놀란 기철의 눈이 휘둥그레졌다.

“아니, 조선 사람이 위안소의 업주였다는 말인가요?”

“그 정도는 놀랄 일도 아니네. 인도로 진출을 앞둔 미얀마에는 일본군이 여러 개의 사단이 있었고 위안소가 20여 개 이상 있었는데 아마도 절반 이상의 위안소를 조선인들이 운영했었다는 자료도 내가 어디선가 본 기억이 있네.”

“그렇다면 위안부의 모집과정에서도 조선 사람들이 적극적으로 개입했었을 것이라는 추측이 가능해지네요. 진실을 밝히라고 하지만 이런 진실은 그냥 덮어두고 가야 하는 것 아닌가 하는 생각이 듭니다.”

“왜 술집에 가면 여자들을 관리하거나 살림을 맡아 하는 사람을 우리가 ‘죠바’ 라고 하지 않는가?”

“예. 지금은 잘 사용하지 않지만, 예전에는 그렇게 불렀던 기억이 저한테도 있습니다. 그것이 일본말이었군요.?”

죠바라는 말은 분명 기철의 기억에도 있었다.

“그렇다네. 위안소에는 거의 조선인 남자 죠바가 있었던 것으로 알고 있네. 일본은 그런 기록을 가지고 있겠지만, 한국에서 누가 나서서 우리 할아버지나 아버지가 위안소를 운영했거나 죠바로 일을 했었다고 나서서 증언하겠는가. 자네 말처럼 그저 모두 덮고 갈 수밖에 없지 않겠는가.”

50년 전의 일본군 위안소의 모습을 상상해 가던 기철이 지친 기색도 없는 이 고문에게 질문을 던지고 나섰다.

"그렇다 하더라도 위안소의 설치를 기획하고 관리한 일본이 한일청구권 협정과는 관계없이 정식으로 사죄해야 하는 것 아닐까요?"

"먼저 보상 문제를 생각해 보세. 일본의 입장은 이런 것일세."

기철이 자세를 고쳐 앉는 모습을 보며 이 고문의 이야기는 계속되었다.

"내선일체라는 슬로건 아래 전시 하에 동원령이 내려지고 동원된 조선인에게는 합당한 보수를 주었을 뿐만 아니라 지급되지 못한 부분은 1965년도에 청구권 협상으로 한국 정부와 마무리를 지었다는 것이 그들의 생각이네."

"그것은 징병이나 징용의 경우이지요. 위안부 문제는 다른 차원에서 다루어져야 하는 문제 아닌가요?"

"그런데 근래에 다시 위안부 문제가 불거져 나오자 일본 정부는 곤혹스러웠겠지. 위안부의 모집에 군이 직간접적으로 개입한 것을 인정하지 않을 수 없으니 국제적인 비난여론도 생각하지 않을 수 없을 뿐만 아니라 위안부의 보수를 책정할 만한 기준도 없지 않은가. 한 달에 얼마씩을 계산해 주겠다고 나선다는 것도 우스운 일이고 말일세."

기철이 고개를 숙이며 뒷머리를 긁적였다.

"그렇다고 우여곡절 끝에 체결된 청구권 협상을 무시하고 보상하겠다며 나설 수도 없으니 고민 끝에 궁여지책으로 내놓은 것이 '여성을 위한 아시아평화기금'이었을 것이네. 민간차원의 국민기금 형태로

조성한 돈으로 다시 보상에 나섰지. '종군위안부가 되었던 분들에 대한 배상과 여성의 명예와 존엄에 관련된 오늘날 여성문제의 해결'을 명제로 말일세."

"그런 일이 있었군요."

"그리고 얼마 전에 그 평화기금을 받은 7명의 할머니는 다른 위안부 출신 할머니들과 운동단체로부터 왕따를 당하게 되었지. 갖은 욕설과 비난을 다 받은 것으로 알고 있네. 당연하겠지만 그 평화기금을 받은 할머니들은 일본대사관 앞의 수요 집회에는 나오지 않고 있을 것이네. 그리고 생각을 해보게. 일본의 평화기금 측에서 한국정부나 위안부피해자 단체에 통보도 없이 기금을 7명에게 불시에 지급했다고 하며 비난을 하고 있는데 불시에 지급이라니? 아니, 일본 사람들이 한밤중에 몰래 현금 보따리를 가지고 와서 할머니들의 집에 내던지고 도망이라도 갔다는 말인가? 나는 그 7명의 할머니에게 이야기를 들어 볼 기회가 없었지만, 굳이 들어 보고 싶은 생각도 없네. 나라가 힘이 없고 생활이 너무 궁핍하다 보니 자신의 의사에 반하여 위안부로 가게 된 것인데 받아야 할 보상은 한국정부가 챙겨가고 그나마 일본에서 평화기금이라며 지급하겠다는 돈마저도 자신에 의사에 반하여 받지 말아야 한다는 말인가? 기금을 받겠다고 신청을 한 사람들이 위안부 출신인지에 대해 확인하는 절차도 있었을 것인데 어찌 불시에 지급한 것이라고 하는지 이해가 안 가네. 그러던 와중에 한국의 정부나 NGO단체에서 기금의 수령을 거부하자는 목소리가 터져나오고, 먼저 기금을 받은 사람들에 대한 비난수위가 높아진 것이라고 보네."

"저는 까맣게 모르고 있었던 일이네요."

"최근 몇 년간에 있었던 일이지만 자네가 한동안 외국에서 생활을 하느라고 몰랐을 것이네"

기철이 한숨을 뱉어내면서도 머리를 끄덕였다.

"그런데 이런 이야기도 있었어."

"어떤……?"

이 고문에게서 나올 새로운 이야기에 기철이 호기심을 보였다.

"매주 수요일에 일본대사관 앞에서 집회하는 위안부 할머니 중에는 가짜도 있다고 말이야."

"네에? 에이, 누군가가 모함을 하는 이야기 아닐까요?"

"물론 기록에서 빠져 가짜라는 의심을 받는 억울한 경우도 있을 수 있겠지만……."

이 고문이 조심스러워 하는 모습을 기철이 가만히 지켜보았다.

"하지만 이런 생각도 해보아야 하네. 위안부 생활을 마치고 해방되기 전에 귀국한 사람들도 있지 않았을까? 그 할머니들은 귀국하여 어떤 삶을 살았겠는가 생각을 해보세. 고향을 등지고 살아야 했고 위안부 생활의 경험을 절대 발설할 수가 없었겠지. 그리고 위안부 출신이라며 어디에 등록하거나 나서지도 않았을 것 아닌가. 물론 훗날 수요 집회에 나설 일도 없고 말일세. 위안부 출신의 과거를 밝히고 나서는 사람과 밝히고 나서지 않는 사람들은 어떤 차이가 있는 것이겠는가? 수요 집회에 나서는 할머니들은 우리가 애국자라는 시선으로 바라보아야 할까?"

위안부 생활을 끝내고 귀국을 했다가 한국전쟁 중에 호주 군인과 결혼을 했었다는 필리핀 카바나투안의 할머니에 대한 기억을 기철이 떠올려 보는데 이 고문이 다시 입을 열었다.

"일본이 사죄하지 않는다고 하는 문제도 말인데 왜 일본이 사죄를 안 했다고 하는가. 자네 혹시 1993년에 일본의 관방장관이었던 고노의 담화내용을 알고 있는가?"

"그런 담화가 있었다는 것은 들어 본 적이 있는 것 같은데 구체적인 내용은 기억이 나질 않습니다."

이 고문이 물 한잔을 청하여 벌컥거리며 들이켰다.

"그 담화에서 일본군이 직접적으로 또는 간접적으로 매춘소의 설치에 연관되어 있다고 인정을 했네. 그리고 위안부는 감언이설이나 강제, 또는 위안부 모집에 관여한 관리나 군인들에 의해 본인의 의사에 반하여 모집되었다는 이야기도 했었지. 그래서 그 담화의 내용은 한국에서 크게 환영을 받았었네. 또 2년 후인 1995년에 무라야마 총리가 종전 50년 기념담화에서 '식민지 지배와 침략으로 아시아 제국의 여러분에게 많은 손해와 고통을 줬다. 의심할 여지 없는 역사적 사실을 겸허하게 받아들여 통절한 반성의 뜻을 표하며 진심으로 사죄한다.' 고 했네."

"그런 사실이 있군요."

기철이 가만히 고개를 끄덕이는 모습을 보였다.

"우리도 그 사과를 받아들여야 하는 것 아니겠는가? 청구권 협정이 끝나고 전후 보상을 받은 뒤에 30년이 지난 시점에서 나온 일본의 사죄일세. 이제는 우리도 위안부가 20만 명이 강제동원 되었다는 등의 억지 주장을 해서는 안 되네. 20만이면 군인으로 치면 수십 개의 보병사단에 해당하는 숫자일세."

기철이 가만히 고개를 끄덕여서 동감을 표하고 나서 이 고문에게 물었다.

"그렇다면 전쟁이 끝나고 50년이 지났고, 한일협정이 매듭지어지고 30여 년이 지나는 이 시점에서야 왜 위안부 문제가 이슈가 되고 있을까요? 그간 30년 동안은 왜 문제를 제기하고 나서는 사람이 없었을까요?"

기철의 의아해 하는 표정을 읽은 이 고문이 입맛을 한 번 다시고 입을 열었다.

"뒤돌아보면 나 자신도 한일협정에 반대하는 시위를 열심히 쫓아다녔지만 예비역 군장성도 구속이 되고 교수들 수십 명이 정치교수라는 오명을 뒤집어쓰고 학원에서 추방을 당했었네. 그리고 10여 명의 학생이 구속기소가 되고 수배가 되는 학생도 많았었지. 나의 경우도 밖에 나가지 못하도록 아버지가 내 방문을 밤새도록 지키곤 했었네. 그렇게 한일협정반대 운동은 종결되고 말았지. 물론 일본에서 건너온 그 자금은 경부고속도로를 놓고 포항제철을 건설하는 등으로 쓰이기도 했지만, 협정과 관련하여 정치인들이 일본기업들로부터 6,600만 달러라는 돈을 뒷거래로 받았다는 대목에서는 너무 아쉬움이 크네. 그 돈이 민주공화당의 운영비로 쓰였다지만 결국 피해자는 국민들 아니겠는가. 통탄할 일일세. 또 정말 먹고 사는 게 그토록 어렵던 시기에 국민의 피와 같은 쌀을 일본에 수출하면서 그 수출과정에 개입한 회사들로부터 115,000달러를 민주공화당이 챙겼다는 것을 보면 그 정부의 도덕성이 눈에 선하지 않은가.“

어깨가 처진 기철이 한숨만 내쉬었다.

“그리고 이후의 정부에서 위안부 문제가 제기되지 못한 이유는 간단하네. 전두환 정부가 들어서면서 1983년과 1984년에 역사상 최초로 일본의 나카소네 수상이 서울을 방문하고 뒤이어 전두환 대통령이 일본을 방문하지 않았는가. 자네도 기억하지?”

“예. 그 기억은 선명합니다.”

“그때도 전두환 대통령이 일본의 경제적 지원을 부탁하는 마당에 그 정권에서 20년 전에 체결된 한일협정의 내용에 대한 문제를 제기할 수 있었겠는가? 내 개인적으로는 그런 문제를 제기해서도 안 되는 것으로 생각하지만 말이야.”

“덮고 갈 수밖에 없는 문제라는 생각이 드네요. 이제는…….”

“만일 보수 정권이 나서서 위안부 문제를 해결할 수 있는 방안이라고 내놓으면 그게 아무리 국민적 지지를 받을 수 있는 좋은 방안이라고 하더라고 진보 정치세력이 환영하고 나서겠는가? 그러니 이 문제는 해결이 되기도 힘들고 할머니들만 더우나 추우나 일본의 대사관 앞에서 집회하면서 5년이 되도록 해결의 기미가 보이지 않는 것 아닌가. 나는 앞으로 또다시 5년이 지나고 10년이 지난다 해도 해결은 요원하다 생각하네. 정작 정치인들에게는 위안부 문제에 대하여 해결의 의지가 없다고 보이네. 관심을 기울이는 척을 할 뿐이지. 선거를 해야 하니까……. 아마도 그들도 쉽게 해결할 수 없는 일이라는 걸 잘 알고 있지 않겠는가."

"결국 선배님은 위안부 문제에 관하여 우리가 일본에 뭘 요구할 것이 아니라 국내의 문제로 인식하고 해결책을 찾아야 한다는 뜻인가요?"

"그렇게 생각하고 있네. 그리고 위안부 문제가 정치적으로 이용당하거나 하지 않아야 한다는 생각일세."

두 사람의 이야기가 결론에 이르고 있었다.

찻잔을 들어 입술을 적신 이 고문이 화제를 바꾸자며 이야기를 꺼냈다.

"자네는 북쪽 사람들의 이야기가 나오면 입을 꼭 다물고 있으니 그 속을 정확히 알 수 없던데, 그쪽 사람들과의 접촉은 무조건 피해야 하네. 괜히 낭패를 겪을 수가 있어."

"참, 선배님도 괜한 걱정을 다 하십니다."

기철이 '믿어도 됩니다.' 하는 표정을 지어 보였다.

"그래, 자네가 알아서 현명하게 처신하리라 믿네."

이 고문이 다시 찻잔을 들었다.

"선배님, 예전에 친구들과 술자리에서 이런 일이 있었습니다."

"어떤?"

"노사문제에 관한 이야기를 하다가 한 친구가 저더러 많이 좌경화되어 있다고 하더군요."

"자네가 좌경화되었다고 하더란 말이지?"

의외라는 표정의 선배가 기철의 다음 이야기를 기다렸다.

"노동 3권이 무엇이냐, 어디에서 온 것이냐 하는 이야기를 장황하게 늘어놓는데, 다 듣고 난 친구가 그러더군요. 제가 좌클릭 되었다고……."

"그래? 그래서."

이 고문이 흥미롭다는 표정으로 물었다.

"그래서 '난 정치적으로는 항상 중도의 입장을 견지한다.'고 했더니, 중도에도 중도우파가 있고 중도좌파가 있다고 이야기를 하더군요."

"그래? 하하하. 그래서 부자간이나 형제간에도 정치 이야기는 하지 않아야 한다는 거 아닌가."

"그래서 제가 난 '중도 중의 중도'라고 했더니, 이 친구 슬그머니 하는 말이 과거에 빨갱이들이 중도를 표방하다가 뒤에 빨갱이 짓을 했다나요? 그래서 중도는 빨갱이의 또 다른 이름이라는 것입니다. 기가 막혀서 더 이상 이야기를 하고 싶지도 않더군요. 왠지 녀석이 불쌍하다는 생각이 들기도 했었습니다."

"그렇다면 그 친구는 극우일세."

"예, 맞습니다. 저는 아직 이 나라가 전쟁 중이라 정치이념에 관한 한 입을 열지 말아야 한다는 생각입니다."

"전쟁 중이라고?"

이 고문이 의아하다는 표정을 지었다.

"인권과 민주화를 외치기만 하면 좌파빨갱이로 몰리고, 자신들의 이야기가 안 통하면 보수꼴통으로 매도하는 극단적이고 소모적인 전쟁을 치르고 있는 것 아닐까요? 최소한의 평화와 질서가 유지된다면 중도도 목소리를 낼 수가 있고 설 자리가 있지만, 극한 상황에서는 중도란 존재할 수가 없더라는 이야기입니다."

"그래서 입을 꼭 다물고 살겠다?"

"예. 예를 들면 한국전쟁이 발발하고 서울이 인민공화국 치하에 들어갔을 때 뛰쳐나와 그들에게 '나는 중도다!'라고 외치면 목숨을 부지할 수 있을까요? 또 제주도의 4.3 사건 때나 지리산의 빨치산 토벌을 하는 토벌대 앞에서 주민이 '나는 중도다!'라고 당당히 맞설 수 있을까요? 저는 지금이 그런 상황이라고 봅니다."

두어 번 머리를 끄덕거려 공감을 표한 이 고문이 헛기침을 한 번 하고는 말문을 열었다.

"자네의 논리에 공감은 하네만 애써 외면하려고 해도 선거 때만 되면 예민해지는 게 사실일세. 이제 또 대통령 선거가 다가오지 않는가."

"이데올로기의 종말은 중도를 부른다고 합니다. 정치적 이념보다는 일반적인 상식이 앞서야 하지 않을까요? 언젠가는 저도 나서서 하고 싶은 이야기를 할 수 있는 때가 오겠지요."

이 고문이 걱정스러운 표정을 지어 보였다.

"국가보안법이 언젠가는 폐지되거나 불고지죄 같은 조항은 대폭 개정될 수도 있겠지만, 자네가 국가보안법의 마지막 희생자가 되어서는 안 되네.”

“예, 명심하겠습니다.”

“북한 사람들과의 접촉은 가능한 삼가고 자네 부친의 말씀도 명심해야 하네.”

기철이 다시 한 번 고개를 깊숙이 숙였다.

“일단 며칠 내로 외무부에 들어가 보려고 합니다. 혹시 동남아과에 절 도와줄 만한 사람을 수배해 주실 수 있을까요?”

“당장 외무부에 들어간다고 해결방안이 나오지는 않을 걸세. 뭘 요구하려고 하나. 비자 발급? 비자 발급도 우리 쪽에서 좀 더 준비가 되어야 하네. 그리고 비자가 발급된다 해도 이후의 일도 만만치 않을 텐데……. 아무튼 나도 연구를 좀 해 보지. 하지만 현재로선 자네가 직접 나설 일이 아니라는 생각뿐일세.”

적극적인 도움을 얻기 힘들겠다는 생각이 들자 기철의 한숨 소리가 길어졌다.

“동남아과에 선을 대어 자네를 도와줄 만한 사람을 찾아보겠네만 크게 기대는 하지 말게.”

이 고문이 서둘러 이야기를 마무리하고 나섰다.

“예. 알겠습니다.”

“그리고 이제는 내가 준비한 이야기를 좀 해 볼까?”

“예. 어떤 이야기이신지…….”

이 고문이 새 담배를 꺼내어 물며 이야기를 시작했다.

“이 사장, 자네가 남들과 달리 새로운 아이템을 개발한다고 해외

출장이 잦은데 그렇게 뛰는 것도 한계가 있네. 금방 나이 50줄에 들어서게 돼. 그때는 자네도 지쳐서 이젠 좀 쉬고 싶다는 생각을 하게 될 게야."

그는 기철의 표정을 살피며 이야기를 이어 갔다.

"한없이 일을 벌이기만 할 게 아니라 서서히 가을걷이를 생각해야 할 때가 오는 것이라네. 나도 마지막이라 생각하고 일을 하나 해 보려고 하는데. 어떤가? 같이 한번 움직여 보는 게."

"어떤 일이시기에……."

기철이 관심을 보였다.

"이번 정권이 후반기로 접어들면서 비밀리에 고속도로휴게소도 매물로 나와 돌아다니고 있네. 이쯤이 적기라고 생각되는데 우리 호텔 하나 멋지게 지어 보세. 객실 이백 개 이상은 되어야겠지. 카지노도 한 번 가능한지 추진해 보고……."

"그 정도 규모의 호텔이라면 필요자금의 규모나 위치, 운영에 관한 사항 등에 대하여도 생각을 해 본 일이 없어서……."

"위치는 당연히 서울이나 인천의 영종도 아니면 제주도가 적지라고 판단돼. 그리고 자금은 관광진흥기금을 빼내어 쓰는 거야. 대충 이야기는 마무리해놓았네. 아마 코 다섯 개 정도를 밀어주면 될 일이고."

코 다섯 개. 대출받는 금액의 5%를 커미션으로 내주는 조건으로 돈을 끄집어낸다는 이야기였다. 사업계획서만 그럴듯하면 돈을 만드는 일은 가능하다는 생각이 들었다. 기철이 급히 머릿속의 계산기를 두들겨 본다.

"뭘 그리 깊이 생각을 하나, 이 사람아. 하다가 안 되면 중간에 던져 버려도 손해날 일이 없는 장사 아닌가. 캄보디아는 직원 하나를 데리고 나가서 일하게 하고, 자네는 이번에 나갔다가 서둘러 들어오게. 내가 그동안 착수할 준비도 해놓을 테니 한번 해 보세. 자네 언젠가 사옥을 짓겠다는 이야기를 했었지? 그렇게 되면 그 호텔이 사옥이 되는 거 아닌가."

"생각해 보겠습니다."

"아니, 생각은 뭘 더 생각해? 한바탕 해치우면 말년은 탄탄하지 않은가. 열심히 했으니 이젠 자식들에게 물려줄 것도 만들어야지."

자식들이라……. 아이들의 모습이 주마등처럼 지나간다.

"쉬운 일은 아니지만, 자네와 내가 협력하여 움직이면 틀림없이 해낼 수 있는 일일세. 틀림없이 말이야."

이 고문이 주먹을 불끈 쥐어 보였다. 돌아가는 선배의 모습이 왠지 낯설게 느껴졌다.

남쪽으로 기수를 돌려 서해의 해안선을 따라 날고 있는 비행기의 창가에서 안전벨트의 경고등이 꺼지자, 기철이 승무원에게 한국 신문을 부탁했다. 펼쳐 든 조간신문의 한쪽으로 자리한 캄보디아 관련 기사가 눈에 들어왔다.

한국과 캄보디아가 수교하게 될 것이라는 내용이었고, 과거의 양국관계 등 수교의 배경이 곁들여 있었다. 다음으로는 라오스와 수교를 하게 될 것이라는 내용도 있었다. 알고 있었던 것과는 달리 캄보디아와 라오스의 순서가 바뀌어 있었다.

캄보디아의 제2총리인 훈센이 중국을 방문한 후 서울에 들어가서 구걸을 하면서 마치 선심이라도 쓰듯 한국과의 수교 의사를 밝혔을 것이라는 북한 대사관의 박 참사 이야기가 떠올랐다. 정부는 마치 대단한 외교성과라도 되는 양 언론에 보도자료를 뿌렸으리라. 기사에는 캄보디아에 곧 무역대표부가 설치될 것이라는 내용이 있었는데, 우리나라 대사에 대한 신임장 제정이 쉽지 않을 것이라는 박 참사의 이야기를 떠올리며 외교계의 비사가 만들어지는 과정이 흥미롭다는 생각에 웃음이 삐져나왔다.

그러나저러나 이제 캄보디아에서 일을 제대로 한번 해 봐야 할 텐데 캄보디아에 상주할 직원을 선발하는 것도 마무리하지 못했다. 어느 놈은 영어가 전혀 안 되고 어느 놈은 필리핀에서 1년을 근무하고 들어온 지 얼마 안 됐고, 적임자로 보이는 어느 놈은 신혼인데다가 마누라가 만삭이라 안 되고……

비행기가 필리핀 상공에 들어설 즈음 이런저런 생각에 잠겨 있던 기철이 깜박 졸고 눈을 떠 보니 마닐라베이 쪽으로 나갔던 비행기가 선회하여 아키노공항의 활주로를 향해 고도를 낮추고 있었다.

공항을 빠져나오니 후끈거리는 열기가 가슴을 파고들었다. 마중 나온 최 부장과 그간의 업무에 대한 이야기를 듣고 필리핀에 머무르는 동안의 일정에 관한 이야기를 하는 사이 시내를 관통하는 도로인 EDSA를 따라 달리던 승용차가 만달루용으로 들어가는 다리로 접어들자 교통체증으로 인해 더 나아가질 못했다. 온통 쓰레기로 가득한 파식강을 창밖으로 내려다보던 기철이 카바나투안에서 만났던 위안부 출신 할머니를 떠올렸다.

카바나투안에서 일본군 위안부 생활을 했다, 한국에 돌아갔다가 한국전쟁 때 만난 호주군인과 결혼을 했다, 호주에 살면서 이혼을 하게 되고 필리핀 남자를 만나 다시 재혼했다, 필리핀인 남편이 사망하자 아들 둘을 데리고 필리핀으로 들어와 다시 위안부 생활을 했던 카바나투안으로 들어가 정착을 하게 되었다?

그런데 왜 하필 그곳인가? '카바나투안'이라는 소리만 들어도 치가 떨리고 꿈에라도 떠올리고 싶지 않은 곳일 텐데. 그곳을 다시 찾아 정착한다? 글쎄……

기철이 가만히 머리를 흔들어 본다.

한국 식당을 찾아가 이른 저녁을 먹고 숙소에 들어와 잠자리에 들어서도 끝없이 이어지는 생각은 그칠 줄을 몰랐다.

며칠 전 외무부를 방문했던 날. '캄보디아의 그 할머니가 일본군 위안부이었음을 입증할 수 있느냐?'는 질문을 받았었다. '한국어를 못하지만, 아리랑 노래를 희미하게 기억하더라.'는 궁색한 대답을 했었다.

기철을 빤히 바라보며 사무관은 '누군가가 나서서 우리의 가족이라고 주장을 하고 DNA검사 결과라도 나온다면 몰라도, 그렇지 않고서야 어떻게 위안부로 끌려간 사람이라고 인정을 하겠느냐?'고 했었다. 맞는 말이라는 생각도 들었지만 기철은 '나에게 입증을 하라고 할 것만이 아니라 제보를 받은 사안에 대해 좀 더 적극적으로 나서줄 수는 없느냐?'고 사정조로 이야기를 했었다. '어떤 근거자료가 없어서 확신이 서질 않으니 곤란하다.'는 답변을 듣고 발길을 돌려야 했다.

입증. 일본군 위안부였었다는 것을 내가 입증을 하여야 한단 말인가? 그래, 그는 어차피 봉급쟁이 관료일 뿐이다. 그에게 더 이상 기대할 수 있는 것이 없는 게 당연한지도 모른다. 하지만 그럴수록 기철의 가슴엔 내가 해내고야 말겠다는 스스로의 다짐이 오지게 자리를 잡아 갔다.

노란 단풍잎이 가을바람에 뒹구는 세종로를 걸었었다. 못내 아쉬움을 떨쳐 버리지 못하고 앙상한 가지에 매달린 채 차가운 가을바람에 떨고 있는 빛바랜 작은 잎사귀 하나. 할머니의 모습이었다.

'필리핀에서 일주일간의 일정을 마치고 캄보디아로 돌아가서 기다리고 있을 할머니에겐 어떻게 이야기를 꺼내야 할까? 할머니는 나를 기다리며 어떤 생각을 하고 있을까?'

담배를 재떨이에 비벼 끄고 벌떡 일어나 창가로 다가간다. 영업 끝난 노천카페촌의 가로등이 여전히 마리키나의 밤을 지키고 있었다.

화상들의 중소 신발공장이 밀집한 마리키나를 떠나 마닐라의 신도시인 '마카티'로 나가는 도로는 아침부터 차량 정체가 심해서 운전기사가 이리저리 빠른 길을 찾아다녀 보지만 늦어지기는 마찬가지로 보였다.

시내의 호텔에서 자고 오늘 공장을 돌아보려 했었는데, 지난밤 늦게 마리키나의 공장까지 들어와 공장의 숙소에서 잠을 자고 마카티

애비뉴의 사무실로 나서는 길이다. 이번에 들어와서 어차피 공장을 한 번쯤 돌아봐야 하는데, 시내의 호텔에서 자고 낮에 마리키나의 공장을 다녀가려면 교통체증이 심해서 하루를 그냥 길에서 보낼 게 뻔했다. 캄보디아로 돌아가는 날짜를 하루라도 당기기 위해 서둘렀다.

세계에서도 몇 순위에 꼽힐 뿐만 아니라 아시아에서 행복지수가 가장 높다는 나라, 필리핀. 이렇게 길이 심하게 막히는데도 급한 게 없는 사람들이다.

지역이나 도로 등의 명칭은 온통 사람들의 이름이다. 독립영웅의 이름도 있고 독재자의 이름도 있다. 스페인 식민지 시절 부호들의 이름도 허다하다. 공항의 명칭은 독재에 항거한 민주투사의 이름으로 바뀌었다.

한국의 경우라면 있을 수 없는 일이다. 우리의 역사 속에는 훌륭한 지도자가 없었던 것일까. 그래서 우리는 필리핀보다 행복지수가 낮은 걸까. 긴 한숨을 내쉬며 차창 밖을 바라본다. EDSA를 벗어나 아얄라 애비뉴로 들어서며 우회전을 하는 일행의 차를 교통경찰관이 급히 세웠다.

운전석의 창문을 내리며 백미러로 다가오는 교통경찰관을 바라보는 운전기사 딩이 당황하는 표정이 역력하다.

"딩, 무슨 일이야?"

운전석 옆자리의 최 부장이 이유를 알 수 없다는 표정으로 물었다.

"모르겠는데요. 왜 그러는지……."

교통경찰의 상징인 레이벤 선글라스를 쓴 배불뚝이 경찰이 말없이 운전석의 창문 안으로 손을 내밀었다.

딩이 운전면허증을 건넸다. 경찰관은 자신의 손에 건네는 것이 현금이 아니라 운전면허증이라는 것에 실망한 것인지, 면허증은 자세히 들여다볼 생각도 없어 보였다.

"우리가 뭐 잘못한 일이라도 있습니까?"

동승석의 최 부장이 상체를 구부려 운전석 쪽에 서 있는 경찰관에게 물었다.

"EDSA에서 우회전을 하면서 차선을 급히 바꾸었습니다."

"차선을 급히 바꾸지도 않았고 방향표시 등을 켰는데요."

"아, 그래도 그렇게 차선을 바꾸는 것은 매우 위험합니다."

경찰관이 억지를 부리고 있었다. 특히 '매우위험'이라는 부분을 강조했다.

왼손은 차의 지붕을 짚고 오른손은 권총을 찬 허리띠에 얹은 채 더 이상은 아무런 말도 없이 버티고 서 있었다. 짙은 선글라스 속의 시선이 어디를 향하고 있는지 알 수도 없었다.

"저 자식이 오늘 아침에 해장국을 못 먹은 모양이다. 얼른 몇 푼 주고 가자."

기철이 앞좌석의 최 부장에게 한국말로 이야기했다.

그때서야 경찰은 뒷좌석에 사람이 타고 있다는 것을 알고 고개를 숙여 기철을 바라보았다.

"메리 크리스마스!"

"그래. 메리 크리스마스다, 이놈아."

'메리 크리스마스'만 알아들었을 경찰은 엄지손을 치켜세우며 '뽀기! 뽀기!'를 외쳐 댄다. '미남' 또는 '멋쟁이'라는 이야기였다.

기철이 어이없어하며 피식 웃자, 경찰이 친절하게 설명을 시작했다.

"지금 여기에서 딱지를 떼고 해드오피스에 가서 벌금을 내면 벌금이 2,000페소이고, 그냥 이곳에서 현금을 내면 500페소입니다."

2,000 페소와 500페소. 한화로 환산하면 60,000원과 15,000원이다.

"최 부장. 얼른 500원 주고 그만 가자."

다른 사람이 알아듣지 못하도록 500페소라고 하지 않고 기철이 500원이라고 했다.

최 부장이 주머니에서 100페소짜리 3장을 꺼내 경찰에게 내밀었다.

돈을 받은 경찰이 자기가 요구한 500페소가 아니라 300페소임을 확인했지만, 말없이 가슴주머니에 돈을 찔러 넣고는 면허증을 딩의 무릎 위로 던져 버렸다.

차를 출발시키는 딩의 표정을 살피며 최 부장이 푸념처럼 한마디를 뱉었다.

"이 나라는 뜯어 먹는 놈들이나 뜯기는 놈들이나 다 똑같습니다."

독재정권이 장기 집권을 하면 필연적으로 나타난다는 현상. 부정부패와 빈부격차이다.

캄보디아는 앞으로 어떤 모습으로 변해 갈까. 황량한 프놈펜의 거리를 그려 보며 마닐라의 빌딩 숲에 들어선 시간은 벌써 오전 10시 반을 지나고 있었다.

간식 시간인데도 마카티의 텅 빈 사무실을 '아이린'이 혼자 지키고 있었다. 반색하며 반기는 아이린의 손을 한 번 잡아 보고는 소파에 앉았다. 김치가 없으면 밥을 못 먹는다고 이야기할 정도로 한국인의 회사에 오래 근무한 한국통의 여직원이다.

그녀가 미안한 표정으로 기철을 바라본다. 표정을 읽은 기철이 그녀에게 물었다.

"못 찾았어요?"

아이린이 그냥 말없이 고개만 가로저었지만, 얼굴에는 최선을 다했다고 쓰여 있었다.

"바랑가이 쪽으로도 연락해 보았지? 가구 공장도?"

"예."

"응, 수고했어요. 할 수 없지, 뭐."

기철이 한국에서 출발하기 전에 카바나투안의 할머니를 찾아봐 달라고 그녀에게 부탁했었는데, 한국인이 운영하던 공장은 폐업한 상태이고 한국의 동사무소 격인 바랑가이 쪽으로 연락을 취해 봤지만 찾을 수가 없었다는 것이었다.

한국처럼 사람마다 바코드를 찍듯이 주민등록번호라는 숫자를 이마에 찍어 놓고, 사는 곳에 주민으로 등록하며 사는 나라가 아니니 이렇게 사람을 찾아야 할 때는 힘든 것이 당연했다. 그 할머니의 안부가 궁금하기도 하고 가능하다면 전화 통화라도 한번 하고 싶었지만 아쉬움만 남았다.

간식 시간이랍시고 자리를 비운 직원들이 한참이 지나도 자리로 돌아오질 않는다. 비어 있는 책상들을 바라보며 한국에서 일하는 필리핀 근로자들의 모습을 떠올려 보았다.

더듬거리기는 해도 따갈로그어를 몇 마디씩 구사하며 자기들에게 관심을 보이는 기철에게 그들이 늘어놓는 한국에서의 불평은 다양했지만, 우선은 욕설이었다. '인마', '씨발놈', '개새끼'가 그들의 이름이 되었다는 것이다.

그들을 부리는 한국 사람들의 이야기를 들어 보면, 월급이야 한국 사람의 절반밖에 안 주지만 일은 그들이 받는 돈의 절반도 못한다는 것이었다.

역시 기철 자신도 한국 사람이라 그럴까. 필리핀 사람들이 일하는 것을 보면 욕을 먹는 게 당연하다는 생각도 했었고, 몇 푼 안 되는 보수도 아깝다는 생각이 들 때도 있었다.

워낙 일 처리가 늦는 필리핀이라 3일 동안 아이린과 최 부장을 대동하고 다니며 세무서와 은행의 볼일을 겨우 마칠 수 있었고, 아이린이 이야기하는 새로 생긴 한국 식당이라는 곳으로 직원들을 불러내저녁 식사를 함께했다.

식사가 거의 끝나 갈 무렵, 기철의 권유로 소주잔을 들어 건배하고 나서 직원 하나가 최 부장에게 묻는다.

"왜 한국 사람들은 술을 마시면 싸움을 하나요?"

자기 친구가 한국에 가서 일하다 왔는데, 한국 사람들은 술만 마시면 싸움을 하더라고 했다는 것이었다. 대답이 궁색해진 최 부장을 대신하여 옆의 고참 직원 맥스가 아는 척을 하고 나섰다.

"술을 너무 많이 마시니까 그렇지."

필리핀 직원들의 시선이 최 부장과 기철의 사이를 오간다.

"그건 말이야……."

머릿속에서 답변을 만들어 낸 듯 최 부장이 천천히 나섰다.

"한국 맥주 마셔 봤죠?"

최 부장의 질문에 모두들 머리를 끄덕인다.

"산미겔 맥주하고는 다르지요?"

"당연히 산미겔이 좋지요. 산미겔은 역사가 200년이 넘는 세계적인 맥주지요."

바라보고 있던 기철도 공감한다는 뜻으로 고개를 끄덕이고 최부장의 다음 이야기를 기다렸다.

"그럼 단두아이하고 한국 소주는 어때요?"

"단두아이가 훨씬 좋죠. 레몬즙을 타서 마시면 맛이 최고지요."

옆의 직원 하나는 '쩝' 소리가 날 정도로 입맛을 다셨다.

"그래, 그게 답이에요. 필리핀은 술이 좋지만, 한국 술들은 질이 나빠서 마시고 나면 머리가 아프고 그래서 다툼이 일어나는 것이지."

산미겔 맥주야 스페인 사람들이 세운 맥주회사이고 필리핀의 자존심이지만, 사실 단두아이는 서민이 마시는 술이기도 하지만 형편없는 싸구려 술이었다. 최 부장이 잘 둘러댄 것일까 하는 생각을 해 보는데, 최 부장에게 불쑥 던지는 질문이 하나 더 있었다.

"필리핀에 와서 필리핀 술을 마시고도 한국 사람들은 싸움을 많이 하던데요?"

예상 밖의 질문이었다. 마닐라의 항구 쪽에 아드리아티코라는 유명한 홍등가가 있는데, 싸움만 났다 하면 한국 관광객이라는 것이다.

"글쎄…… 사람마다 다르지 않을까요?"

최 부장이 반문해 보는 것으로 대답을 얼버무렸다.

기철이 아이린에게 내일 일찍 방콕을 거쳐서 프놈펜으로 가는 항공권을 다시 한 번 확인하라는 이야기를 하면서 자리를 끝냈다.

"최 부장, 우리 객실로 올라가서 한 잔 더 할까?"

프론트에서 객실의 키를 받아 든 기철이 서둘러 마닐라를 떠나야 하는 아쉬움에 최 부장을 붙잡았다.

"피곤하지 않으세요? 호텔까지만 바래다 드리고 내일 아침 일찍 오려고 했는데……."

"괜찮아. 오늘 에너지 드링크를 두 병이나 마셨잖아."

기철이 코를 찡긋거려 보이고는 앞서서 엘리베이터 쪽으로 걸음을 옮겼다.

죠니워커 블랙라벨. 흔한 술이지만 스모키향의 그 술은 분위기 안 되는 호텔의 객실에서 마시기에는 가격도 무난했다.

기철이 비운 잔을 최 부장이 채웠다.

"최 부장. 마닐라에 근무한 게 얼마나 되었지?"

"이제 5개월째 들어갑니다."

"몸살 한 번 앓았겠네?"

"예?"

"보통 처음 외국에 나와서 생활을 하게 되면 3개월이 될 즈음에 몸살을 한차례 앓는다고 하지. 일종의 향수병이랄까."

"그런가요? 저도 그때쯤 몸살감기를 한 번 앓은 것 같습니다."

최 부장이 호되게 감기몸살을 앓았던 기억을 떠올렸다.

"이곳 사람들은 감기에 특효라며 갈라만시라는 것의 즙을 물에 타서 마시더라고."

"저도 먹어 봤습니다."

"응. 더운 날씨에는 체력 소모도 크니까 운동도 꾸준히 해야 하네. 생활은 할 만하지?"

최 부장을 필리핀으로 해외근무를 보내는 것은 박 전무가 결정한 일이고 기철은 보고만 받았으니 당연히 관심 정도는 보여야 하는 것이었다.

"생활에는 불편한 점이 없습니다. 다만 이 나라 사람들과 같이 일하는 것이 힘이 들지요."

"응. 그럴 거야, 아마."

"사장님께서는 경험이 있으시니까 이해를 하시지만, 저는 아직도 적응이 잘 안 됩니다."

"아직도 적응이 안 된다고? 어떤 면에서 적응이 안 된다는 거야?"

"글쎄요, 국민성이라고 해야 할까요? 어떤 것이든 약속을 지키는 것을 볼 수가 없습니다. 그리고 월급을 주면 다음 날 오전부터 가불을 해달라고 합니다."

"맞아. 하하하!"

기철이 과거에 몇 차례 겪어 보았던 기억을 떠올리며 크게 웃었다.

"어제 월급 탄 돈을 어떻게 했냐고 물으면, 옷이나 신발을 사서 돈이 없다는 것이지요. 이 사람들에게는 내일이 없는지 저축이라는 걸 모릅니다."

"그래, 나도 처음에는 이해하기가 힘들었었어."

"또 이런 경우이지요. 물론 잔돈이기는 하지만 돈을 빌려 가면 갚을 줄을 모르고 며칠 후에 또 빌려 달라고 합니다. 지난번 빌린 돈에 대하여는 까맣게 잊고 있더라고요. 돈을 빌려 갈 당시에 아예 갚을 생각이 없었다는 것이지요. 오랜 식민지 근성인 거 같습니다."

최 부장이 작정이라도 한 듯 불만을 쏟아 냈다.

"또 이 나라는 공무원들이 해야 할 일을 안 하고 꼭 중간에 브로커를 세웁니다. 그리고 브로커를 통해서 뒷돈을 받아 챙기지요. 이 사람들에게 외국인은 뜯어먹을 수 있는 대상일 뿐입니다. 그리고 천성이 게으른 사람들입니다. 잘못된 것을 보고도 고치려 하지도 않고 저항할 줄 모르는 것이야말로 식민지 근성 아닐까요?"

기철이 머리를 끄덕여 보이기는 하지만 '이 녀석 여기에서 오래 근무하기 힘들겠구나.' 하는 생각을 해 본다.

"그리고 극심한 빈부격차나 부패수준을 보면 어떻게 행복지수가 그리 높을까 하는 의문이 생깁니다."

기철이 말없이 술잔을 비우고 최 부장을 바라보았다.

"저는 해외근무가 처음이지만 제가 자원해서 이곳으로 나오면서

역동적으로 일해 보겠다고 벼르고 들어왔는데, 이곳의 관공서나 거래하는 업체의 사람들과 부딪히면서 불과 한 달도 안 되어 지쳐 버리고 말았습니다."

"그래. 한국에서와같이 빠른 일 처리는 기대하기 어렵지. 너무 부담 갖지 말게. 그래도 한인회 사무실이 마침 우리와 같은 건물에 있어서 한국 소식도 자주 접할 수 있으니 그리 외롭지는 않지?"

한인회 이야기가 나오자 최 부장이 냉랭한 표정을 지었다.

"저는 한인회 사무실에는 발길을 끊었습니다."

"발을 끊다니?"

"한쪽에서는 한인회 활동에 적극적이지 않은 사람은 한국에서 죄를 짓고 도망을 온 사람들이라 한국인 모임에 얼굴을 내밀지 않는다며 흉을 봐 대고, 한인회에 얼굴을 비치지 않는 사람들이 모이면 한인회 임원들은 한인회 임원 명함을 들고 다니면서 한국에서 처음 들어오는 사람들을 상대로 사기나 치는 놈들이라며 뒷담화를 해대는 걸 보면, 어느 쪽이고 가깝게 할 게 못 된다는 생각이 들어서……."

기철이 캄보디아 북한 대사관의 박 참사가 '련맹을 만들어야 하지 않겠느냐?'고 했던 모습이 떠오르자 술잔을 들었다.

"맞아. 말 많은 집은 장맛이 쓰다고 하잖아. 이곳의 한인회는 꼴불견이야."

필리핀에서의 근무가 채 5개월도 안 되어 지쳐 있는 최 부장에게 기철이 제안을 하고 나섰다.

"최 부장, 자네 혹시 근무지를 옮겨 볼 생각 없나? 필리핀이 아닌

다른 나라말이야."

"혹시, 캄보디아 말씀이신가요?"

"응. 근무 여건이 이곳보다 열악하기는 하지만 곧 우리나라와 수교를 하게 될 것이고, 자네가 다루어 보지 않은 아이템이기는 하지만 하루 이틀이면 업무 파악을 할 수 있지. 개척한다는 마음가짐을 가진 직원이 필요한데, 사실 자원하고 나서는 사람이 없어서 고민 중이야."

기철이 최 부장의 대답을 기다렸다.

"그런 미개척지에서 일을 한번 해 보고 싶기는 합니다만, 며칠 더 고민해 보고 사장님께 직접 말씀드리겠습니다."

"그래. 보수 같은 부분은 내가 잘 책정이 될 수 있도록 할 테니 생각해 보게."

기철이 잔을 들어 두 사람은 말없이 건배하고 잔을 비웠다.

"내가 재미있는 이야기 하나 해줄까?"

기철이 담배를 꺼내 물었고 불을 붙이는 동안 최 부장이 침묵을 지켰다.

"내가 영어 공부를 위해 처음 필리핀에 발을 들여놓은 게 거의 15년 전이야. 그때는 마르코스 대통령 시절이었지. 그러다가 1986년에 부패할 대로 부패한 독재정권에 대항해서 시민혁명이 일어나고, 마르코스가 권좌에서 물러나면서 망명길에 오르게 되었지."

기철이 당시를 회상해 보며 이야기를 이어 갔다.

"나는 당시에 EDSA의 도로를 메운 엄청난 시위행렬을 보았지. 필리핀 사람들이 저항할 줄 모른다는 이야기는 편견이야. 군중의 힘이 얼마나 무서운 줄 알아? 시민혁명이 일어나리라는 것은 이미 많은 사람이 예측했던 일이었어."

들고 있던 최 부장이 기철의 앞으로 재떨이를 밀어 넣었다.

"이곳에서 이 나라 국민들이 일하는 걸 보면 화가 치밀다가도 한편으로는 동정이 갑니다. 그리고 느낀 것은 한국과 필리핀의 국민성은 달라도 정치인은 똑같더라는 것입니다."

"한국과 필리핀의 정치인들이 똑같다고?"

"예."

기철이 고개를 한쪽으로 기울이는 모습을 보이자, 최 부장이 서둘러 이야기를 시작했다.

"이 나라를 이해하기 위해 이 나라의 현대사에 대해 공부를 좀 했습니다. 젊은 사람들과 이야기도 많이 나누어 봤지요."

"음, 그래."

기철이 여러 차례 머리를 끄덕거렸다.

"한국에는 박정희 전 대통령이 장기 집권을 했고 필리핀은 마르코스가 21년간 장기 집권을 했더군요. 박 대통령은 1961년에 군사쿠데타로 집권한 것이고 그나마 마르코스는 1965년에 민주적인 선거로 대통령에 당선되었다는 것이 그들의 차이점일 뿐 너무도 닮았더라는 것입니다."

"응. 그랬지."

"아, 그리고 한 가지 더 다른 점이 있어요. 한국은 산업화를 성공적으로 이루었다는 것이고, 필리핀은 경제정책이 실패한 것이지요. 그들이 집권할 당시만 해도 한국의 경제력은 필리핀에 견줄 수 없는 정도였으니까요."

"산업화의 성공은 국민성에서 기인한 결과라고 나는 생각하네. 아무튼 그건 다른 점이고 그럼 똑같다는 점은 무엇이지?"

기철이 최 부장의 이야기에 동의하는 표정을 짓다가 던진 질문이었다.

"너무 많습니다. 우선 두 사람은 나라의 경제 발전을 공약으로 내세우고 군인을 앞세웠다는 것이지요. 북한이 선군정치를 외치듯이 말입니다."

인도네시아의 형님 이야기가 기철의 머릿속에서 스쳐 지나갔다.

"거기까지는 그렇다 치더라도 두 사람은 모두 미국의 신임과 지원을 얻기 위해 베트남전에 젊은이들을 파병했지요. 한국의 경우는 엄청난 전사자를 내면서 말입니다."

기철의 빈 잔을 채우면서도 최 부장의 이야기는 끊어지지 않았다.

"박정희 대통령은 민주정치를 원하는 국민들에게 한국적 민주주의를 역설했지요. 남북이 대치하고 있는 상황에서 어쩔 수 없이 우리가 선택해야 하는 길이라는 것이었지요. 마르코스는 뭐라 했는지 아세요? 공산주의와 이슬람의 저항 때문에 전통적 민주주의는 너무 위험하다고 역설했습니다."

"하지만 시대적 상황이었다고 이해하는 사람들도 적지 않지."

한동안 듣고 있던 기철이 툭 한마디를 던졌다.

"어떻습니까? 너무도 닮지 않았나요? 어느 쪽이 어느 쪽을 벤치마킹한 것인지는 몰라도 앞서거니 뒤서거니 하면서, 결국은 두 독재자가 같은 길을 간 것 아닙니까?"

최 부장이 항의하는 듯한 표정을 지으며 기철에게 동의를 구하고 있었다. 기철이 머리만 끄덕일 뿐 확실한 동의 표시를 하지 않자, 최 부장이 이야기를 이어 갔다.

"닮은 점은 또 있습니다. 두 정치지도자가 민주주의를 열망하는 국민적 저항에 부딪히자 모두 1972년에 계엄령을 선포하게 되는데, 한 사람은 비상국무회의에서 유신헌법을 의결했지요. 모든 것을 새롭게 한다며 국회가 아닌 국무회의에서 헌법을 개정한 것입니다."

'10월 유신'과 '유신과업'이라는 단어가 떠올랐다. 기철이 고등학생이던 어느 해였다.

"또 한 사람은 새로운 사회를 만들기 위해 불가피하다며 계엄령을 선포하고 언론과 의회를 해산하고 새로운 헌법을 만들었지요. 두 사람 모두 정권 연장을 위해 민주 질서를 파괴한 것입니다."

"나도 최 부장 자네가 이야기하는 것처럼 필리핀 사회나 국민들의 의식을 바라보면서 이해하기 힘들 때가 있었어. 이야기를 들어 보니 국민성은 달라도 정치인은 똑같다는 이야기에 공감이 가네."

최 부장의 얼굴에서 푸른빛이 가시고 있었고 기철의 얼굴에도 가볍게 술기운이 올랐다.

"무역업을 시작하려고 내가 92년도에 다시 마닐라 땅을 밟았는데 그해가 대통령 선거가 있는 해였어. 마르코스 대통령이 시민혁명으로 망명길에 올랐던 일이 6년 전의 일인데, 독재자라고 국민들이 쫓아낸 마르코스는 사망하고 미망인이 미국 망명생활에서 돌아와 대통령 후보가 되어 선거유세를 하고 다니더란 말이지. 지지하며 쫓아다니는 사람을 붙들고 슬쩍 물어봤어. 마르코스 전 대통령의 별명이 무엇인지 아느냐고. 망설임 없이 '알리바바'라고 대답을 하더군. 도둑이라는 말이지. 사치의 여왕이라고 한국의 언론에도 소개되었던 이멜다 여사의 구두가 3,000켤레가 넘었다는 거야."

"그 이멜다 여사는 미스 필리핀 출신이라면서요?"

"물론 미스 필리핀 출신이고 남편을 대통령까지 만들었고 그 정부에서 장관직을 지낸 사람이니 개인적으로 그녀를 추종하는 사람도 있을 테고 일반 대중적 인기는 있을 수도 있었겠지만, 대통령 후보가 될 수는 없는 게 맞지 않을까?"

최 부장의 표정을 한 번 살피고 기철이 이야기를 이었다.

"그런데 선거유세장에서 산미겔 맥주나 코카콜라 한 병에 돼지고기나 닭고기 꼬치 하나씩 나누어 주는 것을 받아들고 환호하는 군중을 보면서, 도대체 그 사람들이 정신이 있는 사람들인지 없는 사람들인지 이해를 할 수가 없더군."

피곤을 느낀 기철은 이쯤에서 이야기를 끝내고 싶었다.

"우리 오늘 부패지수가 그렇게 높은 나라인 필리핀 사람들이 어떻게 행복지수가 아시아 최고일 수 있는가 하는 의문은 이렇게 답을 내리세."

"어떻게 말인가요?"

기철이 즉시 답을 내렸다.

"용서야."

"용서요?"

"응. 도둑놈도 용서하고 강도도 다 용서를 하니 이 나라 사람들의 행복지수가 올라가는 거 아닐까? 용서하지 않으며 어두운 과거에 매달리면 밝은 미래가 보장될 수 없다고 생각하네. 그리고 이제는 훌륭한 지도자가 나타나겠지. 국민들의 의식 수준도 높아질 테고."

- 9 -

언론 플레이

　마닐라의 아키노 공항을 이륙한 비행기로 2시간. 방콕의 돈무앙 공항 상공에서 고도를 낮추며 착륙을 하는 기내에서 항공권을 다시 꺼내 본다. 비행기를 갈아탈 때까지 여유 시간은 6시간. 공항을 빠져 나와 엄청난 교통체증을 뚫고 카오산로드까지 들어가서 동대문 식당 의 김치말이 국수를 한 그릇 먹고 나오기에는 너무 시간이 촉박하다.

　기철이 무역업을 시작하고 처음으로 나선 길이 방콕이었고 아이템 은 찹쌀이었다. 한국의 여러 가지 수입규제에 걸려 농산물의 수입은 쉽지 않았다. 찹쌀을 삶아서 건조한 다음에 가공식품으로 통관을 시 키는 방법도 연구해 보았지만 결국 포기하고 말았다. 그 시절 방콕에 머물면서 하루 한 번씩은 꼭 들르던 한국 식당이 동대문이다. 그리고 동대문 식당에서 만난 어떤 사람과의 인연으로 '떵까우'라는 아이템 을 얻었다.

방콕 시내를 나갔다가 오기에는 시간도 촉박했지만, 아침에 마닐라를 떠나면서 프놈펜에 전화했었는데 하산은 자리를 비우고 없었고 찌에가 울먹이며 하는 이야기에 몹시 신경이 쓰였다. 돈무앙 공항에 내리면 다시 프놈펜에 전화하여 하산과 통화를 해 보는 게 급선무였다.

깜퐁솜의 헌병대장 말리 중령이 전화하여 기철을 찾았는데, 찌에가 '사장님은 한국에 나가고 없다.'고 했더니 당분간 캄보디아에 들어오지 말라고 전하라고 했다는 것이다. 캄보디아에서 곧 전쟁이 일어난다며.

별일이 아니리라 판단은 되지만 돈무앙 공항에 발을 딛자마자 서둘러 프놈펜으로 전화를 걸었다. 하산이 받았다. 다행히도 목소리가 밝았다. 기철은 할머니의 안부를 묻기 전에 찌에에게 들은 이야기를 먼저 꺼냈다.

"아닙니다. 말리 중령 그 사람, 원래 허풍이 심하지 않습니까."

"그래도 뭔가 있는 거 아냐?"

전화기 건너편 하산의 표정을 상상해 보며 다시 물었다. 하산은 가볍게 이야기하며 웃고 있었지만, 가볍게 넘길 일이 아니라는 생각이 들었다.

"제가 알고 있는 일입니다. 별일 아닙니다."

"별일이 아니라니?"

"북한에서 들어온 컨테이너 6개 때문에 그런 이야기를 한 모양인데, 별일 아닙니다. 들어오시면 자세히 말씀을 드리겠습니다."

"응, 알았어. 그리고 할머니도 잘 계시지?"

"예. 매일 이 사장님 언제 오시느냐고 묻고 계십니다. 오늘 들어오실 것 같다고 말씀을 드렸고요."

하산과 통화를 하고 나니 한결 마음이 놓였다.

비행기를 갈아탈 시간이 촉박하여 동대문 식당의 김치말이 국수는 아쉬움과 함께 입맛만 다셔야 했고, 주인장 재석 아빠와도 전화로 안부만 전해야 했다.

태국과 캄보디아의 국경도시 페이폿에는 카지노가 들어서고 있다고 한다. 태국에서 국경을 넘어 쉽게 갈 수 있는 곳이지만, 페이폿에서 시엠립을 거쳐 프놈펜으로 가는 6번 국도는 버스도 다니지 않는 험한 길이었다. 페이폿에서 생기는 뭉칫돈은 어느 정치세력의 비자금이 되어 자기들 세력을 유지하는 뒷자금이 될 것이라는 생각에 이르자, TV에 자주 등장하는 캄보디아 정치인들의 모습들이 하나씩 떠올랐다.

그들의 세력 다툼으로 언제라도 내전이 일어날 수도 있는 상황에서 북한은 어떤 식으로든 개입될 것이라는 생각도 들었다.

'이 나라는 공항부터 대대적으로 수리하든가 새로 짓는 게 제일 급한 일이구먼.'

캄보디아의 포천퉁 공항에 도착하면서 항상 느끼는 점이다.

트랩을 내려 청사까지 걷는 길조차도 조명이 어둡다. 유일한 국제 공항이니 한 나라의 얼굴인데 최소한의 체면 유지는 할 수 있어야 할 텐데, 공항은 어느 시골의 철도역사와 다를 바 없었다. 입국심사를 받으며 바라보니 하산과 찌에가 픽업하겠다고 나와 있었다.

"예정보다 도착이 30분 늦었네요."

하산이 가방을 받아들며 기철의 표정을 살폈다.

"응, 그래도 타이항공은 비교적 시간이 잘 지켜지는 것 같던데."

"잘 다녀오셨어요?"

기철도 찌에를 바라보며 환한 웃음으로 인사를 받았다.

"응. 그런데 왜 찌에는 아직 퇴근을 안 했어?"

"제가 외출을 했다가 회사에 들어가 보니 찌에가 혼자 남아 있기에 퇴근을 시키는 길에 공항까지 같이 왔습니다."

찌에를 바라보는 기철에게 하산이 대신 대답을 했다. 차가 공항을 빠져나오며 기철이 뒷자리의 찌에를 돌아다보았다.

"헌병대 말리 중령 전화받은 이야기를 자세히 좀 해 봐."

"제가 위층 사무실에 혼자 있었는데 전화가 와서 받았더니, 깜퐁솜 헌병대장이라고 하면서 사장님을 찾았어요."

"그래서?"

"한국에 나가셨다고 그랬지요."

마닐라에서 기철과 통화할 때와는 달리 찌에가 덤덤히 대답했다.

"그랬더니?"

"언제 들어오시느냐고 그러기에 돌아오시는 날짜는 정확히 모르지만 열흘 정도 걸리실 것 같다고 그랬지요."

"그랬더니 뭐래?"

"저 보고 한국에 전화를 걸어서 사장님 들어오지 마시라고 이야기하라는 거예요. 캄보디아에 전쟁이 날 거라고 하면서⋯⋯."

말끝을 흐리는 찌에에게 걱정하지 말라는 표정으로 환하게 웃어 주며 기철이 핸들을 잡고 있는 하산에게 눈길을 돌렸다. 하산이 먼저 이야기를 꺼냈다.

"그 사람, 원래 그런 사람입니다."

띄엄띄엄 지나치는 모토들을 바라보던 기철의 시선이 다시 하산에게 돌아왔다.

"그런데 그게 무슨 일이야? 컨테이너 6개라는 것이."

"저번 주에 라나리드 총리 경호부대에 필요한 물건들을 20피트짜리 작은 컨테이너 6개로 들여왔는데, 그걸 항구에서 말리 중령이 잡아 놓고 있습니다."

심각하게 생각을 해 볼 수도 있는 문제인데 하산은 가볍게 이야기하고 있었다.

"그게 북한에서 온 것이란 말이야?"

"예."

"컨테이너 안의 물품이 무엇이었는데?"

"주로 군인들에게 보급될 군복과 군화, 수통, 배낭, 모포, 철모, 혁대 등으로 알고 있습니다."

"그런데 그걸 왜 말리 중령이 압류해 놓았지?"

"그중 컨테이너 2개는 무기였습니다."

"뭐야? 무기였다고?"

기철의 놀란 표정을 보고 나서야 하산의 말투가 조심스러워졌다.

"예. 주로 소총이고 기관총과 대전차포가 몇 정이 있는 걸로 알고 있습니다."

대전차포인 RPG-7을 메고 있는 중동의 어느 나라 군인들의 모습이 연상되고, 기철은 가볍게 생각하고 넘길 일이 아니라는 생각이 들었다.

"라나리드 총리 경호부대라면, 하산이 가려고 하는 그 부대 아닌가?"

"예."

하산이 짧게 대답했다.

"훈센과 달리 라나리드 총리 쪽은 너무 무장이 열악합니다. 소총도 전원 지급이 안 되어 있습니다."

하산의 불만 섞인 말투였다.

"혹시 두 총리 간에 무기를 수입하는 등에 대한 규제 같은 약속이 있었던 것은 아닌가?"

"그런 부분에 대한 약속 같은 것은 없었습니다."

기철이 생각에 잠긴다.

'아닐 것이다. 어떤 약정 같은 게 있었을 것이고 그 약정을 어기자, 말리 중령이 기다렸다는 듯이 압류를 했을 것이다. 이러한 사건이 내전의 불씨가 될 수도 있지 않을까?'

하산이 기철의 생각을 읽어 냈다.

"염려는 안 하셔도 될 겁니다. 두 총리 측에서 어제부터 그 문제를 놓고 협상을 시작했습니다."

"하산, 그 문제에 대한 정보가 있으면 그때그때 나에게도 알려줘. 아무래도 좀 불안해."

"예, 알겠습니다."

"그리고 혹시 북한 대사관 쪽에서 어떤 움직임은 없었지?"

기철이 할머니 생각을 하며 이야기를 꺼냈다.

"북한 대사관에서는 어떤 목소리를 낼 수가 없는 처지지요."

"아니, 그게 아니라 할머니와 관련한 움직임 말이야."

"아, 예. 전혀 없었습니다."

중간에 찌에를 내려주고 회사에 도착하자, 지나와 할머니가 아래 층까지 내려와 있었다. 할머니는 기철의 손을 잡은 채 눈물까지 글썽 거렸다.

"이 사장님 따님도 건강하지요?"

할머니는 유독 해님이에게 관심을 보였다.

"예. 할머님도 별일 없으셨지요?"

할머니에겐 한국에서 준비해 간 코에 작은 꽃그림이 있는 하얀 고 무신을 선물해 드렸고, 지나에겐 립스틱과 파운데이션 등의 화장품 과 한 묶음의 스타킹을 건넸다.

고무신을 받아든 할머니는 눈이 휘둥그레지며 한동안 들여다보다 가 가슴에 끌어안고 한없이 눈물만 흘렸다.

"할머니 이 신발 기억나세요?"

"그럼요. 이 신발은 내가 캄보디아에 들어올 때도 내 가방 안에 있 었어요."

할머니에게 한국에 가서 외무부에 다녀온 이야기를 하기 전에 하산과의 논의가 먼저라는 생각에 피곤하다는 이유를 대고 3층으로 올라왔다.

"그 쯔힘이라는 중국계 약재상 있지요?"

하산이 식탁에 마주 앉자마자 떵까우 이야기를 꺼냈다.

"응. 왜?

"떵까우를 톤 단위로 구해 줄 수 있답니다."

"그래?"

모처럼의 반가운 소식에 기철의 표정이 환해졌다.

"빠일린 쪽에서 지금 건조 중이라네요."

"빠일린이라면 폴포트가 숨어 있다는 그곳 아닌가?"

"맞습니다. 루비와 사파이어 같은 보석이 많이 나는 곳입니다. 그것을 자금으로 활용하며 폴포트가 버티고 있습니다."

기철이 이해할 수 없다는 표정을 지으며 폴포트에 대한 질문을 꺼냈다.

"그런데 왜 정부에서는 군인을 동원해서라도 체포하려고 적극적으로 나서지를 않는 거야?"

"더 들춰내 봐야 좋을 게 없다는 것이지요. 지금의 정치인들 모두가 한때는 폴포트와 함께한 동지이거나 지지자들이었으니까요."

"듣고 보니 그러네."

기철이 이해를 했다는 표정을 지으며 하산을 다시 바라보았다.

"알지? 떵까우 건조할 때 함수율을 맞추지 못하면 우기에 보관하다가 다 썩어 버리는 거."

"그럼요. 확실하게 체크하겠습니다."

"하여튼 반가운 소식이네. 그런데 그 사람 또 선불을 요구해?"

"예, 돈 이야기가 나왔었는데 건조 상태를 확인하고 그 자리에서 현금으로 지급하겠다고 이야기를 잘 마무리 지었습니다."

"음, 잘했네. 물건 가지러 갈 때 현금을 들고 가서 결정만 하면 되겠군."

기철이 화제를 바꾸었다.

"하산. 할머니가 기억해 내는 한국에 대한 이야기는 더 없었어?"

"그렇지 않아도 이 사장님 들어오시면 말씀을 드리려고 했습니다. 할머니와 이야기를 많이 해 봤습니다. 많은 것이 추측할 수 있었습니다."

"추측?"

기철이 마시려던 물병을 내려놓으며 물었다.

"예, 추측이기는 하지만 아마 정확할 것 같습니다."

"어떤 추측들이 가능했지?"

기철이 심각한 표정을 지었다.

"할머니는 일본군의 종군위안부로 캄보디아에 오신 것 같습니다. 1945년쯤……."

"응, 나도 그렇게 추측을 하고 있었어."

기철이 고개를 여러 차례 끄덕이는 모습을 보며 하산이 이야기를 이어 나갔다.

"그리고 전쟁이 끝났지만 일본 군인과 같이 캄보디아에 남아 살게
된 것이라고 추측됩니다."

"그런데 어디서 어떻게 살았는지는 모르겠지?"

"그 부분에 대하여는 할머니가 말씀하시면서 굉장히 조심하시던
데, 캄보디아 왕가의 이야기나 론놀 전 대통령, 그리고 저도 몰랐던
고위 정치인의 이름들을 거론하시는 걸 보면 예사롭지 않게 살아온
것 같습니다. 특히나 미국인을 상당히 경계하시는 것 같은 느낌을 받
았습니다."

팔짱을 낀 채 기철이 한동안 생각에 잠겼다. 태평양전쟁이 끝난 것
도 모른 채 30년 이상을 산속에서 지내다가 일본으로 돌아간 어느
일본군 장교의 이야기가 떠올랐다.

"이 사장님, 혹시 이번에 할머니가 한국으로 돌아가는 문제에 대
해 알아보셨나요?"

"응, 몇 사람의 조언도 들어 보고 한국의 외무부에도 들어가 봤는
데 쉬운 일이 아닐 것 같아. 할머니의 기억이 너무 없어서 말이야."

"그렇기도 하네요."

하산이 아쉬움을 표했다.

"한국의 정부 차원에서 나서면 쉽게 한국인이라는 게 확인이 될
수 있을 텐데요."

외무부에 들어갔었던 이야기를 듣고 난 하산의 반응이었다.

"한 가지 길이 있다면……."

이야기를 꺼내는 기철에게 하산이 눈을 맞추었다.

"어떤?"

"이번에 한국에 들어가서 알았는데, 위안부 출신 여성들의 귀국과 보상을 추진하는 단체가 있던데."

"NGO인가요?"

"응, 맞아."

"그럼 그 단체의 도움을 받으면 어렵지 않지 않겠습니까?"

"내 생각은 조금 달라서 문제이지."

"어떤 생각이신가요?"

하산의 표정이 진지했다.

"일본군을 따라 이곳 캄보디아에까지 와서 위안부 생활을 했다는 것을 세상에 널리 알리지 않고 조용히 한국에 들어갈 수 있었으면 하는 것이 내가 바라는 것이거든."

"아, 참 할머니한테 캄보디아인 남편이 있습니다."

깜박 잊을 뻔했다는 표정을 지으며 하산이 이야기를 꺼냈다.

"뭐라고? 남편이 있어? 정말이야?"

기철이 눈을 크게 뜨며 여러 차례 물었다.

"예, 쏨빠잉이라는 사람입니다. 거의 폐인이다 싶을 정도로 알코올 중독증세가 심한 사람이고 72세 정도 된 사람입니다."

"그 사람, 만나 봤어?"

"만나 보지는 않았습니다. 사람을 시켜서 알아봤는데 지금은 할머니와 왕래도 자주 안 하는 것 같습니다."

"그리고 지나는 여동생이 3명이나 있더군요. 그러니까 지눈 이외에도 2명이 더 있습니다."

기철은 할머니에 대해 새로운 사실들을 부지런히 머릿속에서 정리해 보고 있었다.

"제가 판단하기에는 할머니는 한국에 가신다고 해도 방문 차원이지, 한국에 거주하시는 것은 할머니 본인이 원치 않으실 것 같습니다."

"쏨빠잉이라는 할아버지 때문에?"

"아닙니다. 그게 아니고 한국과 일본이 위안부 문제 등으로 사이가 나쁘다는 사실을 알고 계시고 자신을 드러내는 것이 일본인 남편에게 해롭다는 생각을 하시는 것이 틀림없어 보입니다. 한국에 가서 사시면 훨씬 건강하고 편안하실 것이라고 말씀을 드리면서 눈치를 살펴봐도 왠지 그런 느낌이 들던데요. 그리고 언젠가 할머니가 일본에 갈 수 있는가를 물었었지요?"

"응, 그랬지. 일본인 남편을 찾고 싶었겠지."

"그런 부분도 있지만, 위안부로 생활할 당시에 일본 은행에 예금을 들어 놓은 것이 있는 것 같고, 그 돈을 찾을 수 있을까 하는 생각을 하는 것 같습니다."

"그래? 하산은 그걸 어떻게 알았어?"

"CNN에서 일본군 위안부 출신의 어느 네덜란드와 타이완 할머니의 인터뷰가 나왔었는데, 그 할머니들이 그런 이야기를 하던데요. 강제로 저금했다고."

기철이 말없이 고개를 끄덕였다. 하산의 이야기가 이어졌다.

"할머니가 원하시는 것은 한국을 방문하여 생사도 알 수 없는 가족을 찾는 것보다 일본을 방문하여 일본인 남편을 마지막으로라도 한 번 더 만나 보고, 얼마나 될지 알 수 없지만, 자신의 예금을 찾아 캄보디아로 돌아와 사는 것을 원하시는 것 같습니다."

"그렇다면 우리는 한국으로 돌아갈 길보다는 일본인 남편을 찾아 주는 게 우선이겠군. 일본인 남편을 찾으면 예금도 찾을 수 있게 되지 않겠어?"

"그리고 이건 순수한 제 느낌인데요. 지나의 그 일본인 할아버지와 이 사장님이 많이 닮은 것 같습니다."

"나와……? 외모가?"

"예. 할머니는 이 사장님에게서 일본인 남편의 모습을 찾고 계시더라고요."

기철은 할머니를 처음 만났을 때 돋보기안경 속의 큰 눈으로 뚫어지게 자신을 바라보던 할머니의 모습을 떠올렸다.

"일본인 남편과 헤어질 때 그 일본인 남편의 나이도 지금의 이 사장님 정도인 것 같습니다."

"우와! 하산 대단하구먼. 어떻게 그렇게 많은 걸 알아냈지?"

"아무래도 이사장님은 할머니와 언어 소통이 잘 안 되지만 저는 틈틈이 이야기를 많이 하다 보니……."

하산은 당연하다는 표정이었다.

"우리가 할머니의 그 일본인 남편을 찾을 수 있을까? 우선 생존 여부도 알 수가 없고, 유명인사가 아니라면 어떻게 찾겠어?"

"할머니는 그분이 현재까지 생존해 있을 것이라고 굳게 믿고 있는 것 같습니다. 그리고 고위 공무원이거나 정치인일 것으로 생각하고 있는 것 같습니다."

"내일이라도 도쿄의 마쯔모도 씨에게 연락하여 좀 찾아봐 달라고 부탁을 해 볼까? 마쯔모도 씨하고는 필리핀에서도 거래해 보았고 두 번이나 만나 본 적이 있는데 신뢰가 가는 사람이야."

"마쯔모도 씨가 필리핀을 두 번이나 방문했었나요?"

"아니, 한 번은 내가 일본에 들어가서 만났었지. 덤프트럭 부품을 사러 갔을 때."

"그랬군요."

피곤하기도 하고 샤워를 하고 싶은 마음에 기철이 이야기를 마무리하려고 나섰다.

"내일 일본에 전화해 보기로 하고 오늘은 이만 자자. 피곤하기도 하고 하니."

요란한 빗소리가 잠자리의 기철을 창가로 불러 세웠다. 기철이 벽에 걸린 달력을 바라보았다. 11월이면 우기가 끝날 때가 지났다는 생각을 하며 창밖을 내다보지만, 한 치 앞도 바라볼 수 없을 정도로 빗줄기가 굵었다. 이 비가 멈추고 또 다른 태양이 떠오르면, 캄보디아에서의 사업도 그 가능성이 눈에 보이고 손에 잡히기도 할 것이라는 희망을 품어 본다.

지난밤 침실로 들어오기 전에 뭔가 하산이 하려고 하다가 미처 꺼내지 못한 이야기가 있었다는 느낌이 있었는데, 잠을 자러 들어간 그를 깨울 수 없어 그냥 밤을 보냈다.

다음 날 아침에 기철이 일찍 샤워하고 2층으로 내려서니, 할머니가 계단 입구에서 기다리고 있었다. 특별히 할 이야기가 있어 보이지는 않아서 사무실에 내려가 있는 하산을 불러올리지 않았다. 할머니의 손만 잡으며 아침 인사만 나누었으며, 지나와도 눈인사만 했다.

직원들을 한 사람씩 위층의 사무실로 불러서 작은 선물들을 하나씩 나누어 주었고, 찌에는 기철이 선물한 머리핀과 필기구들을 들여다보며 어린아이처럼 좋아했다.

캄퐁솜의 헌병대장 말리 중령에게 걱정해주어서 고맙다는 전화라도 한 통화를 할까 하는 생각을 해 보았지만 말리 중령을 마땅치 않게 생각하는 하산의 눈치가 보이기도 하고, 영어가 안 되는 그와는 대화가 거의 불가능하다는 생각에 포기해야 했다.

점심을 먹고 식곤증에 하품이 계속 나오는 시간, 운전기사 뜨락과 장을 보러 나가던 찌에가 무언가에 쫓기듯 다시 위층의 사무실로 뛰어 올라왔다.

"저 차가 며칠째 저 자리에서 우리 회사를 바라보며 서 있어요."

찌에의 표정이 심각했다. 그녀는 하산에게 아래층의 현관문을 통해 두싯호텔 앞의 길을 손가락으로 가리켰다.

"뭐라고? 왜 이제야 이야기를 하는 거야?"

허리를 굽히기도 하고 고개를 이쪽저쪽으로 돌려 가며 밖을 내다보는 하산의 모습을 보며 기철이 소파에서 일어났다.

"무슨 일이야?"

"저기 호텔 앞의 차가 보이시죠? 저 차가 며칠 전부터 저 자리에서 회사를 살피다가 돌아가곤 했다는데요?"

하산이 손으로 가리키는 곳에 회색 벤츠가 보였다.

'박 참사, 그 사람이……?'

"북한 사람들인가요?"

기철의 표정을 읽은 하산이 말없이 고개를 끄덕이는 기철에게서 찌에게 눈길을 돌렸다.

"찌에. 왜 진작 나한테 이야기 안 했어?"

하산이 미간을 찌푸렸다.

찌에는 '사장님이 한국 사람이라 사장님을 찾아오는 한국 사람인 가 하는 생각에 눈여겨보았는데 한국 사람으로 보이는 사람이 안 보 여서 이야기를 안 했었다.'는 것이었다. 그런데 시장에 가려고 나가다 가 보니 '한국 사람이 틀림없어 보이는 사람이 음료수를 들고 차에 오르더라'는 것이었다.

"언제부터 저 차가 저렇게 회사 건너편 길에 와 있곤 했어?"

기철이 다시 확인하겠다는 생각에 찌에에게 물었다.

"일주일쯤 되었을 거예요."

"일주일?"

기철은 한동안 눈을 깜박이며 생각에 잠겼고 잠시 침묵이 흘렀다.

"알았어. 찌에는 뜨락이 기다리니까 아무 일 없는 것처럼 그냥 시 장에 다녀와."

"예."

찌에가 불안한 표정을 지으며 손지갑을 들고 내려갔다.

"북한 사람들이 맞을까요?"

하산이 바싹 다가서며 기철의 눈치를 살폈다.

"응, 확실해. 내가 예전에 박 참사를 만나러 두싯호텔에 갔었을 때도 저 차가 두싯호텔 앞의 주차장에 세워져 있었어."

호텔 주차장은 비어 있거나 한두 대의 차량이 서 있을 뿐이기에 기철은 그 회색 벤츠차량이 박 참사가 타고 온 것이라는 생각을 했었고, 회사로 돌아와 2층의 창문에서 박 참사가 그 차를 타고 돌아가는 것을 보았었다.

"이 사장님을 기다리는 것일까요?"

"아닌 것 같아."

"그럼?"

"할머니를 찾아온 걸 거야."

"그럴까요?"

"저 사람들은 내가 캄보디아에 들어오거나 나가는 정보를 이민국에서 얻기 때문에 정확히 알고 있는 사람들인데, 일주일 전이라면 내가 캄보디아에 들어오지 않은 것을 알면서 왜 저렇게 자리를 지키겠어. 일주일 전부터 말이야. 또 나에게 용무가 있다면 전화를 해서 불러낼 수도 있지. 안 그래?"

"그렇겠군요."

하산이 부지런히 머리를 끄덕이는 모습을 보였다.

"왜 할머니의 동정을 살필까요?"

"글쎄 일종의 정보수집 활동이라고 봐야 하겠지. 이제 한국에서 대사관 직원들이 들어오게 될 테니 말이야."

"제가 나가서 살펴볼까요? 차량의 번호판이라든가 차 안에 어떤 사람들이 타고 있는지 말입니다."

"아니야. 그럴 필요 없어. 그냥 모르는 척하고 지켜보자."

"그리고 나 없을 때 할머니가 외출하거나 한 적 있어?"

"아니요. 할머니는 외출한 적이 없었고 지나가 할머니 약을 사러 나가거나 한 적은 몇 차례 있었습니다."

잠깐 생각을 해보던 하산이 대답하고 나서 자기의 기억이 틀림없다는 표정을 지어 보이며 머리를 끄덕였다.

"참, 할머니의 약은 어떤 종류의 약이야?"

"그렇지 않아도 제가 약을 알아봤는데요. 간장이 나쁜 사람에게 쓰이는 약이고 지나가 그 약을 직접 할머니 팔뚝의 혈관에 주사를 놓더군요. 주기적으로 주사를 맞고 가끔은 진통제를 먹기도 하고요."

하산이 자신의 팔뚝에 주사 바늘을 꽂는 시늉을 해 보였다.

"지나에게도 외출할 때는 미리 이야기하라고 하고, 혼자는 절대로 외출하지 말라고 이야기해."

"이 사장님도 조심하셔야 합니다."

"응, 알았어. 이제는 가까운 곳도 하산과 항상 같이 다닐 테니 염려 마."

회색 벤츠는 지나다니는 사람들이 힐끗거리며 안을 들여다보는데도 밤이 늦도록 그 자리를 떠나지 않았다.

3층의 침실에서 누워 잠을 청하던 기철이 일어나 벽에 바싹 붙은 채 창밖을 바라보았다. 누가 타고 있을까. 썬팅이 짙은 차 안에서는 어떤 움직임도 보이지 않았다.

기철이 불을 켜기 위해 스위치가 있는 쪽으로 다가가다가 그대로 가만히 방문을 열고 나가 식탁에 앉았다. 인기척을 느낀 하산이 방문을 반쯤 열고 고개를 내밀었다.

"아직 안 잤어?"

기철이 바라보며 물었다.

"예. 저도 잠이 안 와서……. 그런데 왜 나오셨어요? 더우세요?"

"아니, 더운 것보다 밖의 저 차가 신경이 쓰여서 잠이 안 와."

하산이 방에서 나와 기철의 앞에 앉았다.

"저도 생각해 보았는데 저렇게 저 자리에 버티고 있는 것을 쫓아버리거나 할 별다른 방도가 생각이 안 나네요."

"저 사람들이 할머니의 동정을 살피며 할머니가 한국 사람인지 확인을 하려는 정도라면 몰라도, 한국 사람이라는 확신이 서는 경우에는 북한으로 데리고 가려는 시도할 수도 있다는 생각이 들어."

"납치?"

하산이 큰 눈을 더 크게 뜨는 모습을 보였다.

"응."

"북한 사람들에게 할머니가 납치할 만한 가치가 있을까요?"

"내가 생각을 해 봤는데, 그들은 가치가 있다고 판단할 것 같아."

"어떤 면에서 가치가 있을까요? 이미 늙고 병든 노인인데요."

하산이 이야기를 들어 보자는 자세를 취했다.

"정치적으로 선전 효과를 기대할 수 있겠지. 남쪽 정부보다 자기들이 민족에 대한 관심이 더 커서 캄보디아에서 이러한 할머니를 찾아서 평양으로 모시고 왔노라고 말이야. 그리고……."

하산이 기철의 다음 이야기를 기다리고 있었다.

"그리고 일본과 외교적 마찰이 생길 때 과거 식민지 시절에 일본이 저지른 만행의 증거라며 할머니를 내세워 공격용으로도 활용할 수 있지 않을까? 일본에 보상을 요구하면서 말이야."

"말씀을 들어 보니 이 사장님의 판단이 옳다고 생각되네요."

하산이 계속해서 머리를 끄덕이고 있었다.

"그러나저러나 모레는 우리가 빠일린에 다녀오기로 한 날이고, 서둘러도 이틀이나 삼일이 걸릴 텐데……."

기철의 걱정에 하산이 방법을 제시하고 나섰다.

"할머니나 지나에게 외출을 하지 말라고 이야기하고 회사에는 제가 경찰관인 친구를 데려다 놓고 다녀올까요?"

"글쎄……."

"제게 믿을 만한 친구들이 있습니다."

사실 하산의 친구라 해도 캄보디아의 경찰관을 모두 믿을 수는 없었다.

"하산의 친구들이라면 믿을 수 있지만, 캄보디아에서 저 사람들의 뒷배경이 너무 크다는 것이 문제지. 하산의 친구가 감당할 수 없을 테니까……."

하산이 오해하지 않도록 기철의 이야기가 이어졌다.

"지금의 북한 지도자인 김정일이 오래전부터 시하누크 왕을 삼촌 이라고 부른다는 거야."

기철이 하산에게 이야기하면서 대동강변에 시하누크를 위해 김일 성이 지어 주었다는 '장수원'이라는 이름의 별장의 모습을 상상해 보 았다.

"그러니 만약에 저들이 할머니를 납치해서 북한으로 데리고 가려 고 마음을 먹는다면 얼마든지 할 수 있는 사람들이고, 하산의 친구 라 하더라도 그들에게 작은 걸림돌이 될 수는 있겠지만……."

하산도 반응이 없었고 한동안 말이 없던 기철이 방법이라며 이야 기를 꺼냈다.

"저들의 시도를 막거나 피하는 방법은 두 가지가 있을 것 같아."

"어떤 방법일까요?"

하산이 냉장고에서 다른 물병을 꺼내 들며 기철을 돌아보았다.

"하나는 말이야, 할머니를 저들 모르게 다른 곳으로 옮기는 방법 이지."

"할머니의 집으로 돌아가 있게 할까요?"

"아니야. 내 생각에는 이미 저들이 할머니의 주변을 모두 알고 있 을 것 같아."

또 한동안 침묵이 흘렀다. 그리고 기철이 물었다.

"지나의 동생들이 셋이나 된다며?"

"예."

"어디에서 어떻게 사는지도 알아?"

"지나 바로 아래의 동생은 남편이 군인입니다. 헌병 하사입니다."

"그래?"

"지나의 이야기를 들어 보니 평범하게 농사를 짓고 있으면서 사는
데, 훈센 쪽의 3사단 소속인 것 같습니다."

"음. 생각할수록 머리가 복잡해지네."

기철의 불안해하는 눈동자를 바라보며 하산이 의견을 꺼냈다.

"그러면 할머니의 집이 아닌 제3의 장소에서 당분간 비밀리에 생활
하도록 하는 것은 어떨까요?"

"제3의 장소?"

"예를 들어 제 고향인 캄퐁참이라든가, 아니면 우리가 다니는 깜
퐁솜의 항구 부근에 말입니다."

"글쎄……. 마땅한 곳이 있는지 생각을 좀 해 보자."

"또 다른 한 가지 방법은 어떤 건가요?"

기철이 머릿속의 생각을 잠시 정리한 후 이야기를 이었다.

"저들은 지금 비밀스럽게 움직이는 거 아닌가? 그 움직임을 세상
에 밝히며 내놓는 거야."

"어떤 방법으로요?"

"자기들의 비밀스러운 행동이 드러날 수도 있겠다는 정도의 생각
이 들도록 하는 거지."

"……."

"매스컴을 이용하는 거지. 예를 들면 기자들이 카메라를 들고 주

변에 나타나게 하든가 하는 방법인데, 그렇게 되면 외교관 차량의 번호판을 달고 버젓이 저렇게 행동하기는 어렵지 않겠어?"

"아하, 그게 좋겠네요. 자기들의 움직임이 노출되었다고 판단되면 저렇게 자리를 지키며 버티기는 어렵겠지요."

하산이 얼굴에 환한 미소를 띠었다.

"그래. 저들의 모습이 보이지 않을 때 할머니를 다른 곳으로 피신시키든가 해야겠지."

하산은 자기가 해야 할 역할을 생각해 보다가 기철에게 물었다.

"한국 정부 쪽에 도움을 청할 수는 없을까요?"

"글쎄 무역대표부라도 설치되면 영사에게 도움을 요청해 볼 생각인데, 아직은 아니고……."

"내일이라도 제가 서둘러서 프놈펜 포스트 기자들을 회사에 들락거리게 해 보겠습니다."

"비용이 필요하면 아끼지 말고 써서라도 서둘러야 해. 그리고 일단 빠일린 출장은 며칠 연기를 하고……."

"알겠습니다."

침실에 돌아온 기철이 창문을 통해 바라보는 그곳에는 회색 벤츠 차량이 어둠 속에서 그대로 버티고 있었다.

'저들이 노리는 것이 정녕 할머니일까? 아니면 나를 압박하고 있는 것일까?'

새벽녘의 빗줄기에 젖은 몸을 이끌고 떠오른 태양이 서서히 열기를 뿜어내기 시작했다. 2층과 3층을 오가며 창밖으로 바라본 차량의 위치가 조금 바뀌어 있었다.

'밤에 움직였구나. 교대한 것일까?'

생각에 잠긴 기철에게 하산이 다가왔다.

"전화로 이야기하는 것보다 제가 나가서 쯔힘씨를 만나서 빠일린 출장 일정을 며칠 연기하고 오겠습니다. 오는 길에 프놈펜 포스트 신문사도 들렀다가 올 생각입니다."

"응. 조심해서 다녀와."

계단을 부지런히 내려가는 발자국 소리가 들렸었는데, 어느 틈에 하산이 기철의 앞에 돌아와 얼굴을 들이밀었다.

"기자들에게 할머니의 존재를 노출하면 안 되겠지요?"

"그럼, 당연하지. 할머니의 과거를 노출하면 안 돼. 기자들에게 그냥 와서 차나 한 잔 마시자고 해. 지난번에 우리가 한국 식품과 옷가지 등 구호품을 들여온 것을 취재하고 기사화해 달라고 부탁을 넌지시 해 보든가."

"알겠습니다."

"할머니는 절대 노출하면 안 돼. 알았지?"

"예. 다녀오겠습니다."

돌아서서 나가던 하산이 또다시 돌아섰다.

"그리고 이 사장님 침실에 권총 가지고 계신 것 있으시지요? 내려다가 책상 한쪽에 두시든가 아니면 몸에 지니고 계시는 게 어떨까요? 만약의 사태를 위해서라도……."

"으응, 나도 그럴 생각이야. 아무튼, 얼른 다녀와."

차고에서 나온 하산의 차량이 벤츠의 옆을 지나쳐 가는 것을 3층의 침실 창을 통해 지켜보던 기철이 침대 옆의 서랍에서 권총을 꺼내어 실탄의 장전 상태를 확인하고는 허리춤의 앞자락에 꽂고 셔츠로 덮었다.

늦은 오후 시간부터 프놈펜포스트의 깃발이 달린 차량이 회사 앞에 서 있었고, 카메라들 든 기자가 들락거렸다. 하산이 현관 앞에까지 나가 벤츠차량을 손가락으로 가리키며 기자들과 이야기를 나누는 모양을 연출하자 곧바로 회색 벤츠 차량은 자취를 감추었다.

북한 사람들이 시야에서 멀어지자 앓던 이가 빠진 것처럼 평온을 찾을 수 있었지만 예기치 못한 일이 생겼다. 한국인 사업가가 캄보디아의 어려운 사람들을 위해 한국의 식품과 옷가지를 들여와 구호 활동을 하고 있다는 프놈펜포스트 신문의 기사가 나가자, 몇몇 사람들이나 단체로부터 원치 않는 관심을 받게 된 것이다.

떵까우 선별 작업을 하는 아래층 사무실은 창고를 오가는 직원들로 분주했다. 위층의 사무실에서 그 모습을 내려다보던 하산의 놀라는 표정과 갑자기 어수선해지는 분위기에 기철이 소파에서 벌떡 일어서서 아래층의 사무실을 내려다보았다.

10여 명이나 되는 중무장한 군인들이 들어와 사무실을 빽빽이 메우고 있었다.

놀란 표정의 기철이 하산을 바라보았다.

"무슨 일이야?"

"제가 내려가서 알아보고 오겠습니다."

서둘러 아래층으로 내려간 하산이 장교 한사람과 잠시 이야기를 나누고 올라와 기철에게 명함 한 장을 내밀었다.

사회복지부 장관 느엠 떼앙 육군소장이라는 사람의 명함이었다.

"훈센 휘하의 장관입니다. 그 사람이 한 시간 후에 방문한다는 것입니다."

기철이 명함을 든 채 아래층 사무실을 내려다보니, 직원들은 한쪽으로 서 있었고 군인들이 책상을 차지하고 앉아 있었다. 장관이 방문할 곳을 미리 와서 안전 점검을 하고 있는 모습이었다.

'예고도 없이 이렇게 불현듯 방문을?'

"훈센의 최측근입니다. 가장 막강한 힘을 가진 장관이 사회복지부 장관이지요."

"사회복지부 장관이 가장 막강하다고?"

"예. 외국에서 들어오는 모든 지원물품 등이 그 장관의 손을 거치게 되어 있습니다."

하산이 못마땅한 표정을 지어 보이는 것까지 기철이 이해하고 머리를 끄덕였다.

"그 사람은 외팔이입니다. 많은 전투에서 훈센과 생사고락을 같이한 군인이지요."

"현역 군인이란 말이지?"

"훈센의 장관들은 거의 현역 군인입니다."

기철이 군복을 입은 외팔이 장관의 모습을 눈앞에 그려 보았다.

"그 장관 앞에서 내가 특별히 주의해야 할 점이 있을까?"

"이 사장님보다는 오히려 제가 불편하기 짝이 없습니다. 저는 그들과 가깝게 하고 싶지 않으니까요."

"그냥 차나 한 잔 대접하고 사진이나 한 장 찍으면 되겠네."

기철은 북한과 가깝다는 라나리드 총리 쪽보다는 오히려 훈센 총리 쪽이 차라리 부담이 적다는 생각도 들었다

"그 장관과 이 사장님이 함께 찍은 사진을 북한 대사관 측 사람들이 보면 긴장을 하겠네요. 훈센 쪽의 사람들과 북한 사람들은 가깝게 지낼 수 없는 관계입니다."

하산의 표정에 불만이 가득했다.

벽에 기대어 서거나 의자에 앉아 있던 군인들이 무전기에서 나오는 소리에 벌떡 일어서서 출입문 좌우로 정렬했다. 그리고 잠시 후에는 회사 앞에 오토바이 두 대를 앞세우고 지프 한 대가 승합차와 함께 도착했다.

하산과 기철이 서둘러 아래층으로 내려갔다. 기자들이 십여 명이나 따라 들어왔다. 그중에는 외신 기자도 몇몇 섞여 있었다.

들어서며 선글라스를 벗어 수행하는 장교에게 넘겨주고 군복차림의 장관이 기철에게 왼손으로 악수를 청했다. 기철이 내밀었던 오른손을 얼른 왼손으로 바꿔 내밀었다. 카메라들의 플래시가 일제히 터졌다.

30여 명의 군인과 기자들로 사무실은 발을 디딜 틈이 없었다. 하산이 그를 위층의 사무실로 안내했다. 위층 사무실이 좁아서 모두가 들어갈 수 없다고 하자, 장관을 수행한 장교 두 명만 뒤를 따랐고 다

른 군인들과 기자들은 계단에 늘어서서 기다렸다.

소파에 앉은 그가 수행한 장교에게 건네받은 자신의 명함을 기철에게 내밀었다.

"감사합니다."

기철이 고개 숙여 인사를 하며 명함을 두 손으로 받아 들고 자신의 명함도 건넸다

기철의 명함을 잠깐 들여다본 그가 옆의 장교에게 건넸고, 장교는 기철의 명함을 끌어안고 있던 작은 손가방에 넣었다.

"남한에서 오셨습니까?"

"예."

"이 나라 캄보디아의 현실을 이해하시고 어려운 사람들을 위해 도움의 손길을 주심에 감사를 드립니다."

영어 발음은 어눌했지만, 기철이 갖고 있던 캄보디아의 군부나 정치인에 대한 부정적 이미지가 한순간에 바뀌는 순간이었다. '신념', '의리', '충성', '용맹'이라는 단어들이 눈앞에 줄지어 섰다.

"우리 캄보디아와 한국은 이번에 다시 수교를 맺는 것을 계기로 더욱 돈독한 관계를 유지하고 발전시켜 나가게 될 것입니다."

"예. 저도 민간 차원의 교류가 활발해지기를 기원합니다."

장군이 기철의 옆에 앉은 하산에게 시선을 돌렸다. 하산이 가볍게 미소를 지었지만 불편한 기색이 역력했다.

미국 국적의 회사 직원이라고 기철이 장관에게 소개했다. 하산에게도 함부로 대하면 안 된다는 뜻이었다.

장관의 시선이 기철과 하산의 사이를 서너 번이나 왕복했다. 수행하는 장교가 고개를 길게 내밀어 하산의 얼굴을 살피기도 했다.

"혹시 어려운 일이 있으시면 찾아 주십시오."

외팔이 장관이 어떤 문제라도 해결이 가능하다는 표정을 지어보였다.

"예. 알겠습니다."

기철은 하산이 신경 쓰여서 조심스럽기도 하고, 처음 대하는 그에게 따로 할 이야기가 준비되어 있지도 않았기에 자신의 매서운 눈매를 감출 요량으로 의식적으로 눈가에 주름을 잡아가며 표정 관리를 했다.

장관은 벽에 걸린 두 나라의 지도에서 한동안 눈길을 돌리지 않았다.

풀을 뜯어 먹고 사는 동물과 고기를 먹고 사는 동물은 눈빛부터 달랐다. 역시 한쪽 팔을 잃어 가면서까지 평생을 두고 전쟁터를 누비며 살아왔을 그의 눈빛은 남달랐다.

하지만 기철은 그런 눈빛이 싫지 않았다. 깔끔한 용모와 절제된 매너를 보이는 그의 모습에서 한국전쟁과 베트남전쟁을 겪어 낸 군복을 입은 작은 아버지의 모습이 떠올랐다.

장관의 오른팔은 어깨 바로 아래에서 절단된 듯해 보였다. 일어서서 기념사진을 찍을 때는 기철이 왼쪽 어깨로 그의 오른쪽 어깨를 가려 주었다. 사진 촬영이 끝나자 박수갈채가 쏟아졌고 군인들이 큰소리로 환호했다. 그가 한쪽 손을 들어 제지할 때까지.

밖에서 차량과 오토바이의 엔진음이 들려오고 장관이 문을 나섰다. 기철은 회사 앞의 도로에서 장관 일행을 배웅하고 아래층 사무실로 들어서며, 직원들의 상기된 표정에서 그의 인물됨을 가늠해 보았다.

건기로 들어서며 창고에 쌓아 놓았던 떵까우를 꺼내어 사무실 바닥은 물론 회사 앞의 도롯가에까지 널어 말리며 다음 선적을 위해 부지런히 움직였다. 할머니가 걱정되기도 했기에 기철은 남아 있고 하산이 구매담당 직원과 함께 빠일린을 다녀왔다. 함수율을 재어 보니 건조 상태가 조금은 걱정이 되었지만, 워낙 기본적으로 약재가 굵고 단단할 뿐만 아니라 하산이 매수한 가격조건이 아주 좋았다.

돈 냄새를 맡은 라따나끼리의 이엔이라는 사람도 떵까우에 관심을 보이며 적은 양이기는 하지만 항공편으로 떵까우를 보내오기도 했다. 거의 두 달의 시간이 눈 깜짝할 사이에 지나가고 있었다.

조금만 더 물량이 확보되는 것이 가능해지면 한국에서 직원 한 명을 데려오고 기철은 한국으로 돌아갈 수 있겠다는 희망적인 생각을 하게 되었지만, 할머니의 문제가 쉽게 해결되지 않아 고민을 거듭했다. 일본의 마쯔모도 씨에게 도꾸미야 스토무라는 사람을 찾아봐 달라고 부탁을 했지만, 이름만 가지고 그 사람을 찾는다는 것은 거의 불가능한 일이 아니겠느냐며 되물었고 아직도 아무 연락이 없었다.

그럴 즈음에 또다시 북한 사람들이 모습을 드러냈다. 이번에는 두싯호텔 앞의 그 자리가 아니었고, 두 대의 차를 동원한 것이 확실해 보였다. 그들은 회사 건물의 모퉁이에 차를 대놓고 직접 사람이 회사 앞을 지나다니며 노골적으로 회사 안의 동정을 살폈다.

한 번쯤은 연락이 있을 것이라고 예상했던 박 참사로부터 연락이 없는 것이 오히려 불안을 더했다. 작은 브라우닝 권총은 기철의 허리춤을 벗어나지 않았다.

며칠을 두고 기철은 3층의 침실에는 불을 밝히지 않았다. 비록 건물 안에서지만 불을 켜면 길에서 뻔히 바라보이는 기철의 침실 창문이기에 자신의 위치를 그들에게 알리고 싶지 않았던 탓이다.

기철은 할머니의 험난한 운명 속 소용돌이에 내가 발을 들여놓은 것은 아닐까 하는 생각에 덜컥 겁이 나기도 했다.

할머니와 그 가족들을 생각해서라도 할머니의 과거가 세상에 알려지게 하는 것은 가혹한 일이라는 생각을 하고 있었지만, 북한사람들의 움직임을 보면 아무래도 불길한 사건이 터질 것만 같았다. 한국이나 일본을 방문하는 일보다 더 시급한 것이 북한 사람들을 따돌리는 것이라는 생각에 잠을 설치며 고민해야 했다.

늦은 밤, 기철과 하산이 식탁에 마주 앉았다.

"하산, 그 복지부 장관이라는 사람한테 도움을 청해 보면 어떨까?"

"그 외팔이 말인가요?"

하산의 표정이 시큰둥했다.

"응. 나는 왠지 그 사람이 신뢰가 가던데."

"그놈들 다 도둑놈들이에요. 돈만 밝히는 놈들이지요."

예상대로 하산의 반응은 썰렁했다.

"군인 몇 명을 동원해서 회사 앞에 경비 근무를 서달라고 하는 정도의 부탁은 가능하지 않을까?"

"돈만 준다면야 가능하겠지요."

얼마간의 돈을 주기로 하고 군인을 몇 명 동원하는 것은 가능할 것이라는 판단이 들기도 했지만, 하산이 원치 않는 길을 기철은 굳이 택하고 싶지 않았다. 그 장관의 이야기는 더 이상 하산 앞에서는 꺼내면 안 되는 이야기가 되어 버렸다. 두 사람의 한숨만 깊어지고 있었다.

뒷짐을 지고 식탁 주위를 왔다 갔다 하던 기철이 입을 열었다.

"북한 사람들이 할머니를 아예 포기하게 할 방법이 있기는 한데 말이야."

하산이 억지로 관심을 보였다.

"어떤 방법인가요?"

"아주 확실한 방법이라고 생각되는데……."

기철이 이야기에 뜸을 들였다.

"확실한 방법이라고요? 어떤 방법이기에……."

하산이 식탁에 되돌아와 앉는 기철을 빤히 바라보았다.

"여러 사람이 지켜보고 있으면 도둑질을 할 수가 없는 거 아닐까?"

"무슨 말씀인지?"

"할머니에게 세상의 시선을 확실히 끌어들이는 거야. 50년 전에 일본군에게 끌려온 위안부 할머니가 캄보디아의 시골에 살고 있다고 매스컴에 흘리는 것이지. 언론플레이 말이야. 엄청난 시선이 할머니에게 모이면 감히 북한 사람들이 할머니에게 흑심을 품고 접근할 수 있겠어?"

기철의 이야기에 하산의 얼굴이 환하게 밝아졌다.

"맞습니다. 기자들에게는 확실한 취재거리가 될 테니까요. 특히 외신기자들은 더 큰 관심을 보일 것입니다."

"그런데 문제가 하나 있어."

기철이 입맛을 다시고 나서 눈을 가늘게 뜨자, 하산이 의지를 보였다.

"그냥 그대로 밀고 나가면 되는 거 아닌가요?"

"아니지, 그렇게 간단하지가 않아."

"……."

"기자들이 할머니와의 인터뷰를 원할 테고 할머니가 카메라 앞에서 증언해야 하는데, 그 엄청난 과거를 많은 사람 앞에서 이야기하고 싶을까?"

"……."

"먼저 할머니의 동의를 얻을 수 있어야 가능하지. 위안부 생활에 대한 구체적인 내용은 피하고 일본군 위안부이었었다는 사실만 짧게 증언을 하는 정도로 가능하도록 하는 것이지. 예를 들면 일본군부대가 있었던 위치와 위안소가 있었던 위치 정도만 증언하든가 하는 정도로……."

골똘히 생각에 잠긴 하산을 바라보며 기철이 이야기를 이었다.

"나는 프놈펜 시내를 다니거나 지도를 볼 때마다 이런 생각을 해

봤었어. 1945년도에 이곳 어디쯤 일본군 부대가 있었을까 하고 말이
야."

하산이 머릿속에서 일본군이 주둔했었을 것 같은 자리를 찾아보
느라 분주했다. 기철이 하산이 이해할 수 있도록 다음 이야기를 계속
했다.

"분명 일본군이 주둔했던 그 부대는 50년이 넘는 세월 동안 다른
군인들이 바꿔 가며 주둔을 했었을 거야. 1950년대에는 프랑스 군
대가, 그리고 1970년대 초에는 미국의 지원을 받는 론놀의 군대가,
그리고 1975년에는 폴포트가 점령하여 그의 군대가 사용을 했겠지.
1979년 이후에는 폴포트의 군대가 도망치며 비워 둔 그 부대를 베트
남군이 접수하여 사용하지 않았을까? 그리고 지금은 1총리와 2총리
중 어느 한쪽의 군대가 주둔하며 사용하고 있거나 관공서 등의 용도
로 사용되고 있을 게 틀림없어."

이야기를 끝낸 기철이 서울의 용산역 앞에 자리한 용사의 집을 떠
올렸다.

그 용사의 집은 일본군 보병사단의 사령부였는데, 광복 후에는 한
국에 주둔했던 미군이 사용하다가 한국군이 창설되면서 국군이 사
용하게 되었을 것이다. 한국전쟁이 발발하던 그해에 서울에 진주했
던 북한군은 어떻게 사용했었을까?

"내일부터 제가 알아볼까요? 일본군이 주둔했던 부대의 위치를 말
입니다."

"아니야, 억지로 그럴 필요는 없다고 생각해. 할머니의 의사와 기

억에 맡겨야지."

하산이 천천히 머리를 끄덕였다.

"할머니와 진지하게 이야기를 해 봐야 할 텐데……."

"내일 제가 할머니를 설득해 보겠습니다."

"설득이 아니라 조심스럽게 할머니의 의사를 타진해 봐야 해. 지나가 함께하는 자리에서 이야기를 꺼내서는 안 돼."

"그럼요. 알고 있습니다."

하산의 눈은 반짝거렸고 기철은 길게 한숨을 내쉬었다.

할머니는 남은 생애에서 원하는 것을 어디까지 가능할 것으로 생각하고 있을까. 일본인 남편을 마지막으로라도 한 번 더 만나 보는 일. 한국의 고향을 찾아 그 땅을 밟아 보는 일. 생사를 알 수 없는 한국의 가족을 찾아 만나 보는 일. 일본의 은행에 저축을 해 놓은 돈을 찾는 일……. 또 있을까? 할머니의 마지막 소원이…….

다음 날. 세 사람이 3층의 둥그런 식탁에 둘러앉았다. 식탁 위에는 하얀 백지 서너 장과 사전 두 권이 올라앉아 있었다.

기철이 먼저 입을 열었다.

"할머니, 고향이 남쪽이라고 확신을 하고 계신 것이죠?"

"예. 확실할 거예요."

"할머니가 한국에도 가 보시고 싶으시고 일본에 가서 할아버지를 한 번 만나 보고 싶으신 것 같은데, 일본에서는 비자를 내주지 않아서 가시기가 힘들 것 같아요."

하산이 통역해 주는 이야기를 듣고 난 할머니가 기철을 바라보았다.

"지나의 할아버지를 만나면 꼭 하고 싶은 말과 물어볼 말이 있어요."

이야기를 하곤 할머니가 고개를 가만히 숙였다.

"할머니가 한국에 들어가서 할머니가 한국 사람이라는 것이 증명되면, 일본 비자를 받아서 일본에 갈 수는 있어요. 하지만 제가 일본에 아는 사람에게 부탁해서 할아버지를 찾아보고는 있는데 아직은 소식이 없네요."

"내가 한국말을 모두 잊어서 한국 사람이라는 것을 증명하지 못하는 것이지요?"

기철이 안타까워하는 것을 할머니가 알고 있었다.

"그리고 할머니를 북한 사람들이 북한으로 데리고 가려고 하는데, 북한으로 가실 생각은 없으시죠?"

기철이 하산의 통역을 통해 이야기를 듣고 있는 할머니의 눈치를 살피며 대답을 기다렸다.

"그럼요. 내가 고향도 남한인데 왜 북한으로 가겠어요. 남한으로 간다고 해도 거기에서 살지는 못할 거예요."

할머니의 눈동자가 불안하게 움직였다.

"여러 가지 사정이 있어서 그러는데, 신문이나 텔레비전 카메라 앞에서 할머니가 일본군과 같이 캄보디아에 왔다는 이야기를 해 주실 수 있을까요?"

꺼내기 어려운 이야기를 기철이 결국 꺼냈다.

"50년이 넘도록 숨기고 살아왔는데……."

역시 할머니의 말끝이 흐려지고 시선이 사방으로 흩어졌다.

한동안 세 사람 모두가 말이 없었다. 할머니가 2층으로 내려가는 계단 쪽을 몇 차례 뒤돌아보았다. 지나를 의식하는 게 틀림없었다.

"텔레비전에 나가면 캄보디아 사람들이 다 보게 될 텐데…… 혹시 일본에서도 보게 되나요?"

할머니가 조심스럽게 물었다.

"예. 일본에서도 볼 수 있는 방송도 있어요."

할머니는 한동안 말이 없었고 시선은 식탁 위에서 맴돌았다. 기철이 하산에게 오늘은 그만하자는 이야기를 하려고 할 때, 할머니가 다시 이야기를 꺼냈다.

"기자들이 나한테 뭘 물어볼까요? 기억도 별로 없는데……."

"그냥 그때 당시에 일본군 부대가 있었던 자리만 이야기해 주면 될 것 같아요. 할머니가 이야기하기 불편하거나 기억이 안 나는 것은 이야기 안 하시면 돼요."

"어디서 기자들을 만나지요?"

"여기서 만나도 되고 아니면 다른 장소에서 만날 수도 있지요."

할머니가 잠시 머뭇거렸다.

"다른 곳이었으면 해요. 이 사장님한테도 해로울지 모르니까요."

"아닙니다. 할머니, 제 걱정은 안 하셔도 돼요."

"지나가 함께 갈 수가 없으니……."

할머니는 지나가 함께 가지 않는 것을 바라고 있었다.

"그럼 기자들은 언제 만나지요?"

"그것은 하산과 제가 서둘러 보겠습니다. 그리고 이렇게 할머니가 용기를 내 주시니 일이 잘될 겁니다."

잠시 후 3층으로 올라온 지나를 따라 고개를 깊이 숙인 할머니가 2층으로 내려갔다.

기철이 물으려는 질문이었는데 하산이 먼저 이야기를 꺼냈다.

"캄보디아는 오랫동안 전쟁도 치르고 UNTAC이 들어왔었기 때문에 세계의 언론사가 거의 다 들어와 있습니다. CNN은 물론이고 BBC, CBS, NBC, ABC 그리고 일본의 NHK도 들어와 있습니다."

"통신사들도 들어 와 있지?

"그럼요. AP와 Reuter, 프랑스의 AFP도 들어와 있습니다."

하산이 한바탕 전투라도 치를 듯한 표정을 지으며 이야기를 했다.

"한국의 언론은 없잖아."

"예. 한국은 1975년도에 캄보디아와 단교한 이후로 언론이 들어오지를 않았을 것입니다."

"그래. 이왕에 일을 벌이는 거 크게 벌여 버리자고."

"당장 나가서 서둘러 보겠습니다."

"할머니가 어려운 결정을 내린 것이니까 실수 없도록 해야 해. 인터뷰할 내용 말이야."

"예, 알겠습니다."

하산이 계단을 내려가는 소리가 요란하다.

발 빠르게 움직이는 하산의 일 처리로 오후에는 톤레샵강가의 외신기자 클럽을 돌아보고 돌아온 기철이 다음 날로 예정된 할머니의 기자 회견을 앞두고 늦은 시간까지 하산과 이마를 맞대고 사무실에서 이야기를 나누고 있었다.

"모든 준비가 끝난 것 같아. 인터뷰할 내용도 이 정도의 수준이면 할머니가 조금은 힘이 드시겠지만 해내실 수 있을 것 같고."

"드디어 내일이면 할머니의 이야기가 전 세계로 퍼져 나가겠군요."

할머니에겐 좀 가혹한 일이라는 생각이 들기도 하지만, 북한 쪽 사람들을 떨쳐내고 한국 쪽의 관심을 끌어들여 할머니의 한국 방문을 가능하게 해 줄 유일한 방법이라는 생각에 기철이 스스로를 위안했다.

"끝날 때까지 우리가 긴장을 풀지 말아야 할 게야."

"예, 알고 있습니다. 이제 내일이면 저 길모퉁이의 북한 사람들도 안 볼 수 있겠지요?"

기철이 길게 숨을 내쉬며 고개를 끄덕였다.

"그만 들어가 주무시지요."

"그래, 들어가자고."

기철이 소파에서 일어서서 문을 나서자 하산이 불을 끄고 뒤따랐다.

불이 꺼진 할머니의 방문 앞을 지나면서 기철은 톤레샵강가의 외신기자클럽에서 만났던 기자들의 모습을 떠올려 보았다.

3층의 계단에 올라선 기철이 뒤에 올라오는 하산을 기다렸다가 잊고 있었던 이야기를 꺼냈다.

"아, 참. 그리고 말이야."

"……."

"할머니는 머리가 그렇게 짧은데 왜 오늘 오후에 삭발해 버렸지?"

할머니가 삭발한 모습을 보고 기철이 깜짝 놀랐었다. 하산이 머뭇거렸다.

"카메라를 의식한 것일까?"

"아마……."

"이야기해 봐."

기철이 계속 머뭇거리는 하산을 재촉했다.

"캄보디아에서는 남편이 죽으면 삭발을 하는 풍습이 있습니다."

"아니, 그렇다면……?"

"예. 일본인 남편에게 보내는 어떤 메시지라고 생각됩니다."

"일본에도 방송이 나간다고 하니까 도꾸미야 라는 사람에게 보내는 메시지라는 말이야?"

"저는 그렇게 판단이 됩니다."

"나는 도저히 이해가 안 되는데……."

기철이 한쪽으로 고개를 숙이고 가만히 눈을 감고 생각을 해 보지만, 도무지 이해가 되질 않는다는 표정을 짓고 있었다.

"이런 거 아닐까요?"

"어떤……?"

하산이 자신이 없어 하는 표정이었지만 자기의 생각을 조심스레 이야기했다.

"예를 들면, '당신은 내 남편이었지만 죽은 것이나 다름없다.' 그런

메시지 아닐까요?"

"글쎄……."

기철은 잠자리에 들어서도 삭발을 한 할머니의 모습이 눈앞에서 지워지지 않았다.

할머니의 이야기가 외신의 전파를 타고 세계에 방송되면 어디에서 어떤 반응들이 나올까. 일본과 한국의 반응이 제일 궁금했다.

할머니가 보냈을 밤은 길었을 테지만, 지친 몸의 하산과 기철의 밤은 짧았다.

약속된 시간에 프레스센터로 가기 위해 서둘러 샤워를 마치고 기철과 하산이 2층으로 내려서자, 마치 기다렸다는 듯이 지나가 방을 향해 할머니를 불렀다.

베이지색 블라우스에 검은 통치마를 입은 할머니가 모처럼의 외출 준비를 끝내고 방에서 나왔다. 삭발의 할머니는 서류봉투만 한 크기의 액자를 보자기에 싸서 끌어안고 있었다.

"할머니 가져가시려는 것이 뭐예요?"

할머니가 계면쩍어하며 보자기 묶음의 한쪽을 풀었다.

"지나 엄마 사진이에요."

압살라 춤을 출 때 입는 화려한 의상을 갖춰 입은 여인이 액자 속에서 환하게 웃고 있었다. 지나의 어머니 초상화였다.

일본군의 위안부였었다는 것을 증언하기 위한 인터뷰를 하러 가는데 딸의 영정사진을 안고 가는 이유가 무엇일까.

일행을 태운 캠리가 톤레샵강가의 프레스센터 앞에 멈추었다.